Elisabeth Nodorp
Lügen ist ein blauer Himmel

*Ich widme dieses Buch allen,
die mir Mut gemacht haben, es zu schreiben.*

ELISABETH NODORP

Lügen ist ein blauer Himmel

Eine humorvolle Familien- und Freundinnengeschichte

Das Buch »Lügen ist ein blauer Himmel« ist eine Hymne an die Fantasie.
Die Personen und die Handlung dieser Geschichte sind frei erfunden.

Bibliografische Information der Deutschen Nationalbibliothek.
Die Deutsche Nationalbibliothek verzeichnet diese Publikation in der
Deutschen Nationalbibliografie; detaillierte bibliografische Daten sind im
Internet über http://dnb.dnb.de abrufbar.

© 2020 Elisabeth Nodorp
Satz, Umschlaggestaltung, Herstellung und Verlag: BoD – Books on
Demand, Norderstedt

ISBN 978-3-7504-5535-1

1. Kapitel

Der beste Ehemann von allen, kurz BEVA, also das Beste von mir, Eva, sitzt am Küchentisch und sagt nichts an diesem Morgen. Er hat doch irgendetwas. Ich betrachte ihn genauer. Er sieht zerknitterter um die Augen aus, auch schmallippiger, blasser. Er scheint nervös. Ich frage, was denn los sei. Er rückt nicht mit der Sprache raus. Meine Gedanken drehen sich weiter im Kreis. Ist was mit seinem Job? Hatte er mal wieder Zoff mit dem Grünspecht? Warum sagt er nicht was? Beunruhigt fange ich an, an den Fingernägeln zu kauen.

Von Rieke, der kleinen der beiden Grazien, werde ich zurechtgewiesen, dass das Kauen eine Unart sei. Sie wolle sich auf dem Abiball nicht mit einer Mutter blamieren, die abgekaute Fingernägel wie ein Teenie hätte. Wenn sie sich zusammenreißen könne, könne ich das auch. Wie alt sei ich noch mal? Sie vergesse es immer.

Frühzeitige Demenz vom andauernden Shoppen bei Zalando, Amazon und Co., denke ich bei mir, traue mich aber nicht, Rieke das zu sagen. Es würde Monate dauern, bis sie es mir verziehe. Ich wäre so was von out. Kein Wort würde sie mehr mit mir reden. Das wäre die absolute Höchststrafe. Wenn Rieke sauer auf mich ist, bringt sie es, mich komplett zu ignorieren.

Erneut fragt sie: »Wie alt bist du noch mal?«

Wahrscheinlich sehe ich aus wie eine unglückliche Portion Blubb-Spinat, als ich »54« sage. Jedenfalls bringe ich die kleine Grazie dazu, auszurufen: »Och Mami!« Ihre Stimme berührt mich und ich begreife, dass ich zärtlich an ihr hänge, und dabei kommt etwas in mir zum Vorschein, von dem ich sicher sagen kann, dass ich es nie gewollt, geschweige denn in mir vermutet hätte: diese Glucke. Die will ich nicht sein und bin es doch immer wieder.

»Och Mami«, wiederholt die kleine Grazie. Mitleidig blickt sie mich an und bekennt: »Nimm's mir nicht übel, aber weißt du, gerade bin ich sooo froh, dass ich erst 17 bin und noch nicht 54. Ich hab mein Leben noch vor mir. Ist nicht bös gemeint.«

Sie verlässt den Küchentisch, an dem wir gerade noch zu dritt gefrühstückt haben, und verschwindet im Haus.

BEVA sitzt da wie vorher und ich kaue wieder an den Fingernägeln.

Vielleicht überlegt BEVA nur, wie er alles, was auf seinem imaginären Aufgabenzettel steht, erledigen kann. Es stehe immer zu viel drauf auf seinem Zettel, habe ich ihm schon so oft gesagt. Er legt den Unterarm auf den Tisch und bewegt ihn über die Tischfläche wie einen Scheibenwischer.

Nach 25 Jahren Ehe teilt sich BEVA mir meist ohne Worte mit. Und eigentlich ist es ohne Worte besser. Wir finden ohnehin nur die alten und die kennen wir voneinander. Das nervt. BEVA findet das auch.

Im letzten Urlaub an der Ostsee habe ich ein Ehepaar beobachtet, das sich während eines dreigängigen Menüs bloß angeschwiegen hat. Nur mit dem Kellner haben sie ein paar Worte gewechselt. Ich hätte Bravo rufen sollen. Die beiden haben's kapiert: Schweigen ist Gold. Manchmal wäre es besser, BEVA und ich täten das auch, ich meine, schweigen. Tatsächlich sind wir noch in der Silberphase und sagen einander von Zeit zu Zeit, was wir bereits wissen und was uns aneinander nervt. Mit etwas Glück liegt viel Zeit zwischen von Zeit zu Zeit. Wenn wir ehrlich miteinander reden, fängt es an, schwierig zu werden. Wir hoffen dann, unsere ehrlichen Worte mögen sich irgendwohin verkrümeln, am besten unter den Tisch, so wie ich es früher gemacht habe, wenn ich als Kind in mein Zimmer geschickt wurde. Heimlich habe ich mich danach in die Wohnstube zurückgeschlichen. Alle taten, als sähen sie mich nicht, und vergaßen mich bald.

»Deine Freundin hat gerufen«, reißt BEVAs Stimme mich aus meinen Tagtraum-Gedanken.

»Ja«, antworte ich.

»Und, willst du nicht hingehen? Das Gepiepe nervt.«

»Doch, schon«, sage ich und bleibe sitzen.

Auf meine langjährige Freundin ist Verlass. Sie ist da, wenn ich sie brauche; sie weiß, wann ich sie brauche. Ich kann zu ihr gehen, wenn mir danach ist. Sie hört mir zu, selbst wenn sie kaputt ist. Eine piepsige Stimme hat sie. BEVA kann ihr Gepiepe nicht ausstehen.

Tinka trägt schwer, an vielem, am meisten an sich selbst. Sie wäre gern leicht, leicht wie eine Feder. Ich sage ihr, dass sie es schaffen werde, sie müsse daran glauben, wie ich es täte. Um ihr zu beweisen, dass es mir ernst damit ist, nenne ich sie auch Tinka Bell, doch sie möchte nur Tinka genannt werden, möchte nicht daran erinnert werden, dass sie eigentlich gern wie die Fee Glöckchen in »Peter Pan« wäre. Deren hellen Glockenschlag, der durch ihr Leben hallen könnte, will sie nicht hören, und so bleibt sie lieber Tinka, die Waschmaschine.

Tinka hat Reinheitsformat, ist extrem belastbar, steht selbst im Keller zu mir, wo ich seit Jahren mit ihr abhänge.

Die Zeit rast und wir sind mitgerast, haben uns Beulen und Blessuren bei Stürzen geholt, uns schwergetan mit dem letzten Umzug.

Vor dem Umzug stand Tinka im ersten Stock bei uns in der Küche. Jetzt ist sie im Keller. Down Under. Sie mag es, wenn ich »Down Under« sage. Es verbessert nicht den Zustand, aber der Ausdruck entfremdet Tinka von ihrem Kellerdasein.

Down Under bedeutet unten drunter und ist quasi die Steigerung von unten, aber daran wird Tinka nicht denken. Trotzdem mag es Tinka nach Jahren im Kellerverlies vorkommen, als sei sie heute weiter unten. Oder aber sie vergleicht sich mit den Gefangenen, die nach Australien verschifft wurden. Wäre das besser als Kellertheater?

Auch denkbar ist, dass Tinka an Hochglanzfotos von Down Under, also Australien denkt: Skyline von Sydney, Australiens

Küste, das Outback. Ich werde sie doch mal fragen, welche Assoziationen ihr bei Down Under kommen. Eines ist jedenfalls klar: Im Keller gibt es keinen australischen Strand, kein Muschel-Opernhaus, keine Kleiderbügel-Brücke. Im Keller ist kein Honigschlecken wie damals im ersten Stock. Da passte es noch, sie Miele zu nennen. Im Italienischen bedeutet »miele« Honig. Es gab nur kleine Wäscheberge. In der Wohnung war kein Platz für große Berge.

Seit dem Umzug nenne ich Tinka nicht mehr Miele. Sie will es so. Streichen kann sie den Namen nicht. Er lässt sich nicht entfernen, ist ihr Markenzeichen. Und wer weiß, vielleicht wird der Name eines Tages wieder passen.

Tinka und ich waren nach dem Umzug kaputt und in der Zwischenzeit mussten wir Teile ersetzen lassen, ich die Zähne, sie den Gummischlauch, der vom Dreck zerfressen war. Ich habe viel Wäsche und meine Wäsche ist sehr schmutzig.

Meine Freundin sieht mittlerweile nicht mehr aus wie die süße Miele mit dem Honigmondgesicht und ich ... Ich vermeide es, mich anzusehen. Auch wenn sie es abstreitet, weiß ich, dass Tinka gern wieder Miele wäre, wenn auch älter und gebraucht, eine, die über Erfahrung und Können verfügt. Eine, die noch viel Zeit hat. Zeit! Ach, lassen wir das.

Wir konzentrieren uns jetzt auf das Wesentliche: Ich lade meinen Berg schmutziger Wäsche bei Tinka ab, sie konzentriert sich auf das Sauberwaschen und Nach-mir-Rufen, wie gerade jetzt.

Wenn Tinka ein Signal von sich gibt und ich nicht komme, piept sie beharrlich und hartnäckig weiter.

Das Piepen nervt BEVA. Er könnte jetzt gerade was dagegen tun, aber dann müsste er in den Keller gehen und dafür ist es doch nicht nervig genug. Da erträgt er es lieber.

BEVA interessiert sich nicht für Tinka. Ich interessiere mich auch nicht für seine Freunde: Jannik, Pete und Björn. BEVA spielt mit ihnen Squash. Streng genommen ist nur Björn BEVAs Freund. Björn hat eine Macke mit seinen Modellautos. Das mit

Björn und mir an Silvester weiß BEVA nicht. Wenn die vier mittwochabends Squash spielen, bin ich froh, dass BEVA aus dem Haus ist. Er sicher auch. Ich sehe es dann an seinen Mundwinkeln, die ein klitzekleines Lächeln verstecken.

Jetzt gerade sehe ich, dass er sauer ist. Ich gehe besser zu Tinka. Die meiste Zeit verbringt meine beste Freundin damit, sich im Kreis zu drehen. Das ist uns gemein. Ich drehe mich auch im Kreis. Alles dreht sich um diesen Wäscheberg.

Meine beste Freundin und ich wollen gemeinsam ins gelobte Land. Dafür halten wir einander die Treue. Es ist besser, zu zweit unterwegs zu sein. Wir machen unsere eigene und geheime Pilgerinnenreise, auch wenn es zurzeit nicht so aussieht, als kämen wir jemals an, wissen wir doch, dass es passieren wird. So sei es. Wenn wir dort ankommen, wo das Leben paradiesisch ist und Löwen friedlich mit Lämmern leben und wir, meine Freundin und ich, mittendrin – wenn wir dort ankommen, ist das Katharsisprogramm Geschichte.

Die beiden Grazien möchte ich mitnehmen ins gelobte Land, und BEVA, ja, der muss wohl auch mit, er ist ja das Beste von mir, da sind sich alle einig, so einig, dass ich es auch glaube und als eine unumstößliche Wahrheit betrachte, wie eine physikalische Gesetzmäßigkeit. Bis wir dort sind, bin ich dankbar für die Treue meiner besten Freundin. Wie ein Füllhorn lauter Glücks ist sie. Das sage ich ihr. Oft sage ich es. Ich bin halt sehr gefühlsduselig.

Meine beste Freundin hat jetzt aufgehört zu piepen und ist ganz still. Ich schätze es, wenn sie still ist. Die Grazien sagen eh genug und BEVA sagt meist das, was ich nicht hören will. Einen Moment genieße ich die Stille. Dann öffne ich meine beste Freundin und die geschleuderte Wäsche kommt mir entgegen. Alles sauber.

Nach getaner Arbeit piept meine Freundin immer. Sie zieht ihr Katharsisprogramm konsequent durch. Chapeau!

Ich habe keine Ahnung, welches Programm ich wählen muss,

um ins gelobte Land zu kommen, und ohne Programm verirre ich mich in dieser gruseligen Welt. Bei Tinka sehe ich sofort, welches Programm sie braucht, auch ob sie einen Weichspüler benötigt. Bei mir selbst steige ich nicht durch. Mir ist dauerhaft nach Weichspülen, in der Familie und auch sonst, aber das kann nicht richtig sein. Ich bin auf dem Irrweg.

Tinka klagt nicht über die schmutzige Wäsche, mit der ich sie befülle. Ich schließe ihre Tür und drücke Schonwaschgang. Schonung ist genau das, was ich gerade brauche, und ich beschließe, noch eine Weile bei meiner Freundin in Down Under zu bleiben.

Obwohl der Tag fast neu ist, schwillt mir der Kopf von BEVA und den Grazien. Tinka sagt nicht viel, bis auf das Rauschen und Gurgeln. Sie weiß mehr über mich als Google, Facebook und WhatsApp zusammen, seit letztem Jahr auch von Jodie und John. Ich bin seitdem erleichtert. Dass Tinka mir keine Vorwürfe macht, macht es erträglicher.

Ich belade Tinka mit meinen Problemen und sie hält es aus. Sie kann nicht weg; ich auch nicht. Auch das haben wir gemein. Meine Freundin ist treu. Ich weine heimlich über mich und sie, weil sie und ich an mir und meiner schweren Schuld tragen. Dass Jodie und John tot sind, bleibt. Haftet. Ewig. Seitdem hat sich der Tod in mir beheimatet.

Am 17. Dezember habe ich die ganze Nacht bei meiner Freundin auf dem Steinfußboden gesessen. Jedes Jahr am 17. Dezember möchte ich Katharsis all inclusive, »alles vergessen«, drücken. Ich will nicht mehr wissen, dass ich Jodie anfangs nicht wollte. Wie konnte ich nur? Jodie sieht zart und verletzlich aus. Die kleinen Finger. Das dunkle Haar. Sie ist so hübsch. Sie sagen, dass sie nur Stunden hat. John geht. Konsequent. Will sich das Drama nicht anschauen. Eine Stunde später mit dem Auto bei Blitzeis von der Brücke in den eisigen Fluss. Unfall. Tot, eine Stunde vor Jodie. Ich blieb, bleibe. Jodie kann ich nicht reinwaschen.

So sehr ich mich abmühe, werde ich nicht rein. Sauber muss halt reichen fürs gelobte Land.

Tinka hat das Kurzwaschprogramm fast beendet und trommelt. Ich lasse mich aufrütteln, reiße das Kellerfenster auf. Tinka und ich verbinden uns, Seele an Seele, erfrischen uns an der Luft, tanzen wie Drachenschleifen himmelwärts!

»Zieh es durch!«, flüstert meine Freundin im Aufwind. »Zieh es durch!« Wir stürzen ab. »Zieh es durch!«, spricht sie mit tonloser Stimme. »Zieh es durch!«

»Mama!«, ruft die kleine Grazie.

Mein Kopf schmerzt. »Ja.«

»Mama!«

»Mama«, kreischt sie.

Sie wird doch nicht. Ihr ist schon viel passiert. Da ist sie wieder, meine Angst, sie wie Jodie zu verlieren. Ich stürze mit großen Schritten aus dem Waschkeller die gewundene Treppe hoch, blicke mich um.

»Rieke!«, rufe ich. »Wo?«

»Hier oben.«

Ich haste die Treppe hoch und sehe sie am Schreibtisch sitzen.

»Was ist?«, keuche ich.

Die laute Stimme in mir sagt, sie sei keine drei und fast erwachsen, was ich mit einem höhnischen innerlichen Lachen in Abrede stelle.

»Ich wollte dir die neuen Pullis zeigen.«

»Und deshalb ...« Ich breche ab, will keinen Streit.

Wieder die Stimme in mir: »Wann begreifst du's endlich?«

Ich tu so, als hörte ich nichts, hole mir einen Stuhl und schaue mit Rieke Klamotten im Internet an, eine Stunde lang, bis BEVA ins Zimmer kommt und fragt, ob ich mal eben Zeit hätte. Ich werde hellhörig. »Mal eben« kann lang sein, das letzte Mal: eine Studie übersetzen von 60 Seiten. Aber ja, ich hätte Zeit.

Zeit habe ich reichlich. Im Gegensatz zu allen anderen in der Familie habe ich Zeit im Überfluss, das sagen BEVA, die Grazien und auch sonst alle. Hingegen finden sie, mir fehle, was andere hätten: ein richtiger Beruf.

Onkel Gerd meint ebenfalls, Schriftstellerin sei kein richtiger Beruf. Soweit er das beurteilen könne, schriebe ich über die schmutzige Wäsche von Menschen, die es gar nicht gebe. Was für einen Sinn mache das? Und ich machte mir auch noch die Finger schmutzig, wenn ich deren Wäsche sortierte, und behauptete obendrein, mir bereite das Freude. Das sei eine gefährliche Entwicklung. Auch weil ich andererseits über meine eigenen Wäscheberge klagte. Und es komme ja auch nichts raus bei meinem Schreiben. Schriftstellerin sei ein verlorener Beruf. Onkel Gerd sagt auch, er meine es gut mit mir und ich solle die Finger vom Schreiben lassen.

Ich kann die Finger trotzdem nicht davon lassen. Meine Finger suchen sich ihren Weg ins gelobte Land und scheren sich einen Dreck darum, was Onkel Gerd sagt.

»Mama!«, ruft Rieke und zwingt mich, die Gedankenleiter hinabzusteigen.

»Ich warte!«, ruft BEVA. Sein Tonfall gefällt mir nicht.

»Mama!«

Ach ja, die Präsentation über Meeresverschmutzung wollte sie mir vorstellen. BEVA kommt die Treppe hoch.

»Eva, wo bleibst du?«

»Ich hab mal eben keine Zeit.«

»Ich muss morgen mit dem Grünspecht über den Text sprechen, der hat schon seit Tagen Stress gemacht. Komm. Jetzt.«

Er blickt mich an und setzt hinzu: »Bitte.«

Das war es also, was ihn heute Morgen so beschäftigt hat. »Okay, ich komme«, sage ich.

Abwasch, Aufräumen, liegengebliebene Wäsche, Rechnungen, Brief an den Schulelternrat, E-Mails wegen der Demo, Anruf bei BEVAs Mutter – das alles schiebe ich weit weg.

»Du hast es versprochen«, meckert die Kleine.

»Gleich.«

»Gleich in drei Stunden.«

»Gleich, wenn ich kann.«

Rieke knallt die Zimmertür zu, schließt ab. Unten in der Stube sitzt BEVA. Als ich reinkomme, gibt er mir einen Stapel von Unterlagen. Ich sehe sofort, dass es mindestens 30 Seiten sind.

»Liest du den englischen Text mal eben. Ich brauche nur eine kurze Zusammenfassung. Ist wahrscheinlich nur Geschwafel, aber ...«

Ich nehme den Stapel Papier.

Um seinen Dozentenjob an der Uni beneide ich BEVA. Sein Studiengebiet Stadtentwicklung ist interessant, sehr sogar.

Die 30 Seiten überfliege ich kurz. Es geht darum, dass die EU mit ihren Programmen eine nachhaltige und sozialverträgliche Stadtentwicklung fördert. Saubere Luft, sauberes Wasser, sozial verträglicher Wohnungsbau und so weiter. Lauter schöne Ziele.

»Vielleicht gehen wir es genauer durch«, meint BEVA.

»Dann lass mich vorab einige Wörter nachgucken«, sage ich bestimmt.

Er nickt. Hat verstanden. Ich gehe.

Schwer beladen mit Wörtern liegt sie auf dem Schreibtisch. Auf dem grünen Umschlag steht: »Komplett aktualisiert« und »Großwörterbuch Englisch.« Es ist nicht die neuste Ausgabe, sondern die von 2008. Das Alter schleicht. Pons schleicht mit, immer bereit, mir die richtige Antwort zu geben. Ich trage meine zweite – kluge – Freundin auf Händen. Während ich BEVAs Text lese, schlage ich bei Pons nach. Ich bin beruhigt. Komme voran. Pons weiß (fast) alles. Ich könnte nicht ohne sie überleben. Keinen Tag. Ungefähr 390.000 Stichwörter und Wendungen verzeichnet meine Freundin Pons. Und jetzt gibt es sogar ein Online-Wörterbuch und eine Community.

Pons kann nicht an sich halten.

Pons, was soll das? Ich spüre deine Aufregung, wenn ich mit den Fingern über deine Seiten gleite. Rätst mir, »Kette« nachzuschlagen. Meinst »chain«. Aha! Ich lese »einen Hund an die

Kette legen«, »to chain up a dog«. Was soll das, Pons? Ich bin kein Hund; »seine Ketten zerreißen« heißt »to break one's chains«. Das soll ich machen, Pons? Lass es, Pons! Mich auf solche Gedanken bringen, stopp! Du willst das nicht. Doch. Kluge Freundin. Ich wolle die Dinge nicht klarer sehen. Ich sei rebellisch wie du. Das muss ich mir merken. Du traust dich was! Stiftest mich an, Pons? Seit wann bist du rebellisch? Immer schon. Wer etwas weiß, rebelliert. Wieso sollte ich? Ich und faule Kompromisse, du gehst weit. Das siehst du anders. Bist, wie ich war, früher, ganz weit weg. Alle reißen an mir. Ich zerreiße mich. Ich muss etwas ändern.

2. Kapitel

Auf die Brötchen und die Rosinenschnecken mit super viel Zuckerguss kann ich nicht verzichten. Weil ich dafür beim Bäcker bezahlen muss, also eigenes Geld benötige, mir zu Hause die Decke auf den Kopf fällt, ich Abwechslung brauche, auch fürs Schreiben, und ich wirklich meine Ruhe vor den Grazien und BEVA haben möchte, erteile ich Sprachunterricht.

Vor einiger Zeit sagte mir ein Kursteilnehmer nach dem Unterricht: »Das Buch ist wohl Ihre Bibel.«

Mit der Bibel meinte er meine Freundin Pons. Ich fragte nach, was ihn zu dieser Ansicht gebracht habe.

»Sie haben während des Englischunterrichts nahezu die ganze Zeit die linke Hand auf den Buchdeckel gelegt, als würden Sie einen Eid leisten.«

»So wahr mir Gott helfe«, hat auch Mutti-Chancellor bei ihrer Vereidigung gesprochen. Es ist schwer, was sie macht. Wir haben es alle nicht leicht: Mutti-Chancellor, ich, Pons, Tinka. Wir alle brauchen Hilfe.

Im Englischen Garten in München sprach mich vor einiger Zeit ein Obdachloser an und fragte nach einem Euro. Da ich keinen bei mir hatte, gab ich ihm mein letztes Kleingeld, 30 Cent, worauf er sagte: »Man muss nehmen, was man kriegen kann.«

Der Ausspruch beschreibt präzise die Situation, in der ich mich mit meinen Freundinnen befinde. Ich nehme, was ich kriegen kann. Ich heiße alle willkommen. Tinka, Pons und seit Kurzem Mutti-Chancellor, weil ich eine mütterliche Freundin brauche.

Freundinnen sind bei mir dünn gesät. Mutti-Chancellor ist noch dazu eine, die glänzt. Mit den Haaren erst, seit sie diesen Promifriseur hat.

Ich würde auch gern glänzen und obenauf sein. Tatsächlich bin ich unten. Das Kellerdasein fordert seinen Tribut. Damit habe ich alle Hände voll zu tun. Meine Hände sind schwarz vom Stapeln der Briketts, mit denen ich den Ofen im Keller befeuere.

Apropos Ofen, der wollte sich doch auch mit mir anfreunden, aber da habe ich den Daumen runter gemacht. In der Hölle will ich nicht schmoren.

Meine Hände sind übrigens nicht nur schwarz, an der rechten Hand habe ich auch Tintenflecken. Die Füllertinte ist gestern auch auf die Hose gelangt, ausgerechnet auf die helle lachsrosafarbene, und auf das T-Shirt, mitten auf den Stern. Eigentlich habe ich genug schmutzige Wäsche. Ich sehe nun aus wie eine Kohlengräberin mit Schreibambitionen.

Was Mutti-Chancellor betrifft, die schweigt sich aus über schmutzige Wäsche. Mich täuscht sie nicht. Ich werde ihr Kellergeheimnis lüften. Jeder hat doch seine Leiche da unten, sie wahrscheinlich sogar mehrere.

Mit Mutti-Chancellor verhält es sich wie mit einem guten Buch. Macht sie auf gut Wetter, kann ich sicher sein, dass sich das flugs ändern wird, der Himmel gleich rabenschwarz sein und es im nächsten Moment blitzen und donnern wird. Mutti-Chancellor besitzt Pageturner-Qualität, wobei sie die Niederungen geistigen Mülls mit wehenden Armen umschifft und auftrumpft mit Physikstudium und Doktortitel ohne Plagiatsvorwurf. Die Mehrzahl hierzulande verfügt weder über das eine noch über das andere. Nichts ist so anziehend wie das, was wir nicht haben, bei einem guten Buch, Film und bei Freundinnen gleichermaßen. Mutti-Chancellors Qualitäten als Schauspielerin schätze ich. Wie Mutti-Chancellor immer alle Rivalen in ihrer Partei aus dem Ring gefegt hat, um als Championette zu triumphieren. Super Action. Filmreif und cool wie »Willkommenskultur«, ein hochbrisanter und polarisierender Streifen mit ihr, dessen Tendenz zum Meisterwerk niemand bestreiten dürfte.

Für mich ist natürlich wichtig, dass Mutti-Chancellor zu Tinka und Pons passt, mehr noch, sie spornt die beiden anderen an, mir zu helfen.

Wenn mich morgen jemand nach meinen Freundinnen fragt, was höchst unwahrscheinlich ist, weil ich speziell und allein, sagen wir besser, für mich bin, werde ich sagen, eine meiner Freundinnen drehe das ganz große Rad in der Politik. Ich muss nehmen, was ich kriegen kann. Ich habe den Jackpot unter den Freundinnen geknackt. Jetzt bloß nicht größenwahnsinnig werden. Pons und Tinka darf ich nicht vernachlässigen.

Unter Freundinnen gibt es Neid, selbst wenn das keine will. Ich beneide Pons um ihr Wissen, Mutti-Chancellor hingegen wäre wahrscheinlich froh, wenn sie nicht immer die große Politnummer durchziehen müsste und einfach mal auf Familie machen könnte. Ich mutmaße, dass sie mich darum beneidet, dass ich ständig zu Hause sitze und das große 3K-T (kurz: Küche-Kinder-Keller-Theater) betreibe. Vom Boulevardstück bis zur großen Tragödie ist alles vertreten.

Währenddessen sitzt Mutti-Chancellor mehr schlecht als recht die Flüchtlingskrise aus, hoffentlich ohne Hämorrhoiden – ich bin nicht unfair, so etwas passiert. Sie regelt die Dinge eben häufig auf ihre Weise oder auch nicht. Zufrieden kann sie mit dem Ergebnis nicht sein.

Tinka ist auch unzufrieden. Sie hätte gern ein schlankes Format. Da geht es ihr wie mir.

Andere sagen über mich, ich sei speziell, sehr speziell. Es ist eine der besseren Beschreibungen. Das Spezielle färbt ab auf die Grazien. Vicky, die ältere, hat das Potential gesehen, welches das Spezielle unserer Familie in sich birgt. »Wenn wir einfach zu Hause die Kamera laufen lassen und das Ganze auf Youtube online stellen, das wäre es, Mama. Dann brauchst du keine Bestsellerautorin werden. Damit verdienen wir in kürzester Zeit Millionen. Und ihr braucht euch keine Gedanken machen, wie ihr mein Medizinstudium finanziert«, meint sie.

Hätte ich Vickys untrüglichen Geschäftssinn, wäre ich längst eine Geld scheffelnde Autorin und meine Bücher wären, sagen wir, in mindestens 40 Sprachen übersetzt.

Jetzt denke ich doch tatsächlich darüber nach, Vickys Vorschlag umzusetzen.

Meist bin ich gedanklich allerdings bei Rieke. Rieke befindet sich in einem Ausnahmezustand; sie macht Abitur und ich gleich mit. Bin jetzt so kurz vor den Prüfungen bestens vorbereitet, habe diesen Nervenkitzel, dass es schade ist, dass ich nicht wirklich Abi schreiben kann, natürlich nur in den Sprachen.

Seit Rieke Abitur macht, lebe ich zu Hause wie eine Gestrandete auf einer einsamen Insel mit BEVA und Rieke, wenn man mal von Vicky absieht, die mich davon abhält, mich in mein Robinson-Crusoe-Schicksal zu ergeben, und mich mit ihren Famulatur-Geschichten mit dem richtigen Leben, das viel mit Krankheit zu tun hat, in Verbindung hält.

Doch das bringt mich nicht davon ab, mit Rieke zu leiden. BEVA leidet auch mit. Es ist ein Familiending. Da halten wir zusammen und leiden gern. So lieb haben wir unsere Rieke, unsere Kleine, die uns über den Kopf gewachsen ist wie alles.

Es ist furchtbar, was den Schülerinnen passiert. Sie müssen mit Weltuntergangsergebnissen in den Klausuren zurechtkommen. Weltuntergang ist für mein Sensibelchen, mit unter zehn Punkten bewertet zu werden.

Vicky ist nicht zufrieden mit meiner Entwicklung. Nachdem sie festgestellt hat, dass ich in den letzten beiden Monaten erstmals weniger Einnahmen hatte, ist sie ins Grübeln geraten. Vickys Grübelergebnis lautet: Ich sollte einen Ratgeber für Abiplanung und Coaching schreiben, inklusive psychologischer Beratung für Abiturientinnen und deren Eltern, jene, die kurz davor sind, aus dem Fenster zu springen, die Scheidung einzureichen oder einfach nur Burnout-Symptome aufweisen und schreiend aus dem Haus laufen, sich nach Ibiza auf Nimmerwiedersehen absetzen oder nur vergessen wollen, wer sie sind und was sie vorhaben, um dann irgendwo ein neues Leben anzufangen.

Ich sei keine Therapeutin, habe ich Vicky widersprochen. Sie hat kurz überlegt, ob sie einen Wutausbruch bekommen soll.

Ich habe es in ihrem Gesicht gesehen, an der Falte, die sie zwischen den Augenbrauen bekommen hat, an der Art, wie sie wild gestikulierte mit den Händen, als führe sie gerade das Skalpell, eine Vorstellung, die mir Angstschauer den Rücken heruntergejagt hat, an ihren zusammengepressten Lippen, die ein Beben unterdrückten. Zu meinem Erstaunen ist es ihr gelungen, nicht zu explodieren.

Sie muss erwachsener geworden sein.

Vielleicht ist die Ursache aber auch der Basketball, der sie letzte Woche am Kopf getroffen hat. Der muss doch mehr bei meinem Riesenlöwenbaby ausgelöst haben, was ich gleich befürchtet hatte und was mich in Angst versetzte. Diese Vorstellung brachte mich kurz an den Rand der Hysterie, denn ich hatte sofort Tante Adele vor Augen in ihren letzten Jahren nach der Hirnblutung. Ich nahm das Riesenlöwenbaby in den Arm und drückte es.

Ich musste seltsam aussehen, während mir die Angst durch den Kopf schoss. Mein Aussehen beunruhigte Vicky. Sie fragte nach, wie ich hieße, welcher Tag denn sei, wann mein Geburtstag sei, bis ich ihr ins Wort fiel und erklärte, sie behandele mich wie einen ihrer Patienten in der Notaufnahme.

Nichts anderes sei angeraten, versetzte sie, zumal ich offensichtliche Ausfallerscheinungen aufwiese. Ich schiene nicht mehr richtig zu hören und sähe aus, als würde ich gleich zusammenbrechen. Und das ständige Kopfschütteln und Zittern der Beine und die fast tonlose Stimme. Als angehende Ärztin müsse sie das ernstnehmen und wenn ich mich von ihr nicht untersuchen lassen wolle, möge ich doch wenigstens zum Arzt gehen. Alles andere sei unter medizinischen Gesichtspunkten unverantwortlich. Ich schluckte und versprach, alles so zu tun, wie sie es mir empfohlen hatte, kreuzte dabei hinter meinem Rücken die Finger, so wie ich es in dieser US-Serie für Teenager gesehen hatte.

Ob es denn okay wäre, wenn ich mich einen Moment hinlegte,

habe ich Vicky dann gefragt und als sie nicht antwortete, habe ich gesagt, dass ich in diesem Zustand wohl nicht fahrtauglich sei und dass sie ja zum Dienst müsse und wegen mir sicherlich nicht zu spät kommen wolle. BEVA könne mich später zum Arzt bringen. Zum Glück kam sie nicht auf die Idee, mich zum Arzt mitnehmen zu wollen, als sie kurze Zeit später wegfuhr.

Als ich allein war, habe ich nochmals über diesen Ratgeber nachgedacht. Irgendwie denke ich ständig darüber nach, was eine der Grazien oder BEVA sagen. Die ganze Zeit sind wir miteinander und mit uns selbst beschäftigt. Ein wahrlich nervenaufreibender Job.

Bisweilen kommt beim Nachdenken allerdings auch etwas Sinnvolles raus. Ich meine nicht das mit dem Arzt. Das ignoriere ich. Darin bin ich, seit Vicky studiert, geübt.

Im ersten Semester kam sie ständig mit Mutmaßungen unsere Gesundheit betreffend im Gepäck nach Hause. Wären ihre Diagnosen zutreffend gewesen, hätten sie nichts anderes als den Schluss zugelassen, wir wären dem Tod auf wundersame und unergründliche Weise gleich mehrmals von der Schippe gesprungen. Gleichwohl nahmen wir Vickys Diagnosen dankbar an wie Kinderkrankheiten, von denen man zumeist genest.

Jetzt hält Vicky sich deutlich zurück. Ich meine, zwangsläufig. Schließlich leben wir noch und selbst ihr kamen nach unserer vielfachen Erholung und anscheinenden Unsterblichkeit gewisse Zweifel, die sie selbstverständlich nicht offen aussprach. Lieber sprach sie von unserer überaus robusten Gesundheit und liebäugelte mit dem Gedanken, ihre Fachschaft von der ungewöhnlichen familiären Affinität zur Heilung in Kenntnis zu setzen.

Ich glaube, es war nur der damit verbundene immense Aufwand, der sie davon abhielt, aufklärerisch zu handeln. Sie hätte Termine mit den Verantwortlichen verschiedenster Studien abmachen müssen, worauf sie wahrscheinlich schlicht keine Lust hatte.

Vickys Idee, einen Ratgeber zu schreiben, gefällt mir immer besser. Ich könnte sofort ohne Vorbereitung mit dem Schreiben beginnen. Warum bin ich nicht selbst drauf gekommen, über Abistress zu schreiben? Ein paar Tipps hole ich mir aus der Fachpresse. Und meine Therapeutin könnte ich fragen, ob sie etwas zum Thema beisteuern möchte. Mein Ratgeber könnte auch für sie der Durchbruch sein in ein neues unbekanntes Leben. Vielleicht mache ich sie zur Co-Autorin. Dann ist sie mitverantwortlich und ich krieg die Infos frei Haus und sie wird sich mehr Mühe geben. Ich fühle es schon: »It's a new life.« So toll, dass es reicht, es in der Fantasie zu leben.

Ich glaube, da bin ich gerade bei meinem zentralen Punkt. Ich liebe es, meine geheimen Wünsche und Fantasien auszuleben, bin ein Kaleidoskop und Chamäleon zugleich.

Was den Ratgeber betrifft, habe ich bereits mögliche Titel vor Augen: »Wie Sie leiden lernen im Abi«, »Leiden will gelernt sein«, »Ein Ratgeber für im Leiden ungeübte Eltern«, »So macht Leiden Spaß!«

Zusätzlich zum Ratgeber könnte ich eine Website Abistressweg.de einrichten und auch verschiedene Fantasie-Reise-Dienste anbieten, von der kurzen Pilgerfahrt bis zur Reise in ferne Galaxien.

BEVA werde ich für Letzteres sicher begeistern, bei seinem Faible für Star Wars und anderen Weltraumschrott.

»Ein lohnendes Geschäftsmodell«, stimmt Vicky zu, als ich ihr später davon erzähle. »Möglichst gleich bundesweit. Das rechnet sich dann besser«, setzt sie hinzu.

Einige Tage später, ich kann mir bei all dem Abistress nicht mehr merken, welchen Tag oder Monat wir haben, ich meine, es ist April, beginnen die Abiklausuren.

Vicky ist gestern zurückgefahren in ihre Studistadt. Abends, als BEVA und ich in der Stube sitzen, klingelt das Telefon. Ein-, zwei-, drei-, viermal.

»Warum gehst du nicht ran?«, fragt BEVA.

»Weil du näher dran bist.«

Er guckt auf die Nummer und meldet sich mit: »Hier ist das allgemeine Seelsorgezentrum. Zurzeit nehmen wir leider keine Kummerpatienten beziehungsweise -studenten mehr auf.«

»Papa, lass das, mir geht's nicht gut.«

»Ich weiß, Vicky, um diese Uhrzeit geht es dir meistens nicht gut, ich würde sagen, 365 Tage im Jahr.«

»Papa, du nimmst mich nicht ernst.«

»Was ist denn?«

»Gleich leg ich auf.«

»Okay.«

»Ich muss meinen ganzen Stundenplan für dieses Semester umschmeißen, weil sie in letzter Minute noch die Termine für das Praktikum verschoben haben. Und die anderen Kurse sind dicht und ich, ach, es ist schrecklich. Diese Idioten.«

Ich sehe BEVAs Gesicht und die Stirn, wie sie sich in Falten legt, auch sein verkrampftes Lächeln. Schließlich sagt er: »Ach Vicky, das ist nur halb so schlimm. Als mir damals bei der Meldung zur Prüfung zwei Scheine aus Kiel nicht anerkannt wurden und ich noch ein ganzes Semester dranhängen musste, das war schlimm.«

»Papa, das ist lange her, das war im letzten Jahrtausend. Du bist so auf dich fixiert. Kannst du dich nicht mal auf meine Probleme konzentrieren? Glaubst du im Ernst, dass es mich in irgendeiner Weise kümmert, was du damals vor 30 Jahren im letzten Jahrtausend erlebt hast?«

»35.«

»Siehst du, genau, das meine ich. Es geht immer nur um dich.«

»Entschuldige, Vicky, du hast angerufen, nicht ich.«

»Das war ein Fehler.«

»Nein.«

»Hast du meinen Text durchgelesen?«

»Ja, Änderungen habe ich rot markiert.«

»Und die Rechnungen?«

»Überwiesen.«

»Danke. Ich vermisse euch.«

BEVA zögert keinen Moment und erwidert: »Wir dich auch.«

Ich schaue ihn an. Gerade bewundere ich ihn.

»Papa, es war eben nicht so gemeint. Ich bin nur so sauer.«

»Ja«, seufzt BEVA.

»Viel ist mit dir heute Abend nicht los, oder?!«

»Es war ein langer Tag.«

»Wir gehen nachher noch frustfeiern.«

»Ich nicht.«

»Du gehst auch sonst nicht feiern. Dabei habt ihr doch abends unendlich viel Zeit, jetzt, wo ich wieder studiere.«

»Ja, unendlich viel Zeit von acht bis zehn.«

»Warum geht ihr nicht ins Kino? Zurzeit laufen eine Menge guter Filme.«

»So?«

»Papa, du musst mal raus aus der Komfortzone.«

»Ich weiß echt nicht, was du meinst mit Komfortzone. Ich habe im Institut diese Dauerbaustelle und muss bei ohrenbetäubendem Lärm die Studie fertigschreiben und alle, die mitarbeiten sollten, sind krank.«

»Werde doch auch krank!«

»Das sagst du als angehende Ärztin.«

»Gib mir mal Mama.«

»Hallo, meine Süße.«

»Was ist denn mit Papa los?«

»Das klärt ihr besser unter euch.«

»Sonst mischst du dich doch auch ungefragt in alles ein.«

»Wie geht's dir?«

Ich könnte mir auf die Zunge beißen. So eine blöde Frage.

»Beschissen.«

»Oh Vicky.« Es gelingt mir nicht wirklich, überrascht zu klingen.

»Das macht es nicht besser.«

»Hast du noch was Schönes vor?«

»Manno, wie du mit mir redest.«

»Lernst du heute noch weiter?«

»Das ist alles, was dich interessiert.«

»Du redest immer davon.«

»Wir gehen noch in die neue Bar.«

»Feier schön.«

»Lass mal dieses ›schön‹.«

»Vicky!«

»Und diesen blöden Ton.«

Ich spüre Wut in mir aufsteigen und sage: »Einen schönen Abend noch.«

»Bist du überhaupt lernfähig?«

»Ich lasse mir von dir das Schöne nicht streichen, nur weil es dir lieber beschissen geht.«

Funkstille. Ich ärgere mich über mich selbst. Das Dauertuten in der Leitung bestätigt, was ich ohnehin weiß: Sie hat aufgelegt. Ich fühle mich elend.

Das ändert sich erst, als sie am nächsten Tag wieder anruft, spätabends nach zehn. BEVA schläft schon. Ich nehme das Telefon und gehe aus dem Schlafzimmer. Sie ist gut gelaunt, stelle ich erleichtert fest. Ich frage, ob wir nicht morgen reden könnten, aber sie sagt, es sei wichtig. Sie wisse nun, sie brauche eine Auszeit, und seit ihr das klar sei, gehe es ihr besser. Ob sie sich den Stress in diesem Semester antue, könne sie nicht sagen. Immer für Klausuren lernen und das Leben verpassen sei bescheuert. Ich bin hellwach, als sie mir von der Auszeit erzählt, sie wolle einfach nur chillen und reisen, einfach nichts tun und es sich endlich einmal gut gehen lassen.

»Da bin ich dabei«, sage ich.

Mario habe ihr gesagt, sie solle in Spanien studieren. Da sei alles besser. Dass sie dafür wenigstens ein bisschen Spanisch sprechen können sollte, will ich einbringen, aber sie lässt mir keine Redepause. Offenbar hat sie auch daran gedacht, denn nun erfahre ich, dass nach dem Nichtstun, das sie auf unbestimmte Zeit machen werde, sonst bringe es nichts, und das mit der Entspannung und Neufindung klappe dann auch nicht, aber nach viel, sie gehe von sehr viel Nichtstun aus, da sie richtig abgewrackt sei, wie ein altes Auto mit Getriebeschaden, also nach dieser langen, langen Zeit des Nichtstuns mache sie vielleicht – bloß kein Stress – ein Erasmus-Semester in Barcelona.

Noch bevor ich mich beschweren kann, dass nicht sie das abgewrackte Auto sei, sondern ich, allein schon wegen meines Alters, noch bevor ich das sagen kann, hat sie wieder das Wort ergriffen.

Bei uns zu Hause gibt es keinen Futterneid, aber wenn es um das Leiden geht, kennen wir keine Gnade. Jeder beansprucht den größten Leidensdruck. Es ist überraschend, dass wir bei dieser seelischen Festlegung auf das Leiden nicht den Weg in die tiefe Religiosität gefunden haben, aber auch gut, denn sonst würde ich nicht mal in der Kirche meine Ruhe haben und ständig auf das christliche Kreuz starren und mich damit beschäftigen, wie das Leiden am Kreuz auszuhalten gewesen ist.

Immer noch redet Vicky von Barcelona. Sie redet nicht, sie schwärmt vom, wie sie sagt, »schönen Barcelona«. Ich bin versucht, sie daran zu erinnern, dass sie alles Schöne per se ablehne, bringe es aber nicht übers Herz, weil sie meine Grazie ist. Dann erzählt sie nur noch von Mario aus Barcelona. Mario, so beginnen ihre nächsten Sätze.

Ach, daher weht der Wind, denke ich bei mir und während ich ihr weiter zuhöre, begreife ich es. Vicky ist heillos, blind und verrückt verliebt, alles auf einmal. »Love is merely a madness«, flüstert mir Shakespeare zu. Das mit Shakespeare und mir ist etwas Besonderes.

Wie in Trance nehme ich auf, was Vicky mir über die mediterrane Stadt erzählt. Die Stadt nimmt Konturen an und gottgleich, wie eine in Marmor gemeißelte griechische Statue, erscheint darin Mario, mit einer Attitüde, als sei die Stadt für ihn geschaffen worden. Und Vicky schwärmt vom Parque Güell, Gaudí und Miró und lobt, was ihr sonst als Bildungsbürgerwissen verhasst ist, die allgegenwärtige katalanische Kunst und Kultur, nicht zu vergessen die Sagrada Familia.

Seit wann interessiert sie sich für Kirchen. Ich bin eigentlich diejenige, die gern in eine Kirche geht, aber nicht, um dort Predigten zu hören. Damit habe ich in der Phase, als Vicky wegen der Konfirmation zur Kirche musste, meine Erfahrungen gemacht. Die Predigten waren so langweilig, dass ich den Pastor gefragt habe, ob es denn möglich wäre, die vorgeschriebenen 20 Termine durch eine Spende abzuleisten.

Ich halte den Hörer wieder nah ans Ohr. Vicky klingt begeistert. Ich werde hellhörig, als sie meint, Mario sage, sie müsse sich selbst finden, und dass er sie besser kenne als sie sich selbst. Ich will ihr ins Wort fallen, aber sie blockt ab, erklärt, Mario meine, sie sei völlig fremdbestimmt, in allem. Ich schweige. Wütend bin ich, sehr wütend. Vicky fragt, ob ich noch zuhörte.

»Was für eine Frage?«, gebe ich ihr zur Antwort.

»Manchmal bist du so voreingenommen wie Oma Henni.«

Ich hole tief Luft. Das ist No-go-Area. Ich schweige und gehe mit dem Telefon zu Rieke und reiche ihr den Hörer. Als ich in ihr Zimmer reinkomme, schüttelt sie den Kopf und greift doch nach dem Hörer. Sie weiß, dass Vicky dran ist. Um diese Zeit ruft sonst niemand an.

Ich sollte mal aufschreiben, wie viel Zeit ich am Telefon hänge und Seelenmassage betreibe. Lieber nicht, denn dann würde ich sehen, dass mein Leben von WhatsApp und Telefon aufgefressen wird.

Bei Facebook bin ich nicht. Als angekündigt wurde, dass die Daten von WhatsApp und Facebook miteinander verknüpft werden würden, habe ich spontan alle Chatverläufe bei WhatsApp gelöscht, mit dem Ergebnis, dass sie jetzt alles über mich wissen, aber ich eben nichts mehr.

Der Chatverlauf mit Rosa fehlt mir. Abends habe ich gern darin gelesen. Rosa ist eine Frau mit Geist.

BEVA will, dass ich das Licht ausmache. Das mit dem gemeinsamen Schlafzimmer ist keine gute Idee. Ich lösche das Licht und kann nicht schlafen. Ich drehe mich BEVA zu.

»Hörst du das?«, fragt er.

Ich gebe vor, nichts zu hören.

»Bei diesem ätzenden Piepen kann ich nicht schlafen. Gehst du nach unten?«

Ich weiß, er wird nicht aufhören zu nerven, suche meine Hausschuhe und gehe langsam die Treppe runter. Als ich den Waschkeller betrete, freut sich Tinka, mich um diese Zeit noch hier unten zu sehen.

Während ich die Wäsche aus der Trommel nehme, frage ich sie: »Hast du mir etwas zu sagen?«

»Mach dich endlich frei!«

»Darüber reden wir morgen.«

»Schlaf schön!«

Ich drehe den Schalter auf »Aus« und sage: »Du auch.«

3. Kapitel

Es ist 20 vor acht. Ich trinke meine zweite Tasse Kaffee. BEVA ist weg ins Institut, Rieke zum Treffen mit ihrer Arbeitsgruppe. Die Ruhe ist angenehm. Da klingelt das Telefon. Auf dem Display lese ich »Nicht verfügbar« und weiß sofort, dass meine Mutter Henni dran ist.

»Lebst du noch?«, fragt sie, als sei es das Normalste auf der Welt, ein Telefonat mit diesen Worten zu beginnen.

Ich checke kurz bei mir durch. Das Atmen klappt, die Augen funktionieren. Ich stehe auf und vergewissere mich, dass ich alle Glieder bewegen kann. Denken geht auch, leider, weil dabei ein unüberwindlicher Berg entsteht. Wenn es schlecht läuft – Murphys Gesetz bewahrheitet sich immer –, wächst der Berg in den Himmel: Ein gedankliches Unwetter zieht durch meinen Kopf mit zum Teil wolkenbruchartigen Regenfällen, die sich, böte sich die Gelegenheit, im Keller bei Tinka als Tränenseen entleerten und verpasste Chancen auf ein anderes Leben als seelische Pfützen zurückließen, aber daran will ich nicht denken. Warum tue ich es also?

»Bist du noch dran, Eva?«

»Ich habe gerade wesentliche Vitalitätsfunktionen gecheckt. Ja, ich lebe noch.«

»Und das hat so lange gedauert? Länger dauert mein Mittagsschlaf auch nicht. Vielleicht solltest du deine Nervenleitungen beim Neurologen prüfen lassen. Ich tippe bei dir auf Neuropathie. Ruf noch heute wegen eines Termins an. Luise hat vier Monate auf einen gewartet.«

»Verschon mich damit, dass Luise ihr Leben vorzugsweise in Wartezimmern verbringt und den Ärzten so lange etwas vorjammert, bis sie ihr etwas aufschreiben oder sie mit einer Diagnose, die eine ernsthafte Erkrankung nahelegt oder zumindest nicht gänzlich ausschließt, nach Hause kommen kann. Ist doch so? Oder, Henni?«

»Hendrieke. Nenn mich nicht Henni.«

»Ja, Henni! Oder ist dir Mutti lieber?«

»Eva! Luise war übrigens heute Morgen am Telefon. Sie muss um acht beim Orthopäden sein.«

»Gestern war sie doch noch kerngesund.«

»Wenn ich mich in unserem Club so umblicke – von zwölf auf sechs geschrumpft. Es ist eine Unart, einfach unerhört, dass sie alle wegsterben. Unfassbar! Die Männer zuerst. Wir Damen sind jetzt alle unbemannt.«

»Du tust so, als wärt ihr ohne Mann nichts.«

»Luise schafft sich einen Hund an.«

»Sie hat doch Angst vor Hunden.«

»Die Angst vor dem Hund ist besser, als allein zu sein.«

»Wie stellt sie sich das denn vor?«

»Sie geht zur Hundeschule. Da therapieren sie Luise auch gleich mit. Das hat sie zur Bedingung gemacht. Kannst mal sehen, wie schlecht es ihr geht. Allein ist allein. Du kannst da nicht mitreden. Ich war grad mal 24, als Richard gestorben ist. Schlaganfall. Mausetot.«

»Ich weiß.«

»Wenn ich Auguste nicht gehabt hätte. Auch schon tot. Gott hab sie selig! Glaub mir, ich weiß, wie es ist ohne Mann. Man ist nur halb.«

Ich kann einen Lacher nicht unterdrücken.

»Wenn ich Gerhard nicht kennengelernt hätte, wäre ich eine alte Jungfer geworden.«

»Mit Kind!«

»Du bist nicht halb wie ich, Eva, du hast Johannes. Er ist, wie sagst du immer: der beste Ehemann von allen.«

»Ich mein das aber nicht so wie du.«

»Neben seinem 40-, was red ich, 50-Stunden-Job macht er euch den Haushalt und den Garten. Ich weiß, was Margarethe für ihren Gärtner zahlt, 15 Euro pro Stunde, auch nur, weil sie gleich für ihn Mittag mitkocht, und nachmittags kriegt er Schokoladenkuchen satt und mehrere Tassen Kaffee. Und glaub nicht, dass der die alten Bäume rauskriegt. Dafür muss sie Lüders Bescheid sagen. Die haben schweres Gerät, aber das kostet dann alles viel, viel mehr. Und dein Johannes macht alles. Und du brauchst nichts zu tun.«

»Du vergisst, dass ich keinen gepflegten Garten brauche, ein natürlicher wär mir lieber. Ich würde alles wachsen lassen, wie es gerade möchte.«

»Mein Gott, Eva, sag das bloß nicht woanders. Die Vorstellung, dass bei euch alles wie Kraut und Rüben wächst, ist furchtbar. Zum Glück hast du Johannes. Übrigens, meinen Kränzchendamen sag ich nicht, dass du nichts machst im Garten.«

»Mama!«

»Vielleicht hast du es dir bei Gerhard abgeguckt. Der hat auch nie was im Garten gemacht.«

»Du auch nicht.«

»Das ist etwas anderes. Ich hatte die Mehrfachbelastung: Haushalt, die Arbeit in der Buchhaltung und euch. Herr Wissing hat das als Nachbar gern gemacht.«

»Mama, können wir dieses Gerede abkürzen. Es nervt.«

»Freya ist wieder im Krankenhaus, du weißt schon, im neunten Stock. Sie behauptet, dass sie jeden Morgen mit Richard frühstückt. Was bin ich froh, dass Richard das nicht mehr erlebt. Hoffentlich hast du nicht ihre Gene. Immer nur mit den Verrückten im neunten Stock. Wie soll sie da gesund werden? Ich müsste sie besuchen.«

»Weshalb hast du eigentlich angerufen? Ich hab zu tun.«

»Du flunkerst.«

»Mama, es klingelt an der Tür.«

»Glaub ich nicht.«

»Ich leg auf.«

Der Schornsteinfeger steht vor der Tür. Er will die Heizung kontrollieren. Während ich mit ihm die Treppe hinuntergehe, klingelt oben erneut das Telefon. Der junge Mann sagt, ich könne ruhig drangehen, er wisse den Weg vom letzten Mal. Vicky ist dran. Seit sie studiert, ist sie zur Frühaufsteherin konvertiert. Wie es aussieht, wird sich das dank Mario in Kürze ändern.

Vicky sagt, sie sei krank, Norovirus. Was das sei, erkundige ich mich. Magen und Darm, antwortet sie und ergänzt, sie kotze seit einer halben Stunde und sitze dauerhaft auf dem Klo. Dass ich es so genau nicht wissen wolle, rutscht mir raus.

Was für eine Mutter ich denn sei, empört sie sich und wirft mir vor, ich würde langsam zu einer zweiten Henni. Da lege ich auf.

Wieder klingelt es. Henni. Mit wem ich denn frühmorgens so endlos lange erzähle, echauffiert sie sich und ermahnt mich, ich solle mir das nicht angewöhnen. Sie würde gern wissen, ob ich sie Mittwoch zur Beerdigung fahren könne. Ich hätte doch nichts Besseres zu tun. Zuckersüß klingt sie, ich auch, als ich einwillige, um sie loszuwerden.

Fünf Minuten später ruft sie wieder an. Diesmal geht es um den Kranz, den ich für sie beim Blumenladen in der Bahnhofstraße bestellen möge. Den Kranz mit Schleife und ihrem Namen. Ein gefälliger Text werde mir sicher einfallen, nicht zu schwulstig. Selma sei keine Freundin vieler Worte gewesen, aber eine treue Freundin. Das solle der Text zum Ausdruck bringen. Und die Blumen: auf keinen Fall weiße Lilien, sondern Rosen, dezentes Lachsrosa. Ich solle mir die Blumen gut angucken, alten Kram wolle sie nicht. Ob es bei all ihren Wünschen nicht besser sei, sie erledige das persönlich, wage ich den Versuch, mich zu drücken, woraufhin sie erwidert, sie habe vollstes Vertrauen in mich, und ach ja, mein Name solle mit auf die Schleife. Damals, als ich mit sechs den Sturz mit dem Fahrrad gehabt hätte, habe Selma mir eine Puppe geschenkt. Dass ich die Puppe nicht gemocht hätte, dafür könne Selma nichts. Der Schornsteinfeger ruft wieder. Ich sage Henni, ich müsse wegen des Schornsteinfegers auflegen. Sie faucht, schon bessere Ausflüchte gehört zu haben.

Wieder ruft der Schornsteinfeger. Nun halte ich den Hörer in

Richtung Keller. Henni besteht darauf, nichts zu hören. Ich lege auf. Auf der Hälfte der Treppe verlangsame ich meine Schritte, denn es klingelt wieder. Ich drehe um. Wer weiß, es kann ja was Schlimmes passiert sein. Ich hetze nach oben. Es ist Rieke, die mir sagt, dass die Arbeitsgruppe ausfalle. Sie komme gleich nach Hause. Ich könne schon mal Kaffee kochen und ihre Interpretation lesen, damit wir sie in einer Viertelstunde besprechen könnten. Ich sage Ja, lege auf und fühle mich wie ein Hamster im Laufrad. Wieder ruft der Schornsteinfeger. Ich höre meine innere Stimme mit den Worten: »Ihr könnt mich alle mal. Ihr könnt mich alle mal!«

Erneut läutet es an der Tür: der Hermes-Bote. Er bittet mich, ein Paket für meine Nachbarin anzunehmen. Es ist ein Riesenpaket und ich liebäugele mit dem Gedanken, die Annahme zu verweigern. Insgeheim hoffe ich, dass es nicht durch die Tür geht, aber der Bote schafft es irgendwie. Als er wegfährt, fällt mir ein, dass Frau Klein für drei Wochen auf Mallorca ist. Ich laufe dem Lieferwagen noch hinterher, aber der Fahrer sieht mich nicht oder will mich nicht sehen. Als ich mich umdrehe und sehe, wie die Eingangstür ins Schloss fällt, wünsche ich mir, in Ohnmacht zu fallen. Leider bleibt die Ohnmacht aus. Stattdessen setze ich mich fluchend auf die Treppe vor dem Haus. Der Schornsteinfeger ruft drinnen lauter und lauter und ich rufe zurück. Keine Ahnung, ob er mich hört. Langsam wird mir kalt in dem dünnen T-Shirt. Eine halbe Stunde später kommt der Schornsteinfeger endlich raus und fragt, warum ich draußen auf der kalten Treppe säße. Ich ziehe es vor, nicht zu antworten. Ich höre förmlich, was er denkt. Er hält mir einen Zettel zur Unterschrift hin und sagt, technisch sei alles okay.

Ich höre oft, was die Leute denken. Während ich darüber nachdenke, kommt Rieke und beschwert sich, dass ich doch ihren Text hätte lesen wollen. Ob ich den Kaffee gekocht hätte, fragt sie. Ich schlucke, fange an zu husten und niese laut, mehrmals hintereinander. Rieke geht an mir vorbei ins Haus. Ich höre sie auf der Treppe schimpfen, dass sie meine Seuche nicht wolle. Ich solle ins Bett gehen. Eine gute Idee, denke ich, denn mir ist wirklich eiskalt. Den ganzen Tag bleibe ich im Bett und dort geht es mir sehr, sehr gut.

Das Glücksgefühl hält an, bis BEVA heimkommt und fragt, was los sei. Er findet, ich machte keinen kranken Eindruck. Dass er das nicht beurteilen könne, halte ich ihm vor. Selbst wenn es eine Präventionsmaßnahme sei, könne eine tatsächliche Krankheit nicht ausgeschlossen werden und im Übrigen sei es gut möglich, dass ich krank werden würde, und darauf sei ich hier im Bett bestens vorbereitet. Missmutig blickt er mich an. Er nimmt das Buch von Sue Townsend in die Hand und studiert den Titel: »The Woman who Went to Bed for a Year«. Kopfschüttelnd sieht er mich an und ermahnt mich, meine Lektüre sorgfältiger auszusuchen. Er reizt mich zur Widerrede. Ich fände das Buch äußerst kurzweilig und amüsant, kontere ich. Einmischung in meine Leseauswahl verböte ich mir, sage ich bestimmt. Ich rate ihm, in Vickys Zimmer zu schlafen. Sein Bettzeug nähme er besser gleich mit. Bei seinem Stress könne er es nicht riskieren, mit einer schweren Influenza flachzuliegen. Wer könne schon ausschließen, dass ich genau das ausbrütete. Wenn er auf Abstand gehe, kriege er die Grippe bestimmt nicht. Sicher sei sicher.

4. Kapitel

Ich gehe nach unten zu Tinka. Sie piept wie immer, als ich reinkomme. Die Kochwäsche nehme ich aus der Trommel und befördere sie von dort aus direkt in den Trockner.

Henni findet, ich wasche zu viel, was nicht stimmt. Erstens macht das Tinka und zweitens kann ich es nicht ab, wenn die Sachen dreckig sind und nicht gewaschen werden. BEVA ist da anders. Der würde seine Gartenklamotten, mit denen ich gerade die Maschine befülle, wochenlang nicht waschen.

Ich weiß es zu schätzen, dass Tinka nicht darüber meckert, dass sie noch eine Waschladung bekommt. Überhaupt hat sie noch nie mit mir gemeckert. Dafür falle ich vor ihr auf die Knie. Ich muss die Wäsche nach innen drücken, damit alles hineinpasst. Ich drücke heftig.

Meine beste Freundin ist einfach großartig. Sie weiß, dass ich ohne sie nicht kann, aber das würde sie nie gegen mich ausspielen.

Tinka hat Format, Schrankformat, steht aufrecht, wankt nicht, egal wie schwer sie beladen ist. Wenn ich vor ihr knie, begegnet sie mir auf Augenhöhe. Ich weiß, auch wenn ich die Einzige auf dieser Welt bin, die das weiß, dass ich ein Glückspilz bin, sie zur Freundin, meiner besten Freundin, zu haben. Ich umarme sie, halte mich an ihr fest.

Tinka weiß, dass ich BEVAs Dreck nur mit ihrer Hilfe rauskriege. BEVAs Hose sehe ich an, dass er wie ein Maulwurf in den Beeten gewühlt hat. Er verausgabt sich im Garten. Mit Gewalt hat er das Beil gegen die Blutpflaume geschlagen, damit sie endlich eingeht.

Vom Küchenfenster aus habe ich ihn beobachtet, habe gesehen, wie er mit der Ackerwinde kämpfte, die sich meterlang durch das Erdreich schlängelt und sich an Pflanzen und Bäumen emporwindet und danach trachtet, ihnen das Licht zu nehmen.

Dem Wüten im Garten bleibe ich fern und spüre es doch, so sehr, dass ich spontan Baldrian und Johanniskraut höher dosiere.

Tinka vergießt gerade Tränen über mich und spült sie weg. Ich sehe ihr an, dass sie müde und abgespannt ist. Die Maschine ist zu voll.

Wie die Zeit hier unten vergeht, wie ich sie vergesse, die Zeit, zu verlorenen Orten reise und zwischen den Zeiten der Zeit schwebe, durch sie mäandernd wie der Fluss, an dem ich geboren bin, die glückliche Kindheit unter Kirsch- und Apfelbäumen im Gepäck, mehr und mehr orientierungslos werde, mein Selbst verliere und mein Sein gewinne.

Mehr als eine Stunde entfliehe ich allem und nur Tinkas Piepen holt mich zurück.

Meine Freundin sagt, ich führte ein armseliges Dasein. Sie darf mir alles sagen. Tinkas Worte sind Umarmungen trotz der Schwere. Ich brauche Zeit, über Tinkas Worte nachzudenken, will ihr nicht voreilig recht geben oder widersprechen, wende mich zum Gehen. Sie ruft mir hinterher: »Es ist Zeit zu gehen.«

Ich drehe mich um.

»Geh, geh, geh!«, ruft sie unbeirrt.

Ich drehe den Schalter auf »Aus« und sage: »Du hast doch keine Ahnung von mir, BEVA und den Grazien. Ich gehe nicht, weil ich nicht will, dass alles zerbricht, weil es wichtig ist, dass etwas hält, dass ich zu allen halte.«

Rieke kommt in den Keller. Selbst hier im halbdunklen Raum entgeht mir ihr Strahlen nicht. Gott, wie ich es liebe, wenn ihre Augen leuchten, zu offenen Fenstern werden, die zu einer Wiese führen, unserer Wiese, auf der wir zwischen den Blumen rennen, als gelte es, die Welt einzufangen.

Rieke steht mit einer Bäckerpappe vor mir.

Als wir Minuten später in das süße Gebäck hineinbeißen, ich in die Rosinenschnecke mit extra viel Zuckerguss, sie in den Schokocroissant, sind wir einen in die Länge gezogenen Moment total verzuckert, trinken Kaffee und gucken eine DVD. Wir geraten hinein in die Gefühlswelt amerikanischer Teenager, die wir von romantisch bis hin zu fies und gemein ausloten, und werden mitgerissen in den Strudel unvorstellbarer Abgründe, die uns auf die Grausamkeit des Erwachsenseins vorbereiten und uns dafür qualifizieren, tatkräftig daran mitzuwirken. Mittendrin klingelt es an der Tür. Bei uns piept oder klingelt es ständig.

Rieke schaut mich an und sagt: »Das wird Robert sein. Sag ihm, ich sei krank.«

Ich öffne Robert. Er sagt, er sei mit Rieke zum Lernen verabredet. Sie fühle sich nicht, sage ich und dass sie das Lernen verschieben müssten. Er blickt mich enttäuscht an. Ich lächle ihn an, als müsste ich mich entschuldigen. Das nächste Mal, nehme ich mir vor, kann Rieke das selbst machen.

Kaum habe ich die Tür geschlossen, klingelt es wieder. In Windeseile schießt Rieke an mir vorbei zur Tür und sagt laut: »So ein Mist, viel zu früh.«

Aus Neugier bleibe ich an der Tür stehen und sehe, wie sie Tobias um den Hals fällt. Hätte der sich nicht mit Robert unterhalten, als dieser gerade sein Rad zur Pforte lenkte, wäre es Robert erspart geblieben, zu sehen, wie sich die beiden umarmen. Jedenfalls höre ich Robert rufen: »Gute Besserung, Rieke!«

Rieke bekommt einen roten Kopf. Wie meine Grazie Tobias erklären wird, dass sie erkrankt war und nun auf wunderbare Weise genesen ist, erfahre ich nicht, denn Rieke straft mich mit einem Blick, der doch besser ihr selbst gegolten hätte.

Auch das gehört zu meinem Dasein. Ich bin bereit, für alles und alle die Verantwortung zu übernehmen, auch für Dinge, für die ich eigentlich nicht zuständig bin, aber als »Mutti«, die ich nicht sein will, bin ich gnadenlos der Willkür der Familie ausgeliefert und darin geübt, willfährig Opfer- und Täterrollen zu übernehmen und überzeugend zu spielen. Ich lüge und betrüge auf die Art, die die Familie grad begehrt und die es braucht, damit er hält, unser Bund.

Wenn ich vor Jahren geahnt hätte, dass aus mir eine sogenannte Mutti werden würde, wäre ich vor mir selbst weggerannt. Meiner Freundin und mir hätte ich das Kellerdasein erspart. Ich hätte, könnte, wäre. Die Welt des Konjunktiv Irrealis ist mein Trost.

Wenn ich die Wahl gehabt hätte, hätte ich gern das Paradies für mich allein gehabt. Adam müsste nicht sein. Und wenn er doch dort gewesen wäre, wäre der Sündenfall, was mich betrifft, ausgefallen. Adam hätte den Apfel selbst gepflückt und gegessen und dabei gelernt, dass die Schuld nicht bei mir zu suchen ist. Und ich, Eva, würde glücklich im Paradies weiterleben, denn mir würde die Vorstellung reichen, nach dem Paradiesapfel zu greifen.

Da drehe ich mich nun mit Tinka eine halbe Ewigkeit im Kreis und erkenne erst jetzt, dass wir das gelobte Land finden, indem wir rückwärtsgehen, all the way back. Das dauert, aber am Ende kehren wir zurück ins Paradies.

Wenn ich BEVA von meinen Gedanken erzähle, hält der mich für durchgeknallt. Dann kommt es zum Streit. So läuft es immer. Auf einen Streit mit BEVA lasse ich es ungern ankommen. BEVA zieht dann die Grazien da mit rein.

Es ist schwer, sich der Wirklichkeit zu stellen. Es ist, wie es ist, und es ist traurig, beschämend, dass ich auf der Strecke bleibe. Mit 54 habe ich wirklich einen Grund, das zu bedauern, denn es gibt nur noch wenige Gelegenheiten, ich zu werden. Es ist, wie es ist.

Als Mutter ist meine Performance leidlich, außer auf dem Feld Sichkümmern und -sorgen. Meine beste Freundin sieht das anders. Tinka trommelt, ich vollbrächte eine Glanzleistung auf diesem Gebiet. Sie bescheinigt mir ein exzellentes Riskmanagement. Für Tinka bin ich eine täuschend echte »Mutti«, was wahrlich eine Lüge ist.

Meine Freundin Mutti-Chancellor lacht sich sicher grad ins Fäustchen und dürfte eine Affinität zwischen uns entdeckt haben. Auch sie ist gut im Lügen. Sie lügt den elenden Politikern ins Gesicht. Damit hält sie die kleine Koalitionsfamilie zusammen, mit der sie versucht zu regieren. Auch die große Familie mit den bockigen europäischen Verwandten vereint sie um sich. Diese zeigen neuerdings einen Hang zu Barbarei und Eigenbrötlerei.

Die schöne Britannia hat bereits die Familienbande gekappt und will nichts mehr mit den armen Anverwandten im Osten und Süden zu tun haben, die vermeintlich zu ihr kommen, um Arbeitsplätze zu rauben und Vermögen zu stehlen. Britannia geht jetzt ganz raus und Mutti-Chancellors Lächeln ist seither eingefroren. Der Traum von Europa höhlt Mutti-Chancellors Gesicht aus. Immer mehr Gutbetuchte aus der europäischen Familie glauben das Märchen von den Raubrittern, die nicht so richtig zur Familie gehören und sich auf den Weg zu ihnen machen, um zu rauben, was sie in ihren Ländern nicht haben. Gleichzeitig glauben alle, dass alles für alle allezeit da sein muss. Geiz, Neid und Gier schlängeln sich durch Europa und verschaffen sich Platz wie die Ackerwinde in unserem Garten.

Rieke geht mit Tobias die Treppe runter und verabschiedet ihn an der Tür. Die Eingangstür fällt mit einem Klacken zu. Laut ruft Rieke nach mir und kommt ins Büro, wo ich sitze.

Die Struktur der Kapitel des Abiratgebers habe ich gerade festgelegt und will nun mit dem Schreiben beginnen.

»Was macht das Mittagessen?«, fragt sie.

»Ist gleich fertig«, lüge ich.

»Was gibt's denn?«

»Überraschung.«

Darauf fällt Rieke nicht mehr rein. Sie weiß, dass ich nichts vorbereitet habe. Ich fühle mich super, als sie mir von Tabeas Mutter erzählt, einer Supermama, die jeden Tag etwas anderes kocht. Gerade wünsche ich mir, Christine zu sein, und bekomme

Hunger, als Rieke mir von den Blätterteigtaschen, der Quiche Lorraine und dem Zimtparfait vorschwärmt, die Christine en passant mittags gezaubert habe.

»In zehn Minuten essen wir«, versuche ich mich aus der Patsche zu ziehen.

»Aber kein Junk Food«, ermahnt mich Rieke. »Und keine Pizzas.«

Genau daran hatte ich gedacht. Es ist so, dass meine Mittagsküche nur über wenige Gerichte verfügt, die Zahl bewegt sich im einstelligen Bereich. Meine Cuisine ist puristisch, simpel und es gilt das Motto: Weniger ist mehr. Es darf auch nicht lange dauern. Aber immerhin ist Salat dabei.

Meine Freundinnen wissen, dass die Grazien und ich oft an BEVAs T(r)opf vom Wochenende hängen. Vom letzten Wochenende ist nichts mehr da, weil BEVA krank war. Er hat von Tee und Zwieback gelebt und wir, wir haben beim Chinesen bestellt und am Sonntag waren wir Burger essen.

Ich koche nicht gern. Da gibt es nichts zu deuteln. Wovon wir lebten, die Grazien und ich, ohne Tiefkühlgerichte und Tütensuppen – keine Ahnung? Allerdings sind wir da wählerisch.

Rieke fragt, wo ich schon wieder mit meinen Gedanken sei, beschwert sich, dass ich nie richtig da sei. Darin ähnele ich Oma Henni, die auch nie da sei und gefühlt immer irgendwo in der Weltgeschichte rumfliege.

Nun fordert Rieke mich auf, endlich mit dem Essen anzufangen. Sie könne mir helfen, sage ich in einem unbedachten Moment und bringe sie damit an den Rand eines Nervenzusammenbruchs. Sie meint, ich lernte nie dazu, ich begriffe nicht, dass sie keine Zeit habe, dass sie Abi mache. Abi! Ob ich denn überhaupt eine Vorstellung davon hätte, welchen Stress sie habe.

Kleinlaut erwidere ich, dass ich es einen klitzekleinen Moment lang vergessen hätte, dass sie Abi mache, aber ab jetzt sei ich wieder voll im Film.

Sie findet, dass ich gewollt jugendlich klänge. Das passe nicht.

Ich entschuldige mich. Sie rät mir, ich solle einfach unange-strengt cool sein. Als ich einwende, weder einfach noch unan-gestrengt und auch nicht cool zu sein, erwidert sie, ich solle es einfach mal mit locker versuchen. Ich gebe mich geschlagen und verspreche, daran zu arbeiten, so zu werden.

»So eine Sch...!«, fluche ich innerlich.

Rieke ist zufrieden.

Unser Essen hängt weiter im Gedankenhimmel, bis mir ein-fällt, dass wir in das Bistro in der Bahnhofstraße gehen könnten. Gedacht, getan. Die letzten 20 Euro verlassen nach dem Essen mein Portemonnaie. Glücklicherweise habe ich noch genug Kleingeld, um auf dem Rückweg beim Bäcker Schokocroissants und Rosinenschnecken zu kaufen. Wir nehmen jeweils zwei und beim ersten Bissen wird alles hell.

Die nächsten beiden Wochen sind Abiklausuren. Der Stress steigert sich. Nach Riekes mündlicher Prüfung, die einer ge-fühlsmäßigen Achterbahnfahrt gleicht, atmen wir auf und essen wohlverdient Torte satt.

Einen Tag danach steht Henni vor der Tür und erzählt mir von ihrer genialen Idee: Sie habe eine Geburtstagsparty für Rieke geplant, mit der Verwandtschafts-Bagage, bei uns zu Hause natürlich. Ich werde hellhörig. Henni findet, ich hätte wirklich lange nicht eingeladen. Rieke werde schließlich 18. Das müsse entsprechend zelebriert werden.

Ich unterbreche Henni, sage, die Jugendlichen feierten gern unter sich. Rieke feiere später mit einer Freundin im Dorfge-meinschaftshaus des Nachbarorts, worüber ich auch sehr froh sei. Außerdem hätten sie einen günstigen Catering-Service. Für mich bleibe damit »leider« nicht viel zu tun. Bei uns könne der Geburtstag als gemütliches Kaffeetrinken im kleinsten Kreis mit ihr, Henni, abgearbeitet, sorry, abgefeiert werden.

Leider hat Henni bereits Tatsachen geschaffen und durch-kreuzt meine Pläne. Riekes Geburtstagsfeier ist bis ins Kleinste organisiert. Die Einladungen hat Henni seit Langem verschickt.

Alle freuten sich, selbst Riekes Patentante Esther aus München sei eingeladen. Auch an Esthers akute Geldnot habe sie gedacht und ihr eine Fahrkarte geschickt.

Zwar ist Henni unfähig, den Kranz für die Beerdigung zu bestellen, aber einen Geburtstag für ihre Enkelin zu organisieren, ist überhaupt kein Problem. BEVAs Eltern, die in Bremen wohnen, sind seit Monaten im Bilde. Warum Henni sich erst jetzt an mich, ihre Tochter, erinnere, und mich als Letzte informiere, will ich wissen.

»Ach, Evchen, du weißt doch, wie du bist! Bertholt und Gesa kommen übrigens mit dem Taxi.«

Mich wundere, dass sie den Pflegedienst nicht gleich mit ins Taxi verfrachtet habe, sage ich spaßhaft. Sie guckt mich an und sagt, natürlich komme der Pfleger Hasso mit, bei Gesas Zucker und Bluthochdruck und Bertholts Katheter ein absolutes Muss. Tante Käthe, Bertholts unverheiratete Schwester, komme auch. Ich schlucke. Ob sie glaube, dass es eine gute Idee sei, die drei einzuladen, frage ich Henni. Mit dem Pfleger sei das kein Risiko, meint sie. Und Käthe und Gesa? Was solle da schon sein?

Ich hasse Henni. Tut so, als wäre alles normal. Ich weiß von Onkel Gerd, dass Käthe sich in ihrem Zimmer eingeschlossen hatte, als Bertholt vor 60 Jahren Gesa heiratete. Käthe und ihr Bruder waren unzertrennlich.

Vor der Hochzeit hatte Gesa Käthe aus dem Elternhaus der beiden geschmissen. Das hat Käthe ihr nie verziehen.

Meine Schwestern Mia und Katja und meinen Bruder Willi samt Anhang hat Henni, wie ich nun erfahre, ebenfalls vor Monaten in meinem Namen eingeladen, so früh, weil sie sonst wohl nicht kämen.

Katja habe trotzdem, wie üblich, offengelassen, ob sie komme. Seit sie für ein Hochglanzmagazin eine Fotoserie mache, befinde sie sich im Dauerstress. Katjas Tony, so Henni, sei zwar eigentlich unabkömmlich, weil er ein Unternehmen prüfe, natürlich eins in der Kategorie »global player«, aber er werde wohl trotzdem kommen. Die Töchter Grace und May, wie könnte es anders sein bei den Eltern, seien ebenfalls im Megastress. Ich kenne Katja nur gestresst: Dauerstress mit kurzen Höhenflügen nach Hawaii, selbstverständlich all inclusive Stress.

Ach ja, mit mindestens jedem dritten Satz erinnert Katja uns daran, dass sie in New York lebt. Sie kennt Paul Auster und tut so, als wäre sie eine Freundin von ihm. Dabei geht sie nur zu seinen Lesungen. Katja will, dass etwas von dem Glanz der VIPs auf sie fällt. Vom Selbstleuchten versteht sie nichts. Sie tut so, als wäre sie an der Columbia gewesen und hätte summa cum laude als Jahrgangsbeste brilliert. Niemand käme darauf, dass sie irgendwo im Nirgendwo in Michigan an einer kleinen Uni gewesen ist.

Als ich gemerkt habe, dass Katja uns mit Paul etwas vormacht und eine Fake-Nummer abzieht, habe ich mich gerächt und ihr erzählt, beauftragt zu sein, seine Lesung im Literatursalon in Hamburg nebst Freizeitprogramm im Januar zu organisieren. Paul schriebe mir regelmäßig E-Mails und wir planten einen gemeinsamen Abend bei uns zu Hause, damit er ein Bild von einer typisch deutschen Familie bekomme.

Mit meinem Bruder Willi und Karlotta hat Henni Superstress. Beide meinen Henni immer belehren und bevormunden zu müssen. Das lässt Henni sich allerdings nicht gefallen.

Wenn es dunkel ist, denke ich manchmal, dass wir uns alle nicht wirklich mögen, nur zugeben wollen wir es nicht. Bei Tageslicht betrachtet, mögen wir uns.

Allerdings hege ich meine Zweifel, ob das auf Mia, Martin und Henni auch zutrifft. Der Gesprächsfaden von Mia und Martin zu Henni ist seit letztem Jahr Weihnachten abgerissen. Da hat Henni sich über Mias Hausmütterchen-Gehabe lustig gemacht. Henni hat gesagt, Mia sei von dem ständigen Backen und Kochen aufgegangen wie ein Hefeteig, Martin und die Jungs Jonny und Tom auch.

Tatsächlich habe ich, wenn ich an die vier denke, auch nur

Bilder von der sich vollstopfenden Familie in meinem Kopf. An Weihnachten hatte Henni den vieren anstelle des alljährlichen Geldsegens eine Jahresmitgliedschaft bei einer Fett-weg-Gruppe geschenkt und den Sommerurlaub als vierwöchige Fastenkur gleich mit dazu.

Seit Mia Staatsanwältin ist, isst sie nur noch. Sie hat einfach Angst, dass der Stress sie auffrisst.

Zu Riekes Feier wollen sie kommen, haben aber geschrieben, sie würden nichts essen, was Henni mit den Worten kommentiert: »Das glaub ich im Leben nicht!«

Völlig unvermittelt sagt Henni dann, das mit ihrem Tod könne schneller kommen, als ich mir vorstellen könne. Ich falle nicht darauf rein, denke ich und falle doch. Ich weiß, wie sehr ich sie vermissen werde. Trotz allem. In mir gibt es diese Ahnung. Aber das will ich gerade nicht denken und erwidere, sie sei doch das blühende, rosige Leben.

Bei ihrer vorbildlichen Lebensweise sei das auch kein Wunder, das viele Visitegucken im Dritten zahle sich eben aus, verkündet sie stolz, als wäre nichts gewesen. Ich solle das auch machen, Visite gucken, wiederholt sie, da könne ich eine Menge lernen, woraufhin ich entgegne, Vicky sei bereits bestrebt, mich aus dem Tal der Unwissenheit herauszuführen. Bislang habe sich allerdings trotz Vickys aufklärerischer Bemühungen bei mir kein Lerneffekt eingestellt. Hohnlächelnd erwidert Henni, das komme sicher mit dem Alter.

»Mutti«, sage ich empört.

»Nenn mich nicht Mutti!«

Es scheint mir angemessen, das Thema zu wechseln, und ich erinnere sie daran, dass sie nächsten Monat 75 werde. Daraufhin bemerkt sie spitz, dass es noch nicht so weit sei. Ich bin anderer Ansicht, wie fast immer, und sage: »Aber wir sollten doch neu über deine Geburtstagsfeier nachdenken, nachdem du alle bisherigen Planungen verworfen hast, Mutti!«

Wir lachen, weil wir uns einig sind, dass »Mutti« als Anrede

nicht geht, und weil wir wissen, dass sie ihren Geburtstag theo-
retisch mehrmals im Jahr durchplant, aber im letzten Moment
krank wird oder einen unerfindlichen Grund findet, alle aus-
zuladen. Sie spielt mit uns »Save the date« und »Cancel the
date«.

Letzte Woche hat sie auf dem Anrufbeantworter hinterlassen,
dass der Kulturverein genau an ihrem 75. Geburtstag eine Sit-
zung habe, und als Vorsitzende könne sie natürlich nicht fehlen.
Deshalb sei die Geburtstagsfeier in der Schwebe. Ich möchte
wetten, dass sie selbst dem Kulturverein den Termin vorgeschla-
gen hat. Sie sollte die Feier in eine Cloud packen, wo sie bis zu
ihrem Ableben verbleiben sollte.

Mittlerweile bringt Henni es pro Jahr auf wenigstens zehnmal
ein- und ausladen. Das Prozedere beginnt zunehmend früher,
sodass ich das Jahr über damit beschäftigt bin, Termine für ihre
Geburtstagsfeier einzutragen und durchzustreichen.

Im letzten Jahr – Gott sei Dank – kam ihr im allerletzten Moment die Beerdigung einer Schulfreundin dazwischen beziehungsweise zupass. Aber wäre es nicht das gewesen, ihr wäre
zweifelsohne etwas Bizarres eingefallen. Je älter sie wird, desto
besser ihre Ausreden, die täuschend echt sind.

Was das Feiern betrifft, sind wir uns ähnlich und verstehen
einander, auch wenn keine von uns das offen ausspräche. Feiern
ist für uns am besten außer Haus, am allerbesten jedoch: Es
kommt nicht dazu.

Um Letzteres zu erreichen, geht Henni ungewöhnliche Wege,
greift als Eventmanagerin tief in die Trickkiste. Da kann um
ihren Geburtstag herum, wie vor Jahren geschehen, zur vermeintlichen Verhinderung eines Kreislaufkollapses, wahlweise
auch Hörsturzes, ein mehrwöchiger Kur- oder Krankenhausauf-
enthalt geboten sein, den Henni innerfamiliär mit dem entspre-
chenden Ernst kommuniziert, sodass ihr für ein paar Monate
Nachfragen zu ihrer Feierpolitik erspart bleiben.

Henni versteht es, diese Atempausen zu genießen, unbehelligt von den Familienkrisen, die bei deutlich reduzierter Temperatur auf Low-Level weiterköcheln.

Ich kriege von den derzeitigen Krisen allerdings wenig mit, denn ich habe vor Riekes Abi allen Kontakten eine Mail geschickt, dass ich vorübergehend telefonisch nicht erreichbar sei, weil die Leitung erneuert werde. Über E-Mail könne man mich nicht erreichen, da ich den Anbieter gewechselt habe, und eine neue E-Mail-Adresse sei noch nicht eingerichtet. Am besten, sie schrieben mir einen Brief. Eine neue Handynummer hätte ich auch. Die teilte ich später mit, was ich natürlich nicht gemacht habe. So blöd bin ich nicht! Jedenfalls hat all das ein bisschen Entlastung gebracht.

Henni, die mich kennt, ruft natürlich weiter an. Sie hat mir kein einziges Wort geglaubt, andere schon. Es sind jedenfalls weniger Anrufer. Eigentlich reichen auch Henni und die Grazien. BEVA telefoniert nicht gern. Wenn ich auch noch für ihn telefonische Seelsorge inklusive Hardcore-Midlife-Crisis-Bewältigung betriebe, ich käme gut und gern auf einen 70-Stunden-Tag.

Dank der Notlügen hinsichtlich meiner Erreichbarkeit habe ich eine Auszeit von dem familiären Gezänk. Hennis eigenmächtige Einladung zu Riekes 18. Geburtstag bei uns zu Hause katapultiert mich bedauerlicherweise wieder hinein in dieses wunderbare Großfamilienleben und beschert mir nächsten Sonntag die Verwandtschafts-Bagage.

Henni strahlt und sagt: »Ist das nicht toll? Fast alle haben zugesagt.«

»Super, ganz toll«, erwidere ich.

Ich fange an zu begreifen, dass es dieses Mal kein Entrinnen vor der Bagage gibt, die ich am allerliebsten weit, weit weg weiß.

BEVA wird am Abend kreidebleich, als ich ihm von Hennis genialer Idee erzähle. Es müsse ja nicht so enden wie das letzte Mal, versuche ich der Situation ihre Bedrohlichkeit zu nehmen. Sein Gesicht wird noch bleicher. Meine Bitte, er solle die Geister der Vergangenheit nicht heraufbeschwören und es sei nur Familie, lässt ihn noch mal schlechter aussehen. Er verschluckt sich trocken und hört nicht wieder auf zu husten.

Ich schicke ihn in den Garten, wie ich die Kinder früher in den Garten schickte, wenn ich mir nicht zu helfen wusste. Eine gute Idee, stelle ich zehn Minuten später fest, als ich sehe, dass er die Blumenzwiebeln ausbuddelt. Wann hört das auf, dass BEVA mich für seine Betreuerin hält?

BEVA findet, ich solle mir von Henni keine Feier aufzwingen lassen. Irgendwie glauben alle, dass sie mich ständig kritisieren und maßregeln müssen. Das ist völlig unnötig. Schließlich beherrsche ich Selbstkritik und das Über-mich-selbst-Gericht-Halten aus dem Effeff. Was dabei rauskommt, ist weniger schön. Nichts mit rosigen Aussichten!

Als 54-jährige, daheimgebliebene Mutti – Stay-at-Home-Mum hört sich besser an – habe ich keine günstige Prognose. In ein paar Monaten wird auch die kleine Grazie das Nest verlassen und dann werde ich nicht mal mehr eine daheimgebliebene Mutti sein. Bleiberecht im Haus, darauf wird sich mein Status reduzieren.

Ich werde nicht die ganze Zeit allein zu Haus sein. Die große Grazie wird, wie auch jetzt, in den Semesterferien monatelang da sein. Die kleine wird es genauso machen. Ja, sie werden wiederkommen und mir erlauben, für die Dauer ihres Besuchs darüber hinwegzusehen, dass sich alle auf den Weg gemacht haben und nur ich geblieben bin.

Dennoch: E-Mail und Telefon eingeschlossen, leiste ich weiterhin eine nahezu reibungslose seelische 24/7-Betreuung und Stabilisierung mit zahlreichen Zusatzleistungen wie spontanen Besuchen in Düsseldorf, wo Vicky studiert.

Stundenlang kann ich ihr zuhören, den ganzen Müll, den sie mit sich rumschleppt, entsorgen und trennen. Die Bedeutung von seelischer Mülltrennung wird unterschätzt.

Wenn ich bei ihr bin, besteht mein erster Schritt grundsätzlich darin, den Müll nach »Uni«, »Freunde« und »Familie« zu trennen und dann systematisch abzuarbeiten. Traumata werden stets einzeln behandelt. Wie leicht gedeiht da sonst eine Psychose mit unüberschaubaren Konsequenzen. Unter Umständen braucht es einen Besuch von mehreren Wochen, um Vicky meine zusammengetragene Küchenpsychologie, angereichert mit dem aktualisierten Wissen, das ich im Netz finde, zu vermitteln.

Kein Wunder, dass ich keine Zeit für andere Dinge habe und am Bleiberecht klebe, immer kleiner, bis ich in einem Kaugummi verschwinde.

Als Kaugummikleber-Füllung komme ich rum. Ich kralle mich unter den Schuhsohlen von Vicky fest, gelange in die Hörsäle der Uni und habe ziemlich lange und stressige Lerntage. Unter Riekes Schuhen klebe ich ebenfalls, weshalb ich auch die Angst vorm Abi und die Ohnmacht gegenüber den Lehrern miterlebt habe. Wie lange noch?

Dabei will ich doch mit meinen Freundinnen Tinka, Pons und Mutti-Chancellor ins Paradies pilgern.

Seit ich in Weimar war, ist auch Lotte mit von der Partie. Lotte ist aus ihrer Zeit gefallen, dem ausgehenden 18. Jahrhundert. Fasziniert von den verschiedenen Lottes in Weimar und Umgebung habe ich sie in Tinte gegossen und in den Kreis meiner Freundinnen aufgenommen. Allmählich wird Lotte zu meiner Freundin. Gestern habe ich sie Lottchen genannt. Sie ist sehr empfindsam.

BEVA versteht das mit mir und Lotte nicht. Der Zugang zur empfindsamen und imaginären Welt bleibt BEVA verschlossen. Auch wenn BEVA ständig im Garten ist, hört er nicht, was die Blumen und Bäume sagen und fühlen, aber er sieht das Unkraut.

5. Kapitel

Ich habe ein Riesenproblem und keine meiner Freundinnen kann mir helfen. Morgen ist Riekes 18. Geburtstag. Meine Kleine wird tatsächlich erwachsen. Das will ich nicht. Hilfesuchend blicke ich nach oben. Da sehe ich sie über mir. Sie lächelt, steigt aus den Wolken herunter und sagt: »Ich bin Ottilie. Endlich suchst du mich, Eva.«

»Ottilie?«

»Ja, deine göttliche Freundin.«

»Wenn das so ist, bitte ich dich, die Welt wegen Rieke anzuhalten, notfalls auch das Jüngste Gericht vorzuziehen, damit meine Kleine und ich gleich jetzt in den Himmel kommen, damit alles zwischen uns so wunderbar bleibt, wie es seit Anbeginn gewesen ist, denn meine Kleine und ich sind uns einig, das mit uns gibt es kein zweites Mal. Das ist wie mit voller Wonne in Glücksperlen baden.«

»Eva, willst du das wirklich?«

»Ottilie, du hast ja recht.«

Gerade umarmt mich Rieke. Sie sieht und fühlt auch, was wir im Geiste sind, und sie und ich, wir betreten unsere Blumenwiese. Wir wollen bleiben, für immer bleiben und Ottilie ist milde und lässt uns sein, einfach sein.

Ich höre BEVA rufen. Er klingt genervt? Warum chillt er nicht? Es ist Wochenende. Ich höre, dass er mit dem Auto wegfährt. Er wird für den Geburtstag einkaufen wollen. Bevor die Aussicht auf die Familie mich erdrückt, setze ich mich nach Hamburg ab. Rieke sage ich nichts davon. Sie würde es mir ausreden, denn eigentlich bin ich heute verplant und beschäftigt. Außerdem kommt Vicky am Nachmittag und will abgeholt werden.

Mein Smartphone nehme ich aus der Tasche und lege es auf die Kommode. Erreichbar will ich nicht sein. Ich fühle mich fast frei.

Tinka wäre stolz, bilde ich mir ein. Ruft sie gerade nach mir? Das ist völlig normal, dass ich sie höre, obwohl sie nichts sagt, denn wir führen viele lange Gedankengespräche. Da verliert sich der Unterschied zwischen dem Gesagten und dem Gedachten. Und da wir viel mehr denken, als wir sagen, und beides aufnehmen, wo immer wir auch sind, ist es ein reger und unermüdlicher Austausch zwischen uns. Das laute Piepen und Trommeln ist nur das, was die anderen hören.

Tinkas und meine Gedanken ziehen durchs Haus. Sie lieben es, aufeinanderzutreffen und sich an Kühnheit und Mut und geistigen Blüten zu überbieten.

Heute Morgen habe ich Stadtluftgedanken. Tinka hat dabei schon sehnsüchtig gepiept. Auch ihr fehlt die große Stadt. Mit der S-Bahn fahre ich in die Innenstadt, wo ich am Jungfernstieg aussteige. Zielstrebig laufe ich zu einem Brillenladen. Der jungen Dame im Eingangsbereich erkläre ich, wonach ich suche, und sie bedeutet mir, in den hinteren Teil des Geschäfts zu gehen. Dort fokussiert mich eine 20-Jährige mit dem Gesicht einer Porzellanpuppe, einer mit hellem Teint und dunklen Locken und den voluminösen, weiblichen Formen einer Nana-Figur von Niki de Saint Phalle, nur verfügt sie nicht über deren Farbenpracht. Ihre Bewegungen sind weich, fügen sich trefflich aneinander. Ich sollte ihr sagen, dass sie bunte Kleidung tragen sollte, dass sie in Wahrheit eine lebende Nana sein könnte. Verstörend an ihr sind der unpassend wenig auffällige Name auf dem angehefteten Namensschild und die unangenehm artige Attitüde, mit der sie fragt, ob sie mir helfen könne. Dennoch erfreut über ihr Entgegenkommen, erkläre ich ihr, dass ich nach einer Brille in Rosa suche. Bei dem Wort Rosa verdunkelt sich das sommerblasse Porzellangesicht. Als wäre ich, Eva, gerade der Versuchung erlegen, den verbotenen Apfel, der naturgemäß zu mir gehört, erneut zu essen, als drohte mir und meinesgleichen die erneute Vertreibung aus dem irdischen, notbehelfsmäßig an das Zeitalter der Digitalisierung angepassten Garten Eden 4.0.

Als stieße ich sie und mich in ein Unglück, vertreibt sie meinen vorgebrachten Wunsch nach einer Brille in Rosa mit einem Schweigen, einem einzigen Schweigen. Ich überlege, bin irritiert. Sie schaut kritisch, als habe sie vor, mich auch dadurch dazu zu bewegen, meinen Wunsch zu überdenken und mich eines Besseren zu besinnen. Ich sinne tatsächlich darüber nach, aber es kommt mir nicht über die Lippen, nach einer anderen Brille zu fragen. Stattdessen wiederhole ich, dass ich eine Kunststoffbrille in Rosa suche.

Sie nimmt mich ein zweites Mal schweigend ins Visier. Offenbar ist die Optikerkette bei der Verkaufsschulung dazu übergegangen, verbale Kommunikation zugunsten von Körpersprache und visuellen Signalen zurückzufahren. Heutzutage muss eben alles schnell gehen. Am schnellsten ist aufs Reden zu verzichten und stattdessen sind gezielt universell verständliche Impulse zu geben, welche die gewünschte Wirkungsabsicht erreichen. Bei mir verfehlt die Reduktionstaktik der Nana-Lisa-Meier ihr Ziel, was sie erkennt, wenngleich es dauert.

Aber wer wäre ich, mich über ihre Langsamkeit zu mokieren oder sie deswegen der Lächerlichkeit preiszugeben, wohl wissend, dass ich für gewöhnlich diejenige bin, die für alles länger braucht, angefangen damit, dass ich mehr als zwei Wochen später als geplant das Licht der Welt erblickte. Und seitdem hinke ich hinterher. Erst im übertragenen Sinn: Ich habe spät laufen gelernt, erst mit zwei Jahren gesprochen, dann aber immerhin gleich in ganzen Sätzen. Ich mache keine halben Sachen, bin konsequent, aber eben spät.

Seit einer Nervenentzündung im mittleren Zeh mit fast 50, die ich nicht gedenke, operieren zu lassen, hinke ich beim Gehen. Ich finde, es ist nur folgerichtig, dass sich das mit dem Hinterherhinken nun auch sichtbar manifestiert.

BEVA würde sagen, ich sei nicht spät, sondern zu spät. Ständig beschwert er sich. Es nervt ihn, dass wir regelmäßig zu spät kommen, wenn wir irgendwohin wollen.

»Mein halbes Leben warte ich auf dich und die Grazien und den Rest des Lebens verbringe ich in der S-Bahn«, hat er vor Kurzem gesagt.

Ob sie mir ein paar Gestelle in Rosa raussuchen könne, bitte ich sie erneut. Rosa sei zurzeit out, erklärt sie ohne Einsicht. Außerdem würde es mich älter aussehen lassen. Ich schlucke. Sie lächelt. Ich lese ihre Gedanken, die aus ihrem Porzellankopf ins Freie gelangen und laut herausposaunen: »So eine alte Mutti willst du nicht sein!« Dass sie mich in Gedanken duzt, empfinde ich als impertinent, doch wenn ich ihr das sagte, würde es nichts mehr mit dem Brillenkauf. Also verhalte ich mich ruhig und hoffe, dass sie sich nun auf die Suche nach Brillengestellen begibt, was sie anscheinend auch vorhat, jedoch erst nachdem sie noch deutlicher wird und feststellt, Rosa stehe mir wirklich nicht und die rosa Brille würde auch meine Gesichtsrötung unterstreichen. Ich kontere, das mit der Rötung mache mir nichts aus.

Sie erhebt sich und geht zu den Plastikgestellen im vorderen Teil des Ladens.

Ich weiß, ich bin nicht so eine Mutti, wie sie denkt. So eine mit mehr als 50 Jahren auf dem Buckel. Eine, die tagsüber den Treppenflur putzt, die sich an der täglichen Soap im Fernsehen festhält, die mehr als 80 Prozent ihrer Zeit in der Küche oder am Herd zubringt, die nicht mehr durchsteigt in der digitalisierten Welt, die festhält am Schlussverkauf im Sommer und im Winter, auch wenn wir mittlerweile auf Dauersale sind, die sich zu Hause pflegend, waschend, kochend, putzend, seelsorgerisch kümmert, die ebenfalls zu Hause Hospiz mit der nicht sterben wollenden 97-jährigen Erbtante erlebt und noch dazu das dauerkränkliche ältere Semester, allen voran die Eltern nebst Anverwandten, an der Backe hat. So eine bin ich nicht, so eine Mutti, die im Sommer zu warm angezogen ist und im Winter mit Schal und Mütze, Handschuhe nicht zu vergessen, voller Angst in der S-Bahn sitzt und sich freut, in der Stadt all denen zu begegnen, die sie gern wäre, die im Laden Sachen anzieht, die sie sich eh nicht leisten kann, die sich nie den großen Wurf zutraut, die das teure Alsterkaufhaus meist nur von außen kennt und sich höchstens mal traut, das Erdgeschoss kurz zu durchfliegen, so, als wäre sie nicht da gewesen, so eine, die keine Spuren hinterlässt, die sich ungesehen wie ein Wiesel hindurchwindet, so eine, die nie im Leben ankommt, weil sie nicht aufbricht, so eine, die niemals richtig lebt. Eine, die den Blick auf die Welt aus der bunten Presse bezieht und sich beim Lesen in eine Königin verwandelt, umringt von lauter schönen Prinzessinnen und Prinzen, eine, die ihren Anteil an einem tragisch verfehlten Leben wegschminkt, die damit klarkommen muss, dass ihr König von einer Affäre zur nächsten schlawenzelt. So eine, so eine Mutti bin ich nicht!

Nana-Lisa-Meier kommt mit fünf Gestellen zurück, nur eins ist in Rosa. Sie reicht mir das rosa Gestell mit den Worten: »Darf ich vorstellen: unser Ladenhüter.«

Die Fassung sieht tatsächlich aus, als verweilte sie bereits länger im Geschäft. Die Form erinnert an die 80er Jahre.

»Sie können natürlich ausprobieren, ob das alte Modell Ihnen steht. Andererseits: Sie wollen doch nicht so hausbacken und artig aussehen wie Ihre Mutter.«

Damit beschreibt sie Henni höchst unzulänglich, aber darüber möchte ich mich nicht mit ihr auseinandersetzen. Ich setze einfach die rosa Brille auf.

»Und?«, fragt sie.

Ich bin sauer, denn sie steht mir nicht. Damit fallen meine Chancen, mir heute eine rosa Brille zu kaufen. Es sieht danach aus, als müsste ich unverrichteter Dinge wieder nach Hause fahren. Wider alle Vernunft beschließe ich, dass ich diesen Laden nicht verlasse, ohne die verdammte rosa Brille gekauft zu haben. Schon wegen der S-Bahn-Tageskarte für 13 Euro, die ich nicht umsonst bezahlt haben will. An meinem Vorsatz, eine rosa Brille zu kaufen, werde ich festhalten.

»Welche Fassung käme denn in die engere Wahl?«, fragt Nana-Lisa-Meier.

Ich bin unentschlossen. Sie nicht, bemüht sich darum, mich davon zu überzeugen, dass die teure braune Designerbrille mit dem zarten Rand und den dünnen Bügeln sehr schön zu mir passe. 369 Euro kostet die. Mir stünden exquisite Brillen, schmeichelt Nana-Lisa-Meier meiner Eitelkeit, sodass ich, ohne zu zögern, bereit bin, ihr zu glauben, obgleich ich, wenn ich meinen Verstand einschalte, ihr Täuschungsmanöver als solches erkenne. Sie lässt nicht locker mit der braunen Brille, die wie für mich gemacht sei. Sie verleihe mir etwas Intellektuelles. Ich erwidere, dass ich ein differenziertes, wenn nicht gespaltenes Verhältnis zu Intellektualität hätte und nicht wisse, ob ich intellektuell sein möchte oder nicht, aber die aufgetragene Intellektualität sei mir zweifelsohne höchst suspekt.

Sie blickt mich verständnislos an und sagt: »Sie sind ...«

»Speziell, sehr speziell«, helfe ich ihr.

»Genau.«

Ergänzend füge ich hinzu, dass ich ihrer Empfehlung trotzdem gern folgte, aber Braun gehe sicher nicht, selbst wenn es ausgezeichnet zu mir passe, wie sie meine. Unter gar keinen Umständen würde ich die braune Brille kaufen, auch wenn sie alles daransetze, sie mir aufzuschwatzen.

Sie ist verärgert. Deshalb erzähle ich ihr, was ich eigentlich für mich behalten wollte. Ich gestehe ihr, dass die braune Brille mich an meine erste Brille erinnere, eine braunmelierte Hornbrille, die ich damals mit meiner Mutter in einem kleinen Geschäft mit einer deutlich begrenzten Auswahl ausgesucht habe. Nana-Lisa-Meier erfährt, dass ich die Brille nur getragen hätte, weil meine Mutter sich geweigert habe, mir eine neue zu kaufen. Ich lasse auch nicht aus, dass ich die Katastrophe, vergleichbar einem seelischen Beben mit anschließendem Vulkanausbruch, der mein Gesicht für die nächsten drei Jahre mit zwei kraterrunden Öffnungen zeichnen sollte, erst begriffen hätte, als ich zwei Wochen später die Brille mit den Gläsern aufgesetzt hätte, und ja, der Schaden sei irreparabel und lebenslänglich, wobei ich stolz sei, das Urteil »lebenslänglich« für Henni nach einem inneren Gnadengesuch aufgehoben zu haben.

Nana-Lisa-Meier holt tief Luft. Und ich sage nochmals, was eigentlich nicht mehr gesagt werden muss, dass die braunmelierte Hornbrille und die damit verbundene traumatische Erfahrung es mir unmöglich machten, noch einmal eine braune Brille zu tragen. Nana-Lisa-Meier nickt und steht erneut auf. Sie läuft zu ihrem Kollegen. Ob sie sich über mich beschwert? Nach einem kurzen Wortwechsel kehrt sie zurück. Ihr Blick vermittelt als Erstes, was sie nun in Worte fasst. Meine speziellen Wünsche, Erfahrungen und Voreinstellungen machten es höchst schwierig, wenn nicht unmöglich, derzeit eine Brille im Sortiment des Ladens zu finden. Es sei doch sicher eine Option, es zu einem späteren Zeitpunkt wieder zu versuchen.

Ich bin bestürzt. Hätte ich das mit der Intellektualität, dem kindlichen Brillentrauma und Henni bloß für mich behalten. Dabei will ich nicht unverrichteter Dinge wieder nach Hause, denn ohne die zeitnahe Aussicht auf eine rosa Brille ertrage ich nicht, was mich dort erwartet. Es sieht aber so aus, als müsste ich aufgeben. Bei diesem Gedanken fühle ich mich wie jemand, der beim Segelfliegen abstürzt. Es ist nicht so, dass ich das schon mal ausprobiert hätte, aber so stelle ich es mir vor: Während ich kurz davor bin, mein innerlich beflügeltes dramatisches Ende an der steilen Bergwand mitzuerleben, kommt mir die rettende Idee, die mich wie ein unerwarteter Aufwind erwischt und mich hinaufträgt auf das Plateau des Bergs, wo ich, wenn auch stolpernd, wieder Boden unter die Füße bekomme.

Ohne Umschweife bitte ich Nana-Lisa-Meier im Katalog zu schauen, ob es die braune Fassung auch in Rosa gebe. Ich setze hinzu, dass mir die Form doch ausnehmend gut gefalle. Sie geht zum Verkaufstresen. Ich folge ihr. Während sie im Katalog blättert, runzelt sie die Stirn. Sie findet die Fassung und Wunder, es gibt sie in Rosa, English Rose.

»Toll«, freue ich mich. »Das ist ja ein Volltreffer. Genau das, was ich gesucht habe.«

Sie geht mit mir zurück zum Tisch, misst den Augenabstand und einiges andere. Dann fragt sie nach getönten Gläsern, woraufhin ich antworte, dass ich gern rosa getönte hätte.

Das sei arg viel Rosa, gibt sie ein letztes Mal zu bedenken. Zu viel Rosa gebe es für mich nicht, widerspreche ich.

Ich sehe mir den Schlamassel zu Hause rosig, im allerschönsten Rosa überhaupt: English Rose.

Beschwingt von der Aussicht auf eine Brille in English Rose, fahre ich mit der S-Bahn nach Hause und hänge ab mit English-Rose-Gedanken: fahre nach England, denke an das Röschenzimmer in der kleinen Pension in Worthing. England, my England. Denke an Shakespeare und atme die Wortesfülle. Springe zu Elton John und seinem Lied für Diana. Sitze in Kensington Gardens auf einer Parkbank, wo ich den Besuch im Victoria and Albert Museum Revue passieren lasse, den Geschmack von Tee mit Milch und Scones noch auf der Zunge.

6. *Kapitel*

8.30 Uhr: Ich bin noch rosa-high von gestern.

9.00 Uhr: Immer noch fühle ich »English Rose forever«. Kaum zu glauben, auch ob der argwöhnisch-kritischen Blicke, die mir der beste Ehemann von allen über den Kissenrand zuwirft und die ich ignoriere. Ich gehe zum Fenster, um die frische Luft hereinzulassen.

9.02 Uhr: Ich schaue genauer in das Gesicht des besten Ehemanns von allen, sehe die bekannten, tief zerfurchten Linien und das zerzauste Haar. Besser gesagt das schüttere Haar. BEVA trennt sich von seinem Haar und ich, ich sollte mich von ihm trennen. Sollte ich?

Wenn da nicht die vielen Fragezeichen wären, die mein Innerstes traktieren.

Seit unserer Hochzeit ist er der beste Ehemann von allen, doch nur noch selten nenne ich ihn so. Meist sage ich BEVA. Das ist kürzer, und nun ja, er und ich, wir kennen uns. Da reicht anstelle des ganzen Wortes der Anfangsbuchstabe. Außerdem, der Anfang ist das Beste. Das, was danach kam, und das, was jetzt ist, ist eben ... Ich weiß nicht, was es ist. Jedenfalls wissen BEVA und ich, dass es unaussprechlich ist.

Fünf totgeschwiegene Affären, drei er, zwei ich, haben wir hinter uns. Das wissen wir und wir leben einigermaßen gut damit. Die Brücken zu Konstanze, Lilly und Britta bei ihm, Sven und Markus bei mir sind demontiert. Meine verfehlten Verbindungen sind gekappt, damit er, wenn auch mit abgelaufenem Gültigkeitsdatum, der beste Ehemann von allen bleiben kann.

Ich habe nie einen vergleichbaren Titel von ihm erhalten. Unmöglich könnte er mich vor der Verwandtschafts-Bagage in den Himmel loben.

Ich bin halt Eva, neuerdings Eva, die allein zurück ins Paradies will. Es wäre ein Problem, wenn BEVA und ich da im Paradies zusammen aufkreuzten. Bekanntlich nahm es in besagtem Paradies zu zweit kein gutes Ende. Und wer will schon am Anfang das Paradies gefährden. Den Fehler, mich ums Paradies zu bringen, begehe ich kein zweites Mal, nicht nach den endlosen Gesprächen mit Tinka, Pons, Mutti-Chancellor und neuerdings auch Lotte und Ottilie.

Ich schulde es ihnen und mir, dass ich mich selbst ernst nehme und aus dem Weg zurück ins Paradies mit meinen Freundinnen keine Farce mache.

Es war ein Anflug blinder Strohfeuer-Verliebtheit, als ich BEVA in meiner Rede auf unserer Hochzeitsfeier den Titel »der beste Ehemann von allen« gegeben habe.

Umgekehrt ist niemand, nicht einmal der beste Ehemann von allen, auf die Idee gekommen, mich die beste Ehefrau von allen zu nennen, was ich auch nicht bin, aber so eine Schmeichelei hätte mir trotz allem gutgetan.

Ein bisschen peinlich war es BEVA schon, als bester Ehemann von allen tituliert zu werden.

Keiner hat nachgefragt, auch nicht Henni, wie ich das meine, »von allen«. Wer war da denn noch so? Das wäre meine erste Frage gewesen. Genau diese Frage stellte aber niemand.

Jahre später plauderte Henni beim Teekochen aus, die Verwandtschafts-Bagage sei mehr als überrascht gewesen, dass sich überhaupt ein Ehemann für mich gefunden habe.

9.05 Uhr: Der beste Ehemann von allen schaut mich völlig irritiert an. Es ist sicher mehr als befremdlich, mich gut gelaunt zu sehen, und dann noch früh am Morgen. Ich hüpfe aus dem Bett. Ich hüpfe wirklich. Immer noch rosa-high laufe ich ins Bad.

9.20 Uhr: Mittlerweile geduscht und angezogen, schleiche ich mit leisen Schritten in Riekes Zimmer. Sie schläft noch. Ich gehe ebenso leise, wie ich rein bin, wieder raus.

BEVA macht Frühstück, nicht nur heute, jeden Tag. Henni sagt, ich wisse nicht, wie gut ich es mit ihm hätte. Wenn Henni wüsste, wie langweilig es mit BEVA geworden ist.

Heute rollt die Verwandtschafts-Bagage an. Bei dem Gedanken bekomme ich einen der Hitzeschübe, die sich bei mir immer wieder einstellen. Ich gehe zum Küchenfenster und reiße es ganz auf. Die hereinströmende kühle Luft atme ich tief ein und langsam wieder aus, wie ich es im Pilateskurs gelernt habe. Die Hitze geht.

»Bleib ruhig und mache alles mit einer inneren Gelassenheit«, rede ich mir gut zu, glaube mir aber kein Wort.

»Das mit den Selbstgesprächen solltest du beobachten. Könnte zu einer Manie werden. Warum redest du nicht mit mir?«, fragt BEVA.

BEVA ist echt blöd. Er weiß doch, wie sich der Verwandtschafts-Bagage-Besuch in der Regel gestaltet und dass ich beim letzten Mal wochenlang in Therapie war wegen Henni, Gesa, Bertholt und der anderen.

»Es ist doch hoffentlich nicht wegen der Feier heute?«, fragt BEVA. »Vermassel ihren Geburtstag nicht. Sie wird nur einmal 18!«, beschwört er mich.

»Kein Grund zur Sorge«, beruhige ich ihn.

»Okay, ich dachte nur, weil du so ...«

»Schatzi, es ist alles in Ordnung«, erwidere ich besänftigend.

Über dieses »Schatzi« bin ich selbst überrascht. Ich habe es von der aufgetakelten Rechtsanwaltstussi, die als Boutiquebesitzerin in unserer Märchenstadt gestartet ist. Gold glitzert und funkelt ganzjährig an diesem Tannenbaum. Die Männer hängen an ihr. Ich bin neidisch auf Mrs Gold-Christmas-Tree. Ich will das auch, dass sie an mir hängen, und krieg es nicht! »Nach Golde drängt, / Am Golde hängt / Doch alles.«

10.20 Uhr: Rieke hat sich über unser Geschenk, eine Woche Segelkurs zu zweit am Starnberger See, gefreut. Wen sie wohl mitnimmt? Tobias? Der kam heute Morgen mit Rosen. Die hat sie in der Stube auf den Tisch gestellt. Alle werden fragen, von wem die sind. Ob sie das will?

12.00 Uhr: BEVA ist in der Küche, wo es summt und brummt.

Ich höre es im Garten. Riekes Freundinnen sind gekommen und stürmen die Küche. BEVA sagt nichts, aber wenn sieben Teenager um ihn herum sind, dürfte es schwer sein zu kochen, Salate zu machen, Dips zuzubereiten und was sonst noch auf seinem Zettel steht.

Ausgerechnet jetzt will Rieke mit den Mädels Muffins backen. Super Idee. Erstens hasst BEVA das Gerödel der Küchenmaschine und zweitens wird das mit dem Backofen zu einem Problem. Bestenfalls werden sie sich einig, was die Nutzung des Geräts betrifft.

Die Nachbarin ruft im Garten nach mir und ich gehe zu ihr raus und schaue, was sie will. Sie möchte wissen, wann der Besuch komme, weil es dann immer so laut sei. Ich sage, ab fünf solle sie Fenster und Türen schließen, wie die Feuerwehr es auch immer übers Radio verkündet, wenn es brennt.

Ich gehe zurück ins Haus, wo es auf einmal beängstigend still ist. Kein Laut dringt mehr aus der Küche. Was ist mit den Mädels?

Ach, wenn wir die Feier doch noch absagen könnten, aber nichts zu machen. Die Bagage kommt, so sicher wie das Amen in der Kirche.

13.00 Uhr: BEVA, Rieke und ihre Freundinnen sind zurück. BEVA sagt, er habe alle in die Eisdiele eingeladen. Ich sehe es an den Flecken auf seinem T-Shirt.

13.06 Uhr: Rieke ist mit den Freundinnen in ihrem Zimmer. Die Musik von Ed Sheeran dröhnt so laut von oben, dass ich jeden Moment damit rechne, dass die Anlage wegen Überbelastung ihren Geist aufgibt.

Ich gehe in die Küche, wo BEVA jetzt den Nudelsalat zubereitet. Er setzt mich sofort als Küchenhilfe ein und sagt, ich solle Paprika und Wurst für den Nudelsalat schneiden.

Wie er auf die Idee gekommen sei, den alten Nudelsalat aus den 80ern zu machen, verkneife ich mir zu fragen. Er könne den vielen Laktoseintoleranten, die wie Pilze aus dem Boden sprössen, nicht so was Ungesundes mit Sahne, sehr viel Sahne anbieten, bricht es dann doch aus mir heraus. Er sagt nichts dazu.

Die Paprika habe ich mittlerweile geschnippelt. Bleibt noch die Wurst. Vorm Schneiden schaue ich aufs Produktetikett und die Inhaltsstoffe. Weder veggie noch bio und jede Menge Zusatzstoffe.

Ich frage BEVA, ob er uns vergiften wolle. Er schweigt. Rieke werde die Tierquälwurst garantiert nicht essen, füge ich hinzu.

In der rechten Hand noch das Messer haltend, will ich die Wurst mit der linken in den Müll werfen. Um sicherzugehen, dass ich das entfernte Ziel nicht verfehle, gleitet mein ausgestreckter Arm über den Kopf nach hinten, um die Wurst mit dem nötigen Schwung im Müll zu versenken.

BEVAs sprechender Blick und die Tatsache, dass er sich direkt vor dem Mülleimer aufstellt, stoppen mich jedoch in der allerletzten Sekunde.

Mein Arm mit der Wurst in der Hand steht nun senkrecht in der Luft. Wäre ich nicht in diese komische Dornröschen-Starre verfallen, schmisse ich BEVA die Wurst an den Kopf. BEVA schaut fassungslos.

Wenn ich es noch recht weiß, hat Ferdinand von Schirach mal in einem Interview geäußert, dass potentiell jeder in sogenannten Extremsituationen eines schweren Verbrechens fähig wäre.

Ich habe das Messer noch in der Hand. Deshalb kurzer Check: Ist das eine Extremsituation? Keine Antwort.

Ottilie meldet sich mit einem kurzen, aber eindeutigen Nein. Danke dafür!

Mein Arm fällt nach vorn zurück. Ich lege die Wurst und das Schneidemesser zurück auf den Tisch.

»Es ist nicht meine Schuld, wenn im Supermarkt Bio gerade ausverkauft ist und dort nur normale Wurst zu haben ist«, rechtfertigt er sich.

»Normale?«, frage ich ironisch.

»Rieke muss es ja nicht wissen«, meint er.

Ich gehe zum Kühlschrank, um die übrigen Lebensmittel auf ihre Essbarkeit hin zu prüfen und mir ein Bild vom Ausmaß der gesundheitlichen Gefährdung zu machen, die in unserem Kühlschrank lauert und heute auf uns zukommen könnte.

Ich bin bereit, unsere Gesundheit zu verteidigen. BEVA wird mich nicht weiter daran hindern, Lebensmittel in den Müll zu schmeißen. Auf keinen Fall will ich dafür verantwortlich sein, wenn Bertholt mit seinem sensiblen Magen von unserem Quälfleisch, das ich gerade hier entdecke, krank wird. Paketweise wandert es in den Mülleimer. Da sind wir gerade noch einmal haarscharf daran vorbeigeschrammt, an Magen- und Darmerkrankungen schuld zu sein.

Die Gurken und Tomaten, die ich finde, sind auch nicht bio. Ich werfe alles weg, auch wenn es Verschwendung ist. Wer weiß, womit die Sachen gespritzt sind.

BEVA ist gerade in der Speisekammer mit dem Salat beschäftigt und kriegt von meiner »Alles-weg-Aktion« überhaupt nichts mit. Auch hier hilft Ottilie mir.

Ich bin erleichtert. Alle potentielle Schuld ist weg. Schuld ist das Letzte, was ich will. Alles ist gut.

BEVA flötet vor sich hin. Er reibt sich die Hände, was ich als frohes »Alles fertig« deute, und bringt den Salat in den Keller.

Die Wurst, die ich wegwerfen wollte, ist wahrscheinlich doch im Salat gelandet. Fragen werde ich nicht. Dann geht alles wieder von vorn los. Und gerade ist es friedlich, wie ich es mag.

Schlimm. Schlimm, wie BEVA es in Kauf nimmt, uns möglicherweise zu vergiften.

Darüber muss ich unbedingt mit Tinka reden. Tinka versteht es auch nicht. Sie hält mir vor, ich solle damit aufhören, es BEVA und allen anderen recht zu machen.

Ottilie findet meinen Einsatz eher grenzwertig.

Mutti-Chancellor sieht das etwas anders. Sie versteht mich, was mich nicht verwundert. Schließlich ist sie geübt darin, faule Kompromisse zu machen.

Wie gut, dass meine Freundinnen unterschiedlich ticken und sich stets eine findet, die mit mir tickt. »Richtig« ist ohnehin überbewertet.

13.20 Uhr: Ich will an einen Ort, wo mich keiner findet. Ich will nichts mit meinem Kopf zu tun haben und werde ihn doch nicht los. Mein Kopf schmerzt.

14.50 Uhr: BEVA hat kurzerhand beschlossen, draußen zu feiern. Er schleppt die Terrassenmöbel aus dem Keller hoch in den Garten.

Als er fluchend den ersten Stuhl absetzt, ahne ich es. Es wäre gut gewesen, im Herbst die Sitzmöbel von dem Dreck zu befreien, aber an dem letzten Sonntag im September hat es so gestürmt.

Auf BEVAs heller Hose und dem T-Shirt, das er gerade neu angezogen hat, befinden sich nun die Schmutzreste des vergangenen Sommers und zusätzlich hat sich ein bisschen Winterschlaf-Kellerdreck daraufgelegt. Das T-Shirt ist viel zu eng. Er hat es sich von einem 25-jährigen Verkäufer aufschwatzen lassen.

BEVA schimpft und rennt in die Küche und ich sehe, wie er den Dreck mit einem feuchten Geschirrhandtuch entfernen will, tatsächlich aber das Gegenteil erreicht und den Dreck nur großflächiger auf dem T-Shirt verteilt.

Den Fleck auf der Hose hat er noch nicht bemerkt. Ich werde es ihm nicht sagen. Das überlasse ich Tante Käthe, die es sicherlich als Erste bemerken wird.

»Eva, kannst du den Rest aus dem Keller holen?«

»Würde ich gern machen. Aber du weißt ja, dass mir die untere Lendenwirbelsäule wehtut.«

»Dann lassen wir es ganz.«

»Ja, auch gut.«

»Nee, find ich überhaupt nicht gut«, gibt er zurück.

»Müsst ihr euch streiten?«, mischt sich Rieke ein.

»Machen wir ja gar nicht.«

»Es ist mein Geburtstag und heute könnt ihr euch mal zusammenreißen und dieses Gekeife lassen.«

»Ich keife nicht. Deine Mutter keift.«

»Mensch, Papa, du weißt, was ich meine.«

15.55 Uhr: Kurz vor vier und ich fühle sie, die Ruhe vor dem Sturm. Der Tisch ist gedeckt, die Getränke kalt gestellt, im Haus ist es leise, das Wetter spielt bestimmt dank Ottilie weiter mit. Es sieht danach aus, als mache das angekündigte Tiefdruckgebiet einen großen Bogen um uns.

Schlechtes Wetter und die Verwandtschafts-Bagage ist eine nicht zu ertragende Vorstellung. Bei diesem warmen Wetter müssen wir nicht alle drinnen aufeinanderhocken – das ist nicht wörtlich zu nehmen –, obwohl die Vorstellung nicht einer gewissen Komik entbehrt.

16.05 Uhr: Noch fast eine Stunde, bis die Bagage kommt. So lange werde ich die Ruhe noch genießen und nicht an den Sturm denken.

BEVA schleppt die restlichen Möbel aus dem Keller und fängt auch noch an, wieder in den Beeten zu buddeln. Die Flecken gehen nie wieder raus! Dieses Wühlen im Erdreich! Ich fände es besser, wenn er nicht zum Maulwurf mutiert wäre. Jetzt muss er nicht nur neues Zeug anziehen, sondern auch noch mal duschen.

Wieder der Blick auf die Uhr, 16.07 Uhr: BEVA schaut mich an. Er erwartet, dass ich ihn lobe wegen des Gartens. Das kann ich nicht.

Gestern war ein richtig schöner Abend, schon mit einem Vorgeschmack auf den Sommer. Ich wäre gern mit BEVA zu dem Klassikkonzert gegangen, aber er hat lieber Unkraut gejätet.

16.12 Uhr: Unterm Kirschbaum ist es auszuhalten. Ginge es mir gut, spräche ich von einer geburtstagsmäßigen Laune des Wetters angesichts von weit mehr als 20 Grad. Ich habe mir den Liegestuhl unter den Kirschbaum im Garten gestellt und döse vor mich hin. Wegen der Kopfschmerzen habe ich Migränetabletten geschluckt.

16.20 Uhr: Es klingelt, mehrmals. Ich gehe nicht hin. Vorm Eintreffen der Verwandtschafts-Bagage brauche ich noch ein paar ruhige Minuten. Jedoch habe ich schon dieses bekannte mulmige Gefühl.

»Eva!«, ruft BEVA.

Er ruft oft nach mir. Zu oft! Wie soll das werden, wenn er älter wird? Wenn er nicht mehr arbeitet? Wird er dann nur noch rufen?

Schon wieder höre ich sein »Eva!« aus dem Keller. Jetzt kommt er mit einem weiteren Stuhl in den Garten.

»Hörst du das Klingeln nicht?«

»Doch, aber es ist nicht für mich.«

»Hätte mir denken können, dass du die Erste bist, die es sich auf der Liege bequem macht, die ich hochgeschleppt habe.«

»Ja, es liegt sich gut hier.«

Es klingelt erneut. Ich gehe rein. BEVA auch, er nach oben, ich zur Tür.

Eine circa 70-Jährige steht vor mir. Erstaunt und fragend blicke ich sie an. Gleich wird sie mir das Heft »Erwachet!« anbieten und mich zu einem Gespräch über die Errettung bewegen wollen. Es kann nicht den geringsten Zweifel geben, dass ich Letzteres dem bevorstehenden Verwandtschafts-Bagage-Besuch vorzöge, aber diese Option habe ich heute nicht. Ich nehme mir vor, im nächsten Leben darauf zu achten, was für ein Leben ich wähle.

Besagtes Heft zur Errettung hat die ältere Dame nicht in ihrer Hand und sie faselt auch nicht davon.

Jetzt erst fällt mir der große Koffer auf, den sie neben sich gestellt hat. Sie wartet darauf, dass ich sie anspreche.

Vielleicht will sie auch was verkaufen.

Oder die Telefongesellschaft schickt zu Leuten wie mir jetzt älteres Personal.

Ich hatte der Telefongesellschaft vor Kurzem einen mehr als zwei Seiten langen Brief geschrieben und mich eingehend über die Kundenbetreuung beschwert. In den Callcentern könne man nie zurückrufen. Wie solle man da bitte schön Sachverhalte regeln? Über die falschen Informationen, die ich von deren Mitarbeitern erhalten hätte, wolle ich mich erst gar nicht auslassen. Fakt sei, sie würden auf meine E-Mails nicht reagieren. Diese verschwänden anscheinend irgendwo im E-Mail-Nirwana. Die Mitarbeiter behaupteten stets, bei ihnen seien keine E-Mails eingegangen. Auch Briefe kämen nicht an.

Es ist halt ein großes Bermudadreieck bei der Telefongesellschaft. Gleichwohl werben sie damit, dass sie die besten, talentiertesten und lösungsorientiertesten Mitarbeiter hätten. Auch mit der rosa Brille sähe ich das anders.

»Was bist du so zerstreut?«, fragt die Frau an der Tür.

»Entschuldigung?«, erwidere ich erstaunt.

»Eva, erkennst du mich nicht?«

»Nein, kennen wir uns?«

»Du hast dir deinen eigenwilligen Humor bewahrt, den du schon als kleines Mädchen hattest.«

Sie muss mich verwechseln.

»Eva, wie lange ist es her? Ach, lass uns nicht über die Vergangenheit sprechen. Jakob wäre heute gewiss gern hier, da bin ich mir sicher. Es ist nicht einfach ohne meinen Mann, so allein.«

Jetzt endlich weiß ich, wer mich da gerade herzt.

»Freya, was für eine Überraschung!«

»Überraschung? Henni hat mir einen so netten Brief geschrieben und mich zu Riekes Achtzehntem eingeladen.«

»Ja?« Henni spinnt wohl, denke ich. Hat sie mir von der Einladung erzählt?

»Komm doch erst mal rein«, bitte ich sie. »Warte, den Koffer nehme ich. Der ist ja schwer. Bist du auf länger verreist? Soll ich deinen Koffer irgendwohin bringen lassen?«, frage ich hilfsbereit.

»Ich weiß eure Einladung zu schätzen und bleibe gern ein paar Tage.«

Langsam begreife ich. »Wie lange genau?«

»Nur eine Woche.«

»Nur!«, rufe ich aus.

»Eva, wenn dir so viel daran liegt, könnte ich auch länger bleiben.«

»Eine Woche ist okay«, stammele ich.

»Welch netter Empfang, Eva! Sie sind alle zwölf da.«

»Alle wer?«

»Die Elfen.«

Ich weiß, dass Freya Geister sieht. Abends nach der Tagesschau sitzen sie auf ihrem Sofa, früher Karl-Heinz Köpcke und Dagmar Berghoff, heute Judith Rakers und andere. Dass Freya Elfen sieht, ist mir allerdings neu.

»Wie niedlich. Schau nur, Eva. Annabelle und Edelweiß sind wunderschön.«

»Ja?«, höre ich mich ungläubig murmeln.

Hinter mir steht plötzlich Ottilie, die, obwohl sie sich nach Himmelskräften bemüht, die Elfen auch nicht sehen kann, wie sie mir bedeutet.

»Ich freue mich auf Rieke und ganz besonders auf Henni. Sonst kann ich mit niemandem über Richard sprechen.«

Während sie das sagt, denke ich, dass ich auf Henni gerade nicht gut zu sprechen bin. Lädt doch einfach die Schwester ihres ersten Mannes zu Riekes Achtzehntem ein.

»Was er wohl in der Gefangenschaft erlebt hat?«

»Wer?«

»Richard.«

Sie bringt da etwas durcheinander, habe keine Ahnung, von wem sie redet.

»Todbringendes hat er in der Gefangenschaft erlebt.«

»Richard war in keinem Krieg und er ist auch nicht in Gefangenschaft gewesen. Er hatte einen Schlaganfall und ist daran verstorben«, rücke ich die Dinge zurecht.

»Weiß man's?«

»1968. Henni hat mir das Jahr so oft genannt, dass ich es im Schlaf sagen könnte.«

»Eva, wir hielten es für das Beste, ihn für tot zu erklären. Es gab kein Lebenszeichen.«

Freya tut mir leid.

»Henni hätte Gerhard nicht heiraten dürfen. Sie war quasi mit zwei Männern gleichzeitig verheiratet. Eine Schande!«

Freyas Verrücktheit ist schlimm. Hennis »Hoffentlich hast du nicht ihre Gene« klingt in meinen Ohren.

»Henni hat die Männer geliebt und umgekehrt.«

»Und wen hast du geliebt?«, lenke ich von Henni ab.

»Er hat sich umgebracht wegen mir.«

Ich bin bestürzt. Sie spricht nicht von ihrem Mann Jakob.

»Hier habe ich seinen Abschiedsbrief. Den habe ich immer bei mir«, sagt Freya und faltet ihn auseinander.

Ich wüsste gern, wessen verknitterten Brief sie mir vor die Nase hält. Er ist mit »K.« unterschrieben. Das sagt wenig aus.

Wo sie sich frischmachen könne, fragt sie.

Ist sie zurück im wirklichen Leben?

»Die Treppe hoch, oben rechts«, antworte ich.

Den Koffer stelle ich bei der Garderobe ab. In wessen Zimmer ich sie unterbringe – keine Ahnung.

»Henni hat von eurem Haus geschwärmt«, sagt sie, während sie hochgeht. »Hier bin ich bestens aufgehoben.«

»In Stade doch auch.«

»Bislang ja, aber ...«

Ich will nicht hören, was in Stade schiefläuft, und sage: »Schönes Wetter heute.«

»Ja. Ich komme direkt aus Bad Bederkesa, wo ich eine Woche gekurt habe.«

»Ist es schlimmer geworden?«

»Was?«

»Na, die Sachen, die du siehst und sonst keiner.«

»Daran habe ich mich gewöhnt, wie es mir Dr. Reinhard prophezeit hat.«

»Der ist doch kein Prophet.«

Sie überhört meine Bemerkung und sagt weiter: »Schlimm ist Karin, die zu uns in die WG gekommen ist. Erst war sie zuckersüß und jetzt hat sie alle gegen mich aufgebracht. Eine Hexe ist sie. Und man sieht's ihr nicht an. Stell dir vor, ich war auch noch diejenige, die dafür gesorgt hat, dass sie Dieters Zimmer bekommt. Die Betreuerin war von Anfang an dagegen. Hätte ich nur auf sie gehört!«

Und schon bin ich drin in ihrem Schlamassel, doch heute ist kein Schlamasseltag. Also lenke ich davon ab und frage: »Hat die Kur gutgetan?«

»Ja, besonders das Essen war super. Ich habe eine Verlängerung beantragt.«

»Und geht das?«

»Keine Ahnung. Aber jetzt bin ich ja erst mal hier. Solange die Hexe nicht weg ist, will ich nicht zurück. Die bringt mich um den Verstand.«

Der fehlt dir schon länger, denke ich.

»Willst du wissen, was ich letzte Woche für Anwendungen hatte?«

»Ich muss noch einiges vorbereiten«, sage ich.

»Na dann«, erwidert sie enttäuscht.

Sie sieht ein, dass ich ihr nicht weiter zuhören kann. Ich höre, wie sie sich die Treppe hochschleppt.

16.30 Uhr: Jetzt kommen Onkel Gerd und Tante Hiltrud gerade durch den Garteneingang. Auch wenn Johns Eltern nicht zur direkten Verwandtschafts-Bagage gehören, hat Henni die beiden eingeladen. Sie tun mir leid, weil sie mit John ihren einzigen Sohn verloren haben.

John war meine große Liebe. Wir hatten uns damals im Studium kennengelernt. Alles war so einfach, wurde aber dann mehr als schwierig, als sich Jodie ankündigte. Unverzeihlich, dass ich sie wegen ihrer schweren Behinderung anfangs nicht gewollt habe. John war da ganz anders, was unsere Beziehung schwer belastete und zu ständigem Streit geführt hatte. Er warf mir vor, herzlos zu sein. Es ist so traurig, dass wir einander verloren haben.

»Wir dachten, wir kommen ein bisschen früher und helfen dir. Auf der Autobahn war nichts los. Schön, dich zu sehen, Eva. Du siehst irgendwie mitgenommen aus. Was bedrückt dich, Kind?«, fragt Tante Hiltrud.

Ihr alle, denke ich. Und ich bin nicht dein Kind.

»So schlimm!«, sagt Tante Hiltrud mitfühlend.

Sie nimmt mich in den Arm und flüstert: »Ist wohl nicht leicht, wenn die Kleine flügge wird.«

Mir kommen die Tränen.

»Wo ist denn überhaupt Rieke?«

»Zieht sich an.« Ich schaue auf die Uhr und setze hinzu: »Das kann dauern. Ist ja auch noch nicht 17.00 Uhr.«

Ich denke bei mir: Das Stück »Herzlich willkommen, meine Lieben« wird erst in einer halben Stunde gegeben. Wer zu früh kommt, bleibt draußen, nur geht das leider nicht mehr, weil sie bereits im Garten sind.

Ich bin da wie die Leute in Großbritannien und möchte eine kontrollierte Zuwanderung der Verwandtschafts-Bagage – »My home is my castle«.

Zur Feier des Tages habe ich die blütenweiße, von meiner Großmutter Gretha gestickte Tischdecke aufgelegt. Auf diese Weise halte ich sie in Ehren und versammle sie mit uns am Tisch.

Still und leise, sonst hätte ich es zu verhindern gewusst, ist Onkel Gerd ins Haus gegangen und hat sich schon mal an den Stubentisch gesetzt. Dass er mich noch nicht begrüßt hat, hat er vergessen. Seine Demenz schreitet voran. Onkel Gerds Langzeitgedächtnis funktioniert aber noch recht gut. Er weiß, dass sein Stammplatz auf dem Sofa ist und Tante Hiltrud natürlich neben ihm sitzt. Rechts und links daneben platziere ich immer Willi und Karlotta.

16.40 Uhr: Schreie aus dem Bad. Noch vor fünf und schon Schreie. Ich vermute, Rieke hat sich mit BEVA gestritten, weil er das Bad blockiert. Irrtum. Es ist Freya, die ich schreien höre. Freya ist meine richtige Tante, aber sie möchte nicht Tante genannt werden. Sie wäre lieber so was wie meine Cousine oder Schwester, meine richtige, versteht sich, wo ich doch nur halbe habe.

»Oh, Johannes, tut mir leid. Oh, Johannes, entschuldige. Ich wusste nicht …!«, ruft Freya aufgeregt.

Unten an der Treppe stehend, sehe ich BEVA nackt über den Flur flitzen.

»Oh, oh!«, ruft sie und hält sich die Augen zu.

»Ist frei«, sagt BEVA ungeniert.

»Ich muss ins Bad!«, ruft die Grazie. »Es ist mein Geburtstag.« Zu spät, Freya ist schon drin.

»Freya ist gleich fertig«, versuche ich Rieke zu beruhigen.

»Gleich kommt doch auch Vicky. Die wird nach dem Squash-spielen duschen wollen.«

»Dann verlegen wir die Party ins Bad«, mischt sich BEVA vom Schlafzimmer ein, der sich nun angezogen hat.

Ich gehe die Treppe hoch und klopfe an der Badezimmertür.

»Ich habe abgeschlossen«, tönt es von drinnen.

»Machst du kurz auf.«

»Geht nicht, ich habe mir ein Bad einlaufen lassen.«

Innerlich fluche ich und sage forsch: »Beeil dich, Rieke und Vicky wollen sich fertigmachen.«

»Ich komm sofort.«

Am Geräusch, das durch die Tür zu mir dringt, höre ich, dass sie aus der Wanne steigt.

Erst ist es nur eine Vorahnung. Doch dann passiert es wirklich.

»Aua! Oh!«, jammert sie.

Sie ist ausgerutscht, kein Zweifel.

»Kannst du aufstehen?«, rufe ich.

»Nein. Es tut so weh.«

»Wie schlimm ist es? Was tut dir weh?«

»Mein Knöchel.«

Das verschafft mir eine gewisse Erleichterung – wahrscheinlich ist es nicht so schlimm.

»Versuch auf dem Boden zur Tür zu rutschen.«

Rieke steht neben mir und ich sehe ein unterdrücktes Lachen in ihrem Gesicht, das zu mir herüberspringt.

Die Vorstellung, wie Freya plitschnass nackt auf dem Boden zur Tür robbt, weckt in mir Erinnerungen an das Walross Antje, das der NDR jahrelang als Markenzeichen einsetzte. Das Kopfkino bringt mich dazu, laut loszuprusten und all die Anspannung und Panik wegzulachen.

»Wieso liefern wir bei jeder Feier Bespaßung all inclusive?«, frage ich Rieke.

Rieke zieht nur kurz die Schultern hoch.

Freya ist drinnen hörbar bis zur Tür gerobbt.

»Setz dich auf und dreh den Schlüssel!«, ruft Rieke Freya kichernd durch die Tür zu.

»Du lachst doch nicht«, empört sich das Walross.

»Doch, Tante Freya, Mama hat mich zur gnadenlosen Ehrlichkeit erzogen.«

»Eva, über deine Erziehung müssen wir reden.«

»Nun mach endlich auf.«

Ich höre das Drehen des Schlüssels und öffne die Tür. Sie liegt vor mir auf dem Bauch in all ihrer ausufernden Fülle. Die alten Meister hätten Freyas paradiesische Körperlichkeit sicherlich in Ölfarben für die Ewigkeit festgehalten.

»Ich helfe dir auf!«

»Erst mal ein Handtuch, Eva.«

Ich werfe es über sie.

»Aufstehen kann ich nicht.«

Mit Freya diese furchtbar steile Steintreppe runter, daran ist nicht zu denken. Ich gehe nach unten, um BEVA zu fragen, was wir mit ihr machen sollen.

16.55 Uhr: Oben jammert Freya, als Rieke ihr beim Anziehen hilft.

Da klingelt es wieder an der Haustür. Durch die Glasscheibe sehe ich Bertholt und Gesa. Ich öffne ihnen. Hinter Bertholt und Gesa stehen Käthe und ein dunkel gekleideter Mann. Das muss der Pfleger sein.

Oben schreit Freya weiter rum. Der Pfleger kommt wie gerufen.

»Hallo«, sage ich nur kurz.

»Nette Begrüßung«, bemerkt Gesa spitz.

»Wir können auch wieder gehen, Eva«, versetzt Bertholt. »Wenn ihr wegen mir hier wärt, gern, aber ihr seid doch wegen Rieke und BEVA da, oder?«

»Ja, nein.«

»Du steigerst dich als charmante Gastgeberin«, mischt sich Käthe ein.

»Ja, sorry. Und Sie sind?«, wende ich mich an den Pfleger.

»Hasso.«

Scheußlicher Name. Klingt nach bissigem Schäferhund, nach »Hasso, fass«, denke ich.

»Herzlich willkommen, ihr Lieben«, sagt BEVA, der wie aus dem Nichts neben mir auftaucht. »Kommt rein. Wie geht's dir, Papa?«

»Muss ja.«

»Du siehst blendend aus.«

»Das täuscht.«

»Hätte mich auch gewundert, wenn du etwas anderes geantwortet hättest. Alter Miesepeter«, zischt BEVA so leise, dass nur ich es höre.

Hinter Käthe und Hasso, der kräftig und breitschultrig dasteht, drängeln sich Willi und Karlotta.

Eben hält ein Rettungswagen mit Blaulicht vor unserem Haus. Was wohl bei den Nachbarn passiert ist? Zwei Sanitäter kommen unsere Treppe hoch. Die Wartenden bilden eine Rettungsgasse. Die Sanitäter fragen nach der Verletzten und mir wird klar, dass sie tatsächlich zu uns wollen. Rieke muss sie gerufen haben.

»Nur Chaos in dieser Familie«, schimpft Käthe.

»Ist sie bei Bewusstsein?«, wollen die Sanis wissen.

Ich nicke und fordere sie auf, mir zu folgen. Freya ist mittlerweile angezogen.

Rieke hat Freya ein Riesenstück Marzipannusstorte nach oben ins Bad gebracht. Freya sitzt nun glücklich und zufrieden mit sich und der Welt auf dem Steinfußboden und muffelt in aller Gelassenheit Torte.

Der Sani guckt seinen Kollegen an und sagt: »Falscher Alarm, Jannik.«

Nun trifft mich sein Blick. Er maßregelt mich: »Sie sollten die 112 nicht wählen, wenn kein Notfall vorliegt.«

Ich erwidere, Freya habe kurzfristig das Bewusstsein verloren, und setze mit ernster Miene hinzu, wir seien auf das Schlimmste vorbereitet gewesen.

Ottilie ist außer sich und reagiert mit einem Regenguss.

Bevor Freya meiner Darstellung widersprechen kann, stopfe ich ihr den Mund mit dem Rest Torte.

Den Sanitäter ziehe ich am Arm aus dem Bad. Hinter vorgehaltener Hand flüstere ich, Freya sei gaga.

»Das stimmt nicht«, protestiert Freya.

Wie kann sie mich nur gehört haben? Ich spreche so leise, dass selbst ich es kaum höre. Der Sanitäter hat mich jedenfalls nicht verstanden. Ich sehe es an seinem fragenden Blick.

Um sicherzustellen, dass er's endlich kapiert, mache ich mit dem Arm eine Scheibenwischerbewegung und bedeute damit, dass Freya nicht ganz bei Verstand sei. Jeder andere hätte sofort begriffen, was ich damit sagen will, aber dieser Sanitäter scheint nicht gerade eine Leuchte zu sein.

»Neunter Stock«, versuche ich es noch einmal.

Jeder in unserem Bekanntenkreis versteht, was damit gemeint ist, nur dieser Sani-ohne-Licht weiß nicht, dass im neunten Stock des Krankenhauses die Irren behandelt werden.

Ganz richtig ist das nicht mehr, denn sie haben die Station mittlerweile verlegt, aber wir halten am neunten Stock fest.

»Glauben Sie nichts von dem, was meine Nichte erzählt. Sie übertreibt maßlos«, schreit Freya aus dem Bad.

Mir ist auf einmal zum Heulen. Das passiert normalerweise erst, kurz bevor die Verwandtschafts-Bagage geht. Dabei sind sie noch nicht mal alle hier, aber das Chaos ist schon im Haus und hat es sich in allen Räumen bequem gemacht.

»Nehmen Sie mich mit?«, fragt Freya den Sani, der zum vierten Mal ihren Fuß abtastet. »Und was grabbeln Sie die ganze Zeit an meinem Fuß rum?«

»Wenn wir schon mal hier sind, nehmen wir Sie mit«, erwidert der Sani.

Zusammen mit seinem Kollegen hebt er Freya auf die Trage. Den Koffer gebe ich den Sanis gleich mit, auch wenn sie meinen, Freya könne bestimmt gleich wieder nach Hause kommen.

Ich bete zu Ottilie, dass es anders sein möge, habe aber ernsthafte Zweifel, dass mir meine Freundin in diesem Fall helfen wird, weil sie sich auch gar nicht zeigt. Hoffen tue ich es gleichwohl.

Solche Gebete, selbst wenn sie tiefster Verzweiflung entspringen, dürften es schwerlich bis zur ersten Anhörung bei Ottilie schaffen und werden höchstwahrscheinlich spätestens am Himmelstor aussortiert. Ach, mit solchen Wünschen darf ich sie auch wirklich nicht behelligen. Das ist ein absolutes No-Go, anderen das Krankenhaus zu wünschen. Ich muss mich vorsehen, sonst könnte ich meine Freundin verlieren.

Die Handtasche lege ich Freya auf den Bauch, blicke sie wegen meines schlechten Gewissens lieb an – so lieb ich eben kann – und nehme ihr den Teller ab, bevor sie mit den Sanitätern verschwindet.

Das Telefon klingelt: Josefine Richter von gegenüber. Nur ein verstauchter Knöchel, gebe ich Entwarnung. Trotzdem bemerkt sie, bei uns sei ja wieder was los. Ärgerlich lege ich auf.

Es klingelt erneut, diesmal an der Tür.

»Überraschung!«

Das ist es wirklich. Wie aus der Vogue entsprungen, steht Katja da, steckt in einem superteuren schwarz-weißen Kostümfummel à la Hepburn, trägt High Heels und ist einfach nur super gestylt, sodass ich mich mal wieder wie »Mutti« fühle in meinem viel zu großen weinroten Pulli, der heute verdeckt, dass ich gestern in einem Panikanfall je drei Packungen Kekse und Schaumstoffwaffeln verdrückt habe. Dass der Jeansrock zu eng ist, sieht man nicht, weil ich den oberen Knopf geöffnet habe, was besagter hässlicher Pullover gut kaschiert. Ich ziehe ihn sicherheitshalber noch ein bisschen runter, damit der beabsichtigte Effekt auch ganz bestimmt erzielt wird und der Pullover nicht aus Versehen hochrutscht und alles sichtbar macht.

Angesichts von Katjas Erscheinen frage ich mich, ob ich im falschen Film bin. Erst am Morgen haben wir uns ihre Videobotschaft angeschaut. Wie hat sie es von New York so schnell hierhergeschafft? Okay, das Video hat sie gestern geschickt.

Sie sind nur zu dritt. Hat Tony keine Zeit? Als Katja ihre Sonnenbrille absetzt und ich ihre Augen sehe, weiß ich sofort, dass sie in einem traurigen Loch steckt, in dem ich nicht sein möchte.

Ich will sie in den Arm nehmen, doch sie windet sich aus der Umarmung und heult los, bis die Augen schwarz aussehen wie bei einem Pandabären.

Wäre ich die hippe Upper-East-Side-Fotografin, würde ich ein tolles Foto von ihr schießen. Schräge Fotos verkaufen sich megagut.

»Mami, ich will wieder nach Hause«, quakt May.

Grace ruft dazwischen: »Ich auch. Das ist voll blöd hier. Echt scheiße.«

Super anmutig, Grace, denke ich vor dem Hintergrund, dass

Katja daran arbeitet, dass ihre Mädchen sich gewählt ausdrücken. Aber ich sollte nicht ablästern. Die Kleine ist halt verwöhnt.

Ich kämpfe mit mir. Es ist ein langer Flug für sie gewesen. Ich bleibe trotzdem bei verwöhnt und schicke sie und ihre Schwester nach oben zu Rieke.

Ich weiß, dass Tobias bei Rieke im Zimmer ist. Die werden sich freuen über Grace und May.

17.05 Uhr: Noch läuft alles einigermaßen, wenn auch nicht nach Plan.

Der Wasserkocher brodelt und ich gieße Katja einen Beruhigungstee auf, den ich ihr ins Badezimmer bringe, wo sie ein Bad nehmen will.

»Es geht alles den Bach runter«, weint Katja.

Ich spüle die Wanne aus und lasse neues Wasser ein. Katja weint mit dem Wasser um die Wette.

Seit Katja vor mehr als 20 Jahren bei Henni ausgezogen ist, habe ich sie nicht mehr weinen sehen. Katja war immer tough und top drauf.

»Was ist denn nur passiert?«, frage ich zögerlich. Vielleicht ist ihr das bereits zu viel an Einmischung.

»Ich bin früher als erwartet vom Fototermin zurückgekommen.«

Weiter kommt sie nicht. Ich kann mir denken, was passiert ist, das, was immer passiert. Einer hintergeht den anderen und umgekehrt und irgendwann kommt es durch einen dummen Zufall raus.

»Mit einer Studentin. Dass er sich nicht ...«

»Du hörst jetzt auf zu reden, entspannst dich und morgen oder auch übermorgen erzählst du mir alles.«

»Ist es nicht furchtbar, dass ich mich ausgerechnet zu dir rette?«

Es wundert mich auch, dass sie sich nicht bei ihren tausend supertollen Society-Freundinnen ausheult. Das klitzekleine verbliebene bisschen Schwesternliebe verbietet meiner Zunge, ihr das zu sagen.

»Mitleid brauche ich nicht, nur ein paar Tage Tapetenwechsel. Ich musste einfach raus aus New York und erstmal alles hinter mir lassen und da bist nur du mir eingefallen, wo ich hinkann. Sobald der Makler eine Wohnung für uns hat, sind wir wieder weg.«

Innerlich bin ich erleichtert, ich hatte schon befürchtet, dass sie vorhat, mit den Kiddies hier bei uns zu bleiben.

»Was ist mit dem Fotoauftrag für dieses Magazin? Du warst so stolz darauf.«

Sie heult wieder.

»Musst du mich immer zum Heulen bringen?«

Typisch Katja. Jetzt bin ich auch noch schuld, dass sie heult. Ich lege ihr ein Handtuch raus und bitte sie, im Bad abzuschließen.

»Sonst hast du hier keine Ruhe vor der Bagage«, versuche ich, witzig zu klingen.

»Eva!«, ruft Käthe unten.

»Gleich.«

Beim Rausgehen bleibe ich mit dem Bein an der kantigen Türzarge hängen und reiße mir die Nylonstrumpfhose auf. Super!!! Ein riesiges Loch an der Wade. Unübersehbar! Und nun muss ich meine alte Strumpfhose wieder anziehen.

Dabei hat die Verkäuferin behauptet, das Material der Strumpfhose sei extrem reißfest. Ich kann mich genau erinnern, dass ich äußerte, der Preis sei mit 18 Euro unverschämt hoch, woraufhin sie entgegnete, es sei eben ein extrem hochwertiges Produkt von herausragender Qualität, einfach unübertroffen. Sie behauptete, die Strumpfhose sei praktisch unzerreißbar.

Damit hatte sie mich. Mit diesem einen Wort: unzerreißbar!

Das ist es, was ich und die tausend Evas da draußen wollen: Nichts soll uns im Inneren und Äußeren zerreißen.

Unzerreißbar! Ein Wunsch, den ich mir selbst erfüllen möchte.

Ich will nicht, dass meine Nerven zum Zerreißen gespannt sind, wie jetzt gerade mit dieser Verwandtschafts-Bagage.

Unzerreißbar als unveräußerliches Kennzeichen meiner Würde.

Ich werde eine diesbezügliche Petition im Bundestag einreichen. Gleich morgen.

Mutti-Chancellor nickt und klatscht Beifall. So emotional kenne ich sie gar nicht. Sie würde sofort unterschreiben. Verlust der Würde stehe bei ihr tagtäglich auf der Agenda. Ich solle einen Ausgleich für erlittene Schmerzen fordern. Das sei längst überfällig, dass wir uns Evas Würde zurückfordern.

Mir gefällt, was sie sagt. Ja, ich und alle Unterzeichnerinnen, wir fordern unsere Würde einfach zurück.

Gleich morgen bringe ich auch die praktisch unzerreißbare Nylonstrumpfhose zurück und lasse mir die 18 Euro wiedergeben. Und wenn ich bis zum Geschäftsführer gehe. Ich ahne, dass es nicht einfach werden wird, aber ich werde nicht einknicken.

Hätte ich der Verkäuferin, die mich mit ihrem modischen Chic beeindruckt hat, bloß nicht geglaubt.

Wäre ich nur nicht Eva gewesen. Hätte ich der Verlockung doch widerstanden, Grauzone 50 plus durch »lässig, cool, nonchalant« zu ersetzen.

Gesegnet mit Krampfadern kann ich im Zeitalter von 50 plus nicht ohne blickdichte Strumpfhose. Ich verabscheue Krampfadern, die zusammen mit den kleinen roten Linien, die sich rasant vermehren, Vorboten davon sind, dass die zweite Hälfte im Lebensspiel längst angepfiffen wurde.

Die Landkarte auf meinen Beinen zeigt unmissverständlich, wie sich das Ödland ausbreitet, zu dem ich mehr und mehr werde.

Es ist das ewige Eva-Problem: Ich fühle mich nicht wohl in meiner Haut. Die Nylonstrumpfhose sollte sich wie eine zweite Haut über meine ungeliebte eigene legen.

Aus meinen Gedanken werde ich von der Verwandtschafts-Bagage jäh zurückgeholt. Gerade bahnt sich ein Konflikt zwischen den Cousinen an, der hoffentlich nicht eskaliert.

»Ihr beide geht jetzt raus aus meinem Zimmer«, bugsiert Rieke ihre Cousinen Grace und May zur Tür. Mit sechs und neun Jahren haben die beiden schlechte Karten, zu ihren Lieblingscousinen zu avancieren. Umgekehrt schon, aber Rieke legt keinen Wert darauf, von Grace und May als die große Cousine angehimmelt zu werden. Sie ist es gewohnt, die Kleine zu sein, um die ich mich 24/7 sorge, der ich alles aus dem Weg räume und die ich auch sonst meine Mama-Protektions-Präsenz spüren lasse.

»Eva!«

Käthe klingt hysterisch.

»Eva! Das Telefon klingelt ununterbrochen.«

»Dann geh doch ran!«, rufe ich auf halber Treppe.

»Ich bin doch hier nicht zu Hause.«

Also hetze ich zum Telefon und greife zum Hörer. Wer immer es war, hat gerade aufgelegt.

»Eva!«

Ich renne in die Stube und staune nicht schlecht, dass schon ein Großteil der Verwandtschafts-Bagage eingetroffen ist und sich die Plätze am Tisch gesichert hat.

Henni ist mit Luise da. Luise sei zu oft allein und dass ich mich bestimmt unbändig freute, sie zu sehen, erklärt eine zufrieden dreinschauende Henni.

Was um Himmels willen könnte ich dagegen haben, dass sich anscheinend das gesamte ältere Semester Norddeutschlands mangels Abwechslung zum Geburtstagsfeiern bei mir einfindet?

Zwischen meinen Füßen fahren zwei Rennautos durch.

»Sorry«, sagt Tom, Mias Sohn.

»Schwesterherz«, lacht Mia.

»Halbschwesterherz!«

»Danke für die Einladung. Für ein paar Stunden erträgst du uns hoffentlich.«

»Ja, ein halbherziges Ja.«

»Du Scherzkeks.«

»Mir ist nicht nach Scherzen.«

»Erfrischend, deine Ironie«, begrüßt mich Martin.

Vor ein paar Monaten habe ich Martin mit einer deutlich jüngeren Frau in einer Bar in Berlin gesehen. Es war purer Zufall, dass ich dort landete. Ein Freund wollte mir ein paar Szenelokale zeigen. Er ist besorgt, dass ich in unserer biederen Märchenumgebung versauere.

Als ich mit ihm in die Bar reingegangen bin, habe ich Martin am Rummachen mit dieser Frau gesehen.

Wenn Mia das wüsste. Unvorstellbar, dass sie die Affäre Martins dulden würde. Das wäre das Ende, das ich nicht will, weil ich weiß, dass Mia kein Ende will, nicht jetzt mit zwei Kindern im Alter von fünf und zehn. Gerade hat sie den Job als Staatsanwältin angenommen. Allein packt sie das nicht. Ich will nicht, dass Martin das Vergnügen hat und Mia draufzahlt. Mein Halbschwesterherz bringt es nicht über sich, Mia wehzutun.

Jonny, der Kleine von Martin und Mia, schubst mich. Er hat seinem Bruder Tom die Fernbedienung entrissen und lässt das Auto Slalom fahren zwischen unseren Füßen.

17.10 Uhr: Seit 17.00 Uhr zieht sich die Zeit wie Kaugummi. Die herbeigesehnten guten Wünsche für den Heimweg der Verwandtschafts-Bagage müssen noch eine Ewigkeit in die Warteschleife.

Jemand tippt mir von hinten auf die Schulter und sagt seufzend: »Ich hab's hierhergeschafft dank Henni. Sie ist ein Engel.«

Wohl kaum, denke ich. Die akute Geldnot, in der sich Esther seit Jahren, eigentlich zeitlebens, befindet, hat ihre Wahrnehmung getrübt.

Selbst als wir noch Kinder waren, musste ich ihr stets was leihen. Sie hatte immer Schulden bei mir. Als ich sie später – wir waren schon Mitte 20 – darauf ansprach, wollte sie davon nichts wissen.

Esther kann ein Biest sein. Über zwei Jahrzehnte sind da

schon einige Euros zusammengekommen. Esther hat ihre ganz eigene Wahrheit dazu.

»Esther! Wie schön!«, begrüßt Henni sie.

Alles ist für Henni immer schön.

Esther schwärmt: »Du bist ein Engel!«

»Ein Engel, ich?«, fragt Henni nach.

Sie will es noch mal hören.

»Dein Brief vor ein paar Monaten hat mich gerettet«, sagt Esther. »Die vielen Todesfälle im Januar. Mein Zeitvertrag war ausgelaufen. Und dann kamen deine lieben Worte. Es ist, als schütte Fortuna seither ihr Füllhorn lauter Glücks über mir aus. In der Musikschule bin ich fest angestellt und mit dem Leiter …« Stolz zeigt sie einen Ring wie in den amerikanischen Kitschfilmen. Als triumphierte sie über ihr bisheriges Leben, bricht es aus ihr heraus: »Wir heiraten.«

»Das ist ja wunderbar, nicht wahr, Eva?«, freut sich Henni.

»Ja«, sage ich, obwohl es mich nicht bewegt.

Im Stillen frage ich mich, ob Esther sich das gut überlegt hat: »Drum prüfe, wer sich ewig bindet …«

Was das wohl für ein Typ ist? Sie ist nicht mehr die Jüngste. Er vielleicht auch nicht. Braucht er angesichts seines Alters bald eine Pflegerin? Bin ich fies? Ja. Egal!

»Wollt ihr euch nicht umarmen?«, fragt Henni. »Ihr seid doch Freundinnen.«

Wir schweigen.

Freundinnen, das war einmal. Hätte Esther nicht den Brief an Walter geschrieben …

Walter wäre nie schwimmen gegangen bei diesen meterhohen Wellen. Die rote Fahne habe geweht, haben sie gesagt. Badeverbot.

Unzählige Male habe ich geträumt, wie das Meer Walter verschlungen hat. Wegen Esthers Brief reiste Walter an die Atlantikküste und er fand das verlassene kleine Restaurant und Ceciles Grab.

Dann ging er schwimmen und stürzte sich in die tosenden Wellen, um nie mehr zurückzukehren. Esther hatte geschworen, nichts zu sagen. Mehr als 15 Jahre ist das jetzt her.

Ich vermisse Walter. Mein bester Freund ist tot wegen Esther. Cecile wollte nicht, dass Walter von ihrer Krankheit erfuhr. Er sollte glauben, sie hätte ihn wegen Pierre verlassen.

Es ist alles Esthers Schuld. Wäre sie nicht Riekes Patentante, ich hätte sie vor der Tür stehen lassen.

»Eva?«

Henni schüttelt mich und fragt: »Hast du ein Gespenst gesehen?«

»Ja«, antworte ich.

»Ich wollte keine alten Geschichten wachrütteln«, sagt Henni besorgt.

»Dann lass es.«

»Ihr wart mal beste Freundinnen.«

Esther kommt auf mich zu.

»Du siehst traurig aus«, sagt sie und legt den Arm um mich.

Ich will ihren Arm nicht und lege ihn zurück.

»Lasst uns Kaffee trinken«, wechselt Henni das Thema.

Bei all der Aufregung hat niemand daran gedacht, Kaffee zu kochen.

Henni blickt auf die Uhr und murmelt: »17.20 Uhr, ganz schön spät fürs Kaffeetrinken. Da muss ich wohl selbst noch für Kaffee sorgen.«

»Gute Idee«, kontere ich. »Wir warten doch auch nur noch auf Vicky.«

Die kommt gerade freudestrahlend rein. Sie hat beim Squash gewonnen.

»Bis gleich«, sagt sie. »Wo ist Papa? Ich habe Pete getroffen.«

»Im Keller.«

Grace fragt, ob sie bei dem Kuchen helfen könne.

Sie könne die Torte aus dem Kühlschrank holen, sage ich lächelnd. Sie kauft mir ab, dass ich zur freundlichen Tante geworden bin. Stolz trägt sie die Torte ins Wohnzimmer, der Kaffee ist fast durchgelaufen und es sieht aus, als könnte es doch ein nettes Kaffeetrinken werden.

»Eva, konntest du dich nicht zurückhalten?«, stichelt Tante Hiltrud, die sofort bemerkt hat, dass ein Stück von der Torte fehlt.

Grace ist durch die fahrenden Autos der Jungs abgelenkt. Sie will die Torte absetzen, hält sie aber schief. Die Torte fällt vor den Augen der Verwandtschafts-Bagage zu Boden.

Alle meckern Grace an. Das wird Katja ein Vermögen kosten, diese Feier beim Psychologen aufzuarbeiten. Warum sind wir nur so gemein?

»Ich fahr zum Bäcker und hole eine neue Torte«, entscheide ich notgedrungen.

»Nimmst du mich mit?«, fragt der beste Ehemann von allen.

»Du willst jetzt weg?«, frage ich entsetzt.

Eine blöde Frage. Er will, sonst stünde er nicht mit dem Squashschläger in der Hand und gepackter Sporttasche über der Schulter da.

»Pete hat Vicky daran erinnert, dass wir um 18.00 Uhr ein Spiel haben«, druckst er rum. »Das hatte ich total vergessen.«

Damit ist für ihn die Sache geklärt, aber nicht für mich.

»Denk nicht mal dran«, erkläre ich bestimmt. »Du sagst ab!«

»Eva, das geht überhaupt nicht. Ich muss da unbedingt hin. Fährst du jetzt, sonst nehme ich das Fahrrad.«

Er lässt mich hängen. Das hat er noch nie gebracht, mich mit der Verwandtschafts-Bagage allein zu lassen.

Ich habe zwar noch nie geboxt, denke aber, dass sich ein Knock-out vor dem eigentlichen Kampf so anfühlen müsste, wie ich mich in diesem Moment fühle.

Im Auto schweigt BEVA zufrieden, ich schweige sauer.

»Tschüssi«, verabschiedet er sich bestens gelaunt, als er aussteigt und mir noch mit dem Schläger nachwinkt.

Ich überlege kurz. Ist dies der Zeitpunkt, ihm zu sagen, das war's. Den Gedanken verwerfe ich, weil ich keinen Bock auf noch mehr Durcheinander habe. Außerdem ist heute Riekes Geburtstag. Ich will, dass sie eine tolle Feier hat.

Beladen mit einer riesigen Torte kehre ich zurück.

Rieke flirtet so sehr mit Tobias, dass ich in Sorge bin wegen Robert, der unbemerkt von mir auch noch gekommen ist und sich offensichtlich unwohl fühlt.

Es sind wie immer nicht genügend Stühle für alle am Kaffeetisch. Wir könnten Reise nach Jerusalem spielen.

Henni sagt, es sei kein Problem, dass zu wenig Stühle da seien. Luise pflichtet ihr bei. Es sei äußerst kommunikativ, wenn wir hin und wieder die Plätze wechselten. Bewegung sei gut. Das würde unsere Gespräche beflügeln.

So weit der theoretische Ansatz: Tatsächlich stehen weder Henni noch Luise oder sonst wer auf, die das Glück gehabt haben, einen Platz am Tisch zu bekommen.

Die Kinder, die ihre Torte unter dem Tisch essen, haben Spaß. Ein übers andere Mal versenken Henni, Luise und Gesa ihre spitzen Schuhe in den Tortenstücken von Grace, May und Jonny, die es lustig finden, die Torte auf den Schuhen zu verschmieren.

Als Käthe ihre Schuhe unter dem Tisch auszieht, weil sie drücken, füllt Jonny einen Teelöffel voller Schlagsahne in den rechten Schuh. Nachdem Käthe die Schuhe wieder angezogen hat, schimpft sie über die ungezogenen Gören.

Robert schleicht die ganze Zeit um Rieke und Tobias herum. Schließlich drückt er Rieke zwei Karten in die Hand und fängt an zu singen.

»Karten für Rea Garvey. Oh, wie toll!«, sagt sie voller Freude und fällt Robert um den Hals.

Ich höre meine Freundin Lotte, die sich zu Wort meldet: »So ist Wolli mir früher auch um den Hals gefallen! Was hat er mir nicht alles geschrieben und geschenkt in seinem Liebesweh.«

18.45 Uhr: Die Kaffeetafel ist mittlerweile ohne weitere Zwischenfälle beendet.

Gesa möchte mit Bertholt spazieren gehen. Ohne den Pfleger Hasso geht das natürlich nicht. Der ist jedoch müde und hat keine Lust.

Käthe bleibt auch sitzen. Auf den hohen Schuhen könne sie nicht laufen, sagt sie.

»Und nun, Bertchen, hopp!«, sagt Gesa.

»Sie auch«, fordert Gesa Hasso auf.

»Bleib doch, Bertchen!«, fleht Käthe, als er aufstehen will. Sie zieht an seinem Arm und zwingt ihn, sich wieder richtig zu setzen. Gesa bleibt hartnäckig. Sie nimmt Bertholts linken Arm und bringt ihn dazu hochzukommen. Käthe reißt darauf erneut an seinem rechten Arm und Bertholt fällt zurück auf den Stuhl.

Das Reißen und Schieben eskaliert, als Käthe auf Bertholts Urinbeutelschlauch tritt, während Gesa Bertholt gleichzeitig schwungvoll hochzieht. Dabei wird der Katheter herausgerissen. Bertholt stößt einen gellenden Schrei aus.

Käthe hebt den Beutel auf. Gesa greift danach und dabei löst sich der Verschluss. Bertholts Blaseninhalt trifft unter lautem Geschrei Gesa, Käthe und ihn selbst, wobei er sich auch auf den Stuhl, den Teppich und den Parkettboden ergießt.

Der Lärmpegel und die nicht gut riechenden Konsequenzen des Hühnerkampfes zwischen Gesa und Käthe sowie der elendige Zustand Bertholts übersteigen das übliche Maß der Ausschreitungen bei bisherigen Feiern.

Da niemand sonst die 112 wählt, greife ich zum Hörer.

Gerade noch rechtzeitig erinnere ich mich, dass der Rettungsdienst heute bereits einmal hier war.

Bertholts Not sollte ich besser nicht zum Anlass nehmen, die Rettung zu alarmieren, zumal das mit Freya grenzwertig war.

Vielleicht würden uns sogar die Kosten des Einsatzes zur Last gelegt.

Käthe und Gesa haben es geschafft, dass der Rest der Bagage fluchtartig die Stube verlassen hat.

»Henni, kümmerst du dich um die Schweinerei«, sage ich mit bebender Stimme.

Sie schüttelt den Kopf und verweist auf ihr Herzklabastern, also Vorhofflimmern, und das sei ein besorgniserregendes Zeichen.

Das Beste wäre, sie lege sich erst mal hin.

Ich weiß wo. In mein Bett. Dort wird sie sich den Fernseher einschalten und irgendwelche Nachrichtenkatastrophen gucken.

Das mit dem Herzklabastern gebraucht sie in letzter Zeit inflationär.

Gerade habe ich eine Horrorvorstellung: Henni feiert ihren 100. Geburtstag bei uns. Ich sehe aus wie eine, die nicht mal mehr die Abwrackprämie wert ist, Hennilein dagegen erfreut sich strahlender Gesundheit. Sie hüpft und tanzt und ich halte mich an einem Rollator fest, während sie meint, ich hätte mich mehr pflegen müssen. Dann ginge es mir besser, eine weise Einsicht, die ich gern ad hoc umsetzte.

Hasso hat sich derweil den jaulenden Bertholt geschnappt. Er will ihn duschen und neu ankleiden. Ersatzwäsche haben sie allerdings nicht dabei. Er wird sich etwas von BEVA anziehen müssen.

BEVA würde das nicht zulassen und ihm was aus dem Altkleidersack holen. Er ist aber nun mal nicht da.

Bertholt quiekt vor Schmerzen, als Hasso ihn zum Duschen die Treppe hochträgt.

Heute Morgen habe ich befürchtet, dass es schlimm würde, aber die Verwandtschafts-Bagage übertrifft alles.

Mir ist klar, dass Käthe und Gesa auch ihr Zeug wechseln müssen. Duschen besser auch. Wieso muss die halbe Verwandtschafts-Bagage eigentlich jedes Jahr bei uns duschen oder baden?

Nur bei uns passiert es. Entweder sehen die Kinder aus wie Schweine und müssen, weil sie in den Gartenteich beim Nachbarn gefallen sind, abgeduscht werden oder sie sind barfuß durch die Blumenbeete gelaufen und haben danach die schöne schwarze Erde im Haus verteilt, bis sie schließlich im Bad angekommen sind. Und wenn wir sehr viel Glück haben, stellen sie den Wasserhahn rechtzeitig ab, sodass die Wanne nicht überläuft und es nicht durch die Decke tropft.

Ich brauche dringend eine Baldriantablette. Nicht eine, die ganze Packung schlucke ich. Sollte ich einschlafen, so wäre es mir recht. Und wenn ich die vielen Tabletten nicht vertrage, kann ich mir ärztlichen Rat bei Vicky holen.

Wo ist sie eigentlich? Sie ist sicher vor der Bagage in ihr Zimmer geflüchtet und hat den Kopfhörer auf.

Was ist mit Rieke, Tobias und Robert? Haben sie wie der Rest der Bagage auch das Weite gesucht?

Und wo bitte schön ist der beste Ehemann von allen, wenn er mehr als höchst dringend – Alarmstufe rot – gebraucht wird? Auf dem Squashplatz!

Ich habe die Bagage an der Backe und BEVA verpisst sich! Ich darf mich mit Bertholts ... Ach, es ist ... Mir fehlen die Worte.

In der Küche fülle ich zwei Eimer mit heißem Wasser, gebe Teppich- beziehungsweise Polsterreiniger dazu, vergesse Einweghandschuhe nicht und schleppe alles in die Stube.

Hasso ist mit Bertholt, nachdem er ihn trockengelegt und neu angezogen hat, in der Zwischenzeit die Treppe wieder runtergekommen und ins Krankenhaus gefahren, was mich erst mal aufatmen lässt.

Bleiben nur Gesa und Käthe, die das Bad unter Wasser setzen könnten. Sie werden auch Zeug brauchen, und zwar meins. Ob ich ihnen was raussuche?

Tinka wird die ganzen Klamotten wieder sauber machen müssen. Die wird sich bedanken.

Ein bisschen Mitleid habe ich mit Bertholt. Ich weiß gar nicht, ob es in unserem Krankenhaus eine Urologiestation gibt. Ach, Hasso wird sich zu helfen wissen. Er ist vom Fach.

Gesa und Käthe und ich sind die einzig Verbliebenen in der Stube. Die beiden stehen da in ihren feuchten Klamotten. Ich sollte sie ins Bad schicken. Stattdessen reiche ich ihnen die Gummihandschuhe, die sie gezwungenermaßen nehmen.

Die zahlreichen Gründe, weshalb sie besser nicht den Teppichboden und die Polster reinigen sollten, wagen sie nicht zu äußern. Gesa würgt ihr entzündetes Knie, ihre Gummi- und Putzmittelallergie runter.

Käthe pfeift die Worte des Protests zurück, wobei die Mundwinkel ein tiefgründiges Bedauern über die missliche Lage ausdrücken. Ich gehe davon aus, dass ihre perfekt lackierten rosa Fingernägel die kommende Putzaktion wohl nicht unbeschadet überstehen werden.

Käthe streift sich die Einweghandschuhe über. Ich weiß genau, was sie gern gesagt hätte.

Ich weiß immer, was sie gerade sagen will, und höre sie innerlich protestieren, sie fühle sich überrumpelt und der Orthopäde habe ihr untersagt, zu putzen und sich zu sehr zu bücken. Eigentlich dürfe sie nur noch sitzen und essen.

Ich sehe Gesa und Käthe an, dass sie wünschten, schnell aus dem Albtraum zu erwachen. Sie blicken auf meinen Mund, inständig hoffend, dass aus ihm die erlösenden Worte kommen mögen, einfach und schlicht wie: »Ach lasst mal, ich mach das schon.«

Ihre Erlösung fällt aus.

Der mitleidheischende Blick Käthes bewegt mich gerade nur deshalb, weil ich weiß, dass der schwere Tisch nur zu dritt vom Teppich zu schieben ist.

»Oh, ist der schwer!«, stöhnen die beiden, obwohl ich eine Seite alleine trage.

Gegen jegliches Mitgefühl für die beiden bin ich immun. Warum haben sie sich hinreißen lassen zu …?

Wie soll ich es nennen, ohne dass es klingt, wie es riecht?

Käthe und Gesa müssen das selbst verschuldete … wegwischen. Dafür hole ich ihnen einen Stapel Wisch- und Handtücher. Ich vergesse nicht, sie zu ermahnen, den Teppich nach der Reinigung über die Wäscheleine im Garten zu hängen. Einen weiteren Eimer mit Parkettreinigungsmittel stelle ich noch dazu – es soll richtig, richtig sauber werden –, Schrubber und Feudel ebenso. Da es eklig sei, mögen sie zweimal durchwischen, sage ich mit Nachdruck. Der Geruch müsse auf jeden Fall weg, der setze sich sonst fest.

Käthe und Gesa flehen mich an mit tieftraurigen Blicken. Es gibt weiterhin keine Erlösung. Ich bin Eva. Mit Erlösung kenne ich mich nicht aus, dafür wohl mit Versuchung und dem, was daraus erwächst. Erlösung ist nicht meins. Vielmehr gefällt es mir, Käthe und Gesa zu sagen, dass sie wieder mal reizende Gäste seien und ich ihnen für das überaus harmonische und einmalige Kaffeetrinken dankte.

Ich bin so genervt von allem, dass ich für eine Weile auf den Dachboden fliehe und die Luke von oben schließe. Hier wird mich niemand vermuten und hier habe ich endlich Ruhe vor der Bagage.

19.30 Uhr: Langsam klettere ich die Stufen auf der Holzleiter nach unten. Das Haus füllt sich wieder.

Freya und Bertholt sind mit Hasso aus dem Krankenhaus zurück. Bertholt behauptet, der behandelnde Arzt habe nie zuvor einen Katheter gelegt und es deshalb etliche Male versucht, bis ein Kollege, der das Elend nicht länger habe mit anschauen wollen, übernommen habe.

Käthe streicht Bertholt voller Mitgefühl über den Kopf und Gesa nimmt seine Hand und tätschelt sie.

Henni ruft, ich möge die Terrassentür schließen, sonst verkühle sie sich. Martin widerspricht, die frische Brise tue gut. Es sei nicht kalt. Henni solle sich ein bisschen bewegen, am besten im Garten, wo es so schön blühe. Martin geht immer in Opposition zu Henni.

Ich habe beobachtet, wie Martin die Maulwurfshügel abgelaufen ist und sie gezählt hat. Der Schaden, den der Maulwurf unserem Garten zugefügt hat, ist beträchtlich. Im hinteren Teil des Gartens ist der Rasen komplett hinüber. Wie kann er da nur lächeln?

Soll ich ihn auf die Frau in der Bar ansprechen? Jetzt wäre ein guter Moment. Aber es geht ja nicht, wegen der Familie.

Ottilie pflichtet mir bei und setzt hinzu: »Ist doch furchtbar, dass so was heutzutage normal ist.«

»Eva!«

Offensichtlich ist BEVA vom Squash zurück.

»Eva«, hallt es erneut durchs Haus, lauter als zuvor.

Ich überwinde meine Widerstände und gehe zu ihm.

»Wo sind das Fleisch und das Gemüse?«, fragt er vorwurfsvoll. »Der Grill ist schon heiß und hast du gehört, dass sie in der Stube mit dem Besteck auf den Tellern klappern?«

»Ist das mein Problem?«

»Eva, es sind deine Gäste.«

»Das stimmt nicht. Es sind Riekes Gäste, von Henni eingeladen.«

»Wo hast du das Fleisch hingelegt?«

»Was das Fleisch betrifft, also.«

Ich will ihm die Wahrheit sagen, breche aber ab.

»Ja«, sagt er und hält inne.

»Es ist weg«, sage ich mutig.

Verständnislos blickt er mich an, sodass ich gezwungen bin, es zu wiederholen: »Das Fleisch ist weg.«

»Zehn Kilo Grillfleisch, einfach weg.«

»Ja, weg.«

Er schweigt, woraufhin ich erkläre: »Ich weiß, wie blöd das klingt.«

Im selben Moment sagt er: »Eva, weißt du, wie blöd das klingt.«

Die letzten Worte sprechen wir gleichzeitig und fangen dabei an zu lachen, weil es schon ziemlich komisch ist, wenn unsere Seelen, die sonst einen disharmonischen Zweiklang pflegen, in dieser Situation im Gleichklang schwingen.

»Es klingt wirklich blöd, Eva.«

»Ja, da sind wir uns ja einig.«

»Bitte, Eva, wo ist das Fleisch? Ich will das jetzt wissen!«

»Ich weiß nicht.«

»Wie, du weißt es nicht?« Er stutzt.

»Das Fleisch war schlecht und das Gemüse auch. Ich hab's weggeworfen«, sage ich.

Überraschenderweise kommen keine Vorwürfe. Anstatt sich über mich aufzuregen, fragt er: »Und jetzt?«

»Wir setzen die Verwandtschafts-Bagage einfach auf Diät«, schlage ich vor.

Ich lache, er nicht.

Lachen tut gut. BEVA lässt sich davon jedoch nicht anstecken, auch nicht, als ich trotzig weiterlache. Zu etwas muss dieses Lach-Yoga-Seminar schließlich gut gewesen sein. Es ist zwecklos, ich bringe ihn nicht dazu mitzulachen. Immerhin wird er nicht ärgerlich.

Eigentlich ist BEVA seitens seiner Familie auf Wutausbruch vorprogrammiert. Er hat das von Bertholt.

»Eva, was essen wir denn nun heute Abend?«, fragt er, mittlerweile gereizt.

»Im Kühlschrank sind noch Salat und Pilze.«

Beides ist bio und hat deshalb meine Alles-in-den-Müll-Aktion überstanden.

»Reis mit Pilzen und Salat. Ist doch lecker?«, versuche ich die Stimmung zu heben.

»Habe ich eine Alternative?«

»Ja! Du könntest uns in dieses neue Restaurant einladen.«

»Wenn du zahlst, Eva.«

Ich verlasse die Küche und gehe ins Wohnzimmer.

Die Bagage hat Hunger. Darauf reagiere ich mit der Feststellung, dass es schön sei, dass wir endlich mal wieder alle zusammen seien. Das Essen werde allerdings noch etwas dauern, da es frisch zubereitet werde.

Es klopft an der Terrassentür: Willi und Karlotta kommen zurück vom Spazierengehen in der Stadt. Sie suggerieren gern eine Nähe zu dem Künstler Liebermann. Bei Fragen nach ihrem Namen sagen sie: »Liebermann, wie Max Liebermann.« Sie sind nicht mit dem Maler verwandt. Mein Stiefvater, Gerhard Liebermann, hatte nichts mit der Kunst am Hut. Gerhard hat sein Geld als Bauunternehmer und mit Immobilien gemacht.

»Hier riecht es nach Angebranntem«, sagt Willi unvermittelt. Ich rieche es jetzt auch und renne in die Küche.

»Eva, die Pfanne vom Herd!«, schreit BEVA.

»Eva! Die Pfanne!«, wiederholt er aufgeregt und reißt die Pfanne nun selbst vom Herd und drückt sie mir samt verbranntem Inhalt in die Hand.

»Kann alles in den Müll!«, ärgert er sich.

Dann fängt BEVA an zu zaubern. In wenigen Minuten hat er die restlichen Pilze gewaschen, neuen Reis gekocht und alles zu einem Pilzragout mit Reis verarbeitet und Salat zubereitet. Außerdem ist uns der Nudelsalat im Keller wieder eingefallen, der uns rettet, auch wenn er nicht bio ist, egal.

Die Bagage is(s)t zufrieden in großer Runde am Tisch, nur Freya nicht, die mag weder Reis mit Pilzen noch Nudeln und Salat schon gar nicht. Ihr bleibt das Baguette vom Vortag, das sie mürrisch verdrückt.

BEVA macht auf Gastgeber und schenkt Rotwein ein. Bald redet die Verwandtschafts-Bagage lauter und lauter, lacht und redet durcheinander. Sie feiert dionysisch ausschweifend, sogar Freya, nur ich nicht.

Mit den Kopfschmerztabletten verträgt sich kein Wein.

Gesa und Käthe prosten sich lachend zu und vergessen sogar vorübergehend die lang gehegten und gepflegten Animositäten.

Hasso leert gerade sein drittes Glas. Die Bagage fängt an, Aquavit zu trinken.

Ich erinnere die Bagage daran, dass es weit nach zehn sei, in der Hoffnung, dass sie es verstehen würde. Es kümmert niemanden. Die Bagage bleibt sitzen, trinkt weiter, ist froh und entspannt.

An dem folgenden Desaster bin ich nicht ganz unschuldig. Damit meine ich nicht die gelegentlichen Verwünschungen, zu denen ich hinsichtlich der Bagage tendiere.

Erst klagen nur die Jungs von Martin und Mia über Bauchschmerzen, was wir zunächst nicht ernst nehmen. Sie gehen in der allgemeinen Alkohollaune unter.

Als jedoch Henni und Esther die gleichen Symptome zeigen, folgen alle anderen und krümmen sich vor Schmerzen.

Mittlerweile kotzen alle, die Kinder gerade da, wo es ihnen hochkommt. Ein unangenehmer Geruch verbreitet sich schnell und führt automatisch zu weiteren Würgeanfällen.

Henni ruft mehrere Taxis. Mitten in der Nacht wird die ganze Gesellschaft, bis auf Freya, ins Krankenhaus gekarrt: Verdacht auf Lebensmittelvergiftung durch Pilze, meint der Arzt.

Ich befürchte, BEVA wird nie wieder Bio kaufen. Dabei hatte ich ihn gerade so weit, dass er die vergifteten Sachen im Laden liegen lassen wollte.

Was mit uns im Krankenhaus passiert, kann ich nicht beschreiben. Genauer gesagt, ich weiß es nicht. Ich habe, als es unerträglich wurde, im Selbstversuch Hypnose betrieben und es hat geklappt.

Inzwischen sitze ich wach auf einem Krankenbett. Der Assistenzarzt meint, so eine Nacht habe er noch nicht erlebt. Ob Alkohol ein Thema in der Familie sei, will er wissen. Ich antworte, alle von der Bagage seien Fans von Grönemeyer, und singe: »Alkohol ist dein Sanitäter und dein Rettungsboot.«

Er wendet sich ab und murmelt: »Vergiftet, besoffen und unmusikalisch! Warum muss ich heut Nacht Dienst haben?«

Ich will hinterherrufen, dass ich als Einzige nicht besoffen sei, aber lasse es.

Riekes Geburtstag endet am frühen Morgen. Trotz unserer Symptome, die allerdings abgeklungen sind, schmeißen sie uns wegen nächtlicher Ruhestörung – vor allem Willi, Bertholt und Gesa sorgen für Randale –, Trunkenheit und Bettenmangel aus dem Krankenhaus.

Die kleinen Kinder müssen bleiben, weil die Ärzte nicht erkennen könnten, dass wir in der Lage seien, die Verantwortung für sie zu tragen.

Ich bin zu kaputt, um zu protestieren.

Mit Großraumtaxis geht es heim. Bezahlen können wir nicht. Die Bagage selbst ist mit leerem Portemonnaie angereist und BEVA und ich haben alles Geld für den Monat für diese Feier ausgegeben.

Das Verständnis der Taxifahrer hält sich in Grenzen. Sie hupen im Konzert, als ich sage, dass sie eine Rechnung schicken sollen.

Bei Richters geht kurz das Licht an und wieder aus. Ich sehe Josefine die Gardine zur Seite schieben. Sie öffnet das Fenster. Ich schicke Josefine mit einem Abwinken sofort wieder zu Bett.

Bei uns ist alles hell erleuchtet, stelle ich fest. Es ist Freya, die alles angemacht hat, weil sie nachts Angst hat.

Als ich mir drinnen mögliche Folgen von »Freya-allein-zu-Haus« ausmale, breche ich zusammen und falle auf den Teppich. Niemanden kümmert's. Typisch Bagage!

Die Bagage beschließt, dass sie über Nacht bleibt: Tante Hiltrud und Onkel Gerd, Esther, Gesa, Käthe, Bertholt und Hasso, Henni, Luise, Katja, Mia, Martin, Freya, Willi und Karlotta. Die Freundinnen von Rieke sind vor dem Abendessen gegangen. Ich fange an zu zählen: 19 Leute sind wir mit uns, nein, 23 mit den Kindern. Die werden sicher früh am Morgen gebracht.

19 Bed und 23 Breakfast, wahrscheinlich. Mir wird sofort wieder schlecht.

Die Bagage sucht sich selbst Bettzeug und Plätze zum Schlafen. Ich habe beschlossen, dass ich nicht mehr vom Teppich aufstehe. Rieke deckt mich mit einer Decke zu, weil ich doch immer so friere. Sie bringt mein Lächeln zurück und ich möchte damit einschlafen.

Es wäre auch so gekommen, aber Bertholt und Hasso rütteln mich wach. Hasso erklärt, dass es extra koste, wenn er hier übernachte. Er wolle das nur klarstellen und dass er die Kohle bar wolle.

Bertholt sieht mich an. Ich begreife, dass er erwartet, dass ich die Kosten trage. BEVA kommt hinzu und beruhigt Hasso, dass er bekomme, was ihm zustehe. Hasso ergänzt, dass er auch eine Entschädigung wegen der Vergiftung erwarte. BEVA nickt.

Überall im Haus verkrümelt sich die Bagage. Ich sehe es nicht, weil ich die Augen schon geschlossen habe, aber ich höre es. Esther hat eine Luftmatratze gefunden, die sie neben mich legt. Mir wäre wohler, sie würde ihr Nachtlager nicht hier bei mir aufschlagen. Nach all der Zeit und trotz der immer noch vorhandenen Vertrautheit wäre mir Abstand lieber. Vicky und Rieke schlafen in einem Zimmer und machen Riekes Zimmer für die Bagage frei.

Ich schließe die Augen, kann aber nicht einschlafen. Ich denke an Rieke und Tobias. Kotzerei zählt sicher nicht zu den Lieblingsbeschäftigungen von Verliebten. Wahrscheinlich ist Tobias deshalb auch gerade ohne ein Wort gegangen. Es sollte mich wundern, wenn er noch mal aufkreuzt.

Und Robert, der ist direkt aus dem Krankenhaus nach Hause, den dürfte Rieke auch los sein. Sie hat ihm im Krankenhaus auf die Hose gekotzt. Da hat es sich so was von schnell entliebt. Arme Rieke! No lovers, no love.

Die Location Krankenhaus und das Drumherum gilt es bei der nächsten Feier zu toppen. Durchaus möglich, dass wir dann im Knast landen. Auch ohne kriminelle Energie könnten wir es schaffen, eine Nacht oder länger in Polizeigewahrsam genommen zu werden.

Ganz sicher bin ich aber, dass die nächste Feier nicht bei uns stattfindet.

Es muss erst mal Gras, nein, Grasberge müssen über alles wachsen. Das mit den Grasbergen wird dauern, denn der Maulwurf sorgt eifrig dafür, dass selbst das bisschen verbliebener Rasen nicht mehr lange überleben dürfte. BEVA sollte über eine landwirtschaftliche Nutzung der Fläche nachdenken. Umgegraben ist ja schon fast alles. Dann hat es sich für immer mit dem Gras.

Endlich Ruhe. Endlich Ruhe, bis es am Morgen durch das Haus hallt: »Eva!«

BEVA ruft. Es klingt wie »Hilfe«.

Hilf dir selbst, dann hilft dir Ottilie, möchte ich antworten.

»Eva!«

Es klingt anders als sonst, dramatischer. Hat er gerade einen Herzinfarkt erlitten oder wundert er sich über die nach wie vor vielen Gäste, die bei uns kampieren? Er schreit weiter. Vermutet er, dass die Occupy-Bewegung unser Haus zu ihrer Schaltzentrale gemacht hat? Ich ignoriere BEVAs Rufen.

Und jetzt dieses Klingeln an der Tür? Freya und Käthe haben Brötchen geholt und freuen sich, wie sie sagen, auf ein ausgiebiges Frühstück und ich möge beim Fleischer in der Stadt Aufschnitt und von den leckeren Salaten kaufen.

Die Feier mit der Verwandtschafts-Bagage geht in die nächste Runde.

»Open end!«, grinst Freya, die anscheinend meine Gedanken gelesen hat.

»Tschüssi«, sage ich, mache es wie BEVA und verschwinde.

»Eva, bleib!«, bittet Freya.

»Geht nicht. Habe Termine«, antworte ich.

Als ich spätabends, weit nach elf, zurückkehre, ist das Haus still. An den Schuhen bei der Eingangstür erkenne ich, dass ein Großteil der Bagage immer noch da ist. Esther und Freya hätten ihre Treter besser nach draußen zum Lüften gestellt. Katjas High Heels glänzen, daneben stehen zwei Paar Kinderschuhe, das heißt, ich bereite mich besser innerlich auf die zweite Folge im amerikanischen Ehedrama vor.

Mia und Martin und die Kids scheinen weg zu sein, die anderen auch. Vor der Treppe stolpere ich über Tobias' Schuhe. Ist wohl doch nicht aus mit ihm und Rieke.

Müde gehe ich nach oben. BEVA schläft und schnarcht, als ich ins Zimmer komme.

»Bist du noch wach?«, flüstere ich BEVA ins Ohr. Keine Antwort.

Ich schnappe mir die Wolldecke und gehe die Treppe hinunter ins Wohnzimmer, wo niemand kampiert.

BEVA hat Katja und die Mädchen im Keller einquartiert, obwohl auch er weiß, dass niemand eine Nacht im Keller auf den alten Matratzen schmerzfrei übersteht. Egal, ich habe auch keine Lust mehr, heute Abend hieran was zu ändern.

Mir ist kalt. Ich wickele mich in die Wolldecke und greife nach der Fernbedienung.

Gelangweilt zappe ich durch die Kanäle, bis ich an einer telefonischen Ratgebersendung hängen bleibe. Einen Moment überlege ich tatsächlich anzurufen. Hilfe könnte ich gebrauchen.

»Dann mach was, Eva«, sagt mir eine unbekannte innere Stimme.

»Wieso mischst du dich bei mir ein und wer bist du überhaupt?«, frage ich verwirrt.

»Eva Reloaded«, antwortet die Unbekannte.

»Das sagt mir nichts.«

»Ich bin Eva, wie sie ist, wenn sie wäre, wie sie sein könnte. Ich bin ein Gleiches zu dir, Eva, ein zweites Lied, das einen hellen Ton anschlägt. Meine Zunge, meine Augen, meine Ohren, meine Glieder und mein Geist wollen das bisherige Programm ›Eva‹ überschreiben: Ich, ›Eva Reloaded‹, übernehme. Das neue Programm läuft ab jetzt!«

7. Kapitel

Nach zwei Wochen ist unser Haus an diesem Morgen endlich wieder ganz von der Verwandtschafts-Bagage befreit. Katja und die Kinder sind gestern Abend nach New York zurückgeflogen. Es sieht nicht gut aus, was Katjas Ehe betrifft. Freya hat das Haus schon vor einigen Tagen verlassen. Ihre Kur in Bad Bederkesa wurde aufgrund ihrer Persönlichkeitsstörung kurzfristig verlängert. Esther ist zwei Tage nach der Geburtstagsfeier zurück nach München gefahren. Sie ist im Hochzeitsstress. Sie wollte noch mal mit mir reden, aber ich nicht mit ihr. Wir können das Vergangene nicht neu schreiben.

Eigentlich müsste es zwischen BEVA und mir nun besser gehen, zumal wir auch mit Riekes Abi durch sind, es hat sich aber nichts zum Guten verändert.

Aufgrund der Abivorbereitung wären BEVA und ich jetzt prädestiniert, Schülerinnen und Schüler durch die stürmische See der Abizeit zu lotsen.

Bei Anfrage würden uns die Schulbuchverlage sicher bitten, an der Konzeption der nächsten Abibücher mitzuwirken, sagt Pons, die uns monatelang beobachtet hat und auch selbst immer wieder durch tolle Beiträge in die Vorbereitung eingegriffen hat. Ich konnte sie nur schwer davon abhalten, ein entsprechendes Schreiben an ihren Verlag zu schicken.

Lotte fällt Pons ins Wort und ergänzt, auf jeden Fall solle es ein empfindsamer und einfühlsamer Abiratgeber werden. So was verkaufe sich immer. Das könne eine Geldquelle werden. Sachbücher seien eher trocken, fügt Lotte hinzu. Dafür würden die Leute nicht so gern Geld ausgeben.

Ich glaube, ich mache beides. Am Ende verdiene ich so viel Geld, dass ich nicht weiß, wohin damit.

»Schön auf dem Teppich bleiben, aber ein Schritt in die richtige Richtung«, meldet sich »Eva Reloaded«.

Während des Abis haben BEVA und ich auch für Riekes leibliches Wohl gesorgt, mehr BEVA als ich.

Vicky sagt, wenn sie es später nicht hinkriege mit dem Kochen, sei ich schuld. Schließlich übernähmen Kinder bis zu 80 Prozent der Verhaltensweisen ihrer Eltern.

»Und warum kochst du dann nicht wie dein Vater?«, war ich versucht zu fragen.

»Eva Reloaded« hat gemeckert, dass ich die Frage nicht ausgesprochen und stattdessen wie immer die Schuld auf mich genommen habe.

Sie ist stinksauer auf mich und hält mich für feige.

BEVA sitzt mal wieder schlecht gelaunt am Frühstückstisch.

»Das war's«, konstatiert er.

»Was meinst du damit, das war's?«, frage ich.

»Reden bringt nichts«, erwidert er.

Nachdem er aus der Tür ist, gehe ich zu Tinka in den Keller.

Sie müsste fertig sein mit der Ladung Feinwäsche. Warum piept sie nicht? Ich stehe vor Tinka und kann's nicht fassen. Sie ist mitten im Waschvorgang stehen geblieben.

»Meine Zeit ist um«, sagt Tinka. »Es ist an der Zeit zu …«

»Wir haben noch viel Zeit«, falle ich ihr ins Wort.

»Eva, ich bin endgültig durch mit Wäschewaschen.«

»Ich brauche dich. Sieh dich um, die vollen Waschkörbe. Außerdem, BEVA hat was.«

»Was denn?«

»Sagt er nicht. Er hat nur so eine komische Andeutung gemacht, dass es das war.«

»Was heißt das?«

»Keine Ahnung. Du weißt ja, wie er ist. Redet nicht gern.«

»Idiot. Warum behält er es nicht ganz für sich, wenn er eh nicht reden will?«

»Stimmt. Typisch BEVA, erst Staub aufwirbeln und wegwischen kann ich alles. Aber im Ernst, Tinka, du darfst nicht aufgeben. Morgen kommt Vicky mit Bergen von Wäsche. Du kannst mich jetzt nicht im Stich lassen.«

»Also noch mehr schmutzige Wäsche.«

»Ja. Lass mich nicht hängen. Es ist kurz vor Ende des Semesters. In der Klausurenphase ist Vicky immer hypernervös. Außerdem ist das Kapitel Mario zu Ende, Barcelona und Auslandssemester haben sich damit wohl auch erledigt.«

»Eva, versuchen wir's. Kümmere dich um einen Techniker. Dieses Mal ist es sicher eine sehr aufwendige Reparatur. Und klär das mit BEVA heute Abend.«

»Okay.«

Hätte ich abends nicht hartnäckig nachgefragt, hätte BEVA mir nie diesen Brief gezeigt, worin sie ihm zum Ende des Monats kündigen beziehungsweise seinen Zeitvertrag nicht verlängern. Bisher hat BEVA immer ein Anschlussprojekt gefunden. Ich bin erschüttert, lese den Brief ein zweites Mal.

»Das lässt du dir nicht gefallen«, sage ich wütend zu BEVA.

»Mensch, Eva, du weißt doch, dass ich nur einen Zeitvertrag habe. Da ist nichts zu machen. Die Kündigung ist rechtens. Ich habe bereits mit einem Anwalt bei uns im Institut gesprochen.«

»Der wird sich auch gerade mit seinem Arbeitgeber anlegen wollen. Außerdem hat dein Chef, Herr Franzen, noch Anfang des Jahres gesagt, er wolle dein Arbeitsverhältnis in ein unbefristetes umwandeln.«

»Er wollte. Gemacht hat er es nicht.«

»Das könnte trotzdem Auswirkungen auf die Rechtmäßigkeit der Kündigung haben und dann hättest ...«

»Könnte, hätte ...«

»Warum kämpfst du nicht? Warum gibst du dich geschlagen, noch bevor der Kampf begonnen hat?«

»Weil es sinnlos ist, absolut zwecklos.«

»Mit der Einstellung sicher. Ich suche dir im Internet einen Spezialisten für Arbeitsrecht.«

»Und den bezahlt wer? Den Rechtsschutz habe ich letztes Jahr gekündigt.«

»Das findet sich dann schon.«

»Deine Naivität möchte ich haben. Das kostet alles Geld, das ich nicht habe und du auch nicht.«

»Was bist du nur für ein Waschlappen!«

»Das aus deinem Mund.«

Es meldet sich »Eva Reloaded«: »Wo er recht hat, hat er recht.«

»War nicht so gemeint.«

Er erwidert bitterböse: »Jedes Wort hast du so gemeint. Wenn du dich nur hören könntest. Wie du mich ansiehst. Das ist nicht die Eva, die ich geheiratet habe und die ich kenne.«

»Die will ich auch nicht mehr sein.«

Wieder höre ich »Eva Reloaded«: »Das ist doch mal eine Ansage, weiter so.«

»Und ich will die andere nicht.«

»Uns fällt schon etwas ein, was wir gegen diese doofe Kündigung machen können. Sie dürfen dich nicht vor die Tür setzen.«

»Sie dürfen, aber davon hast du keine Ahnung. Du lebst und verkümmerst hier im Tal der Ahnungslosen und verbringst deine Zeit mit was weiß ich.«

»Du weißt es nicht, weil du dir nicht einmal die Mühe machst hinzuschauen. Oder hast du das erste Kapitel meines Abiratgebers gelesen? Oder meine Kurzgeschichten? Du weißt gar nicht, was ich mache und wer ich bin.«

»Was wird das, Eva?«

»Es wird nicht mehr, es ist das Ende.«

»Wir brechen hier ab.«

»Das bestimmst du einfach so.«

»Warum tust du das? Reicht es nicht, dass sie mir kündigen? Musst du immer noch einen draufsetzen und gleich alles kaputt machen?«

»Das hör ich mir nicht länger an.«

»Wenn ich mal ein Problem habe, das sich nicht so einfach

vom Tisch wischen lässt, dann schaffst du es, dass ich mich noch schlechter fühle.«

»Ich wollte dir helfen.«

»Da kann ich nur lachen. Reicht es nicht, dass ich mich beschissen fühle?«

»Ich hör mir nicht weiter an, wie du dich noch tiefer in die Scheiße reitest.«

»Eva, Schluss jetzt.«

»Ich lasse mir nicht den Mund verbieten.«

»Ein wenig Verständnis, Eva, mehr wollte ich nicht.«

»Quatsch. Du willst dich in deinem Mitleid suhlen.«

»Schöner Vergleich mit einem Schwein, toll.«

»Den Vergleich hast du angestellt.«

»Nur so viel: Ich hätte dich mal sehen mögen, wenn sie dir nach so vielen Jahren den Laufpass gegeben hätten.«

»Sieh's doch mal positiv. Sie haben dich all die Jahre ertragen.«

»Du bist so fies, selbst wenn man schon am Boden liegt, trittst du noch mal zu.«

»Ich und Gewalt, das ist so daneben. Jemand muss dich aus dem Jammerland rausholen.«

»Du holst mich aus gar nichts raus. Außerdem bist du diejenige, die sich aufs Klagen und Lamentieren versteht.«

»Eva Reloaded« klinkt sich wieder ein: »Ein Volltreffer für BEVA!«

»Du spinnst total, BEVA. Die Kündigung hat dir den Verstand geraubt.«

»Das sagt die Richtige. Dich versteht schon lange niemand mehr.«

»Was heißt das?«

»Du bist echt verrückt.«

»Warum lebst du dann noch mit mir zusammen, wenn du so von mir denkst?«

»Schlechte Angewohnheit.«

»Du weißt ja nicht mehr, was du redest.«

»Im Gegenteil, meine Liebe, ich bin ganz klar.«

»Nenn mich nicht deine Liebe. Mit Liebe hat das, was du da von dir gibst, nichts zu tun. Warum rede ich überhaupt noch mit dir?«

»Dann lass es doch.«

»Mach ich. Ich lass es ab heute.«

8. Kapitel

Seit zwei Wochen reden BEVA und ich nicht mehr miteinander. Wir reden aber viel mit den Grazien, sodass es nicht weiter auffällt.

Mit Vicky rede ich übers Handy, mindestens dreimal am Tag, heute Vormittag im Stundentakt. Morgen hat sie eine Prüfung. Rieke scheint nichts von der Krise zwischen BEVA und mir zu merken oder sie tut, als merkte sie nichts.

Seit der Abistress vorbei ist, redet Rieke pausenlos von ihrem Abiballkleid, das sich offenbar an einem geheimen Ort versteckt und sich ziert, sichtbar zu werden.

Seit mehr als einem Jahr sucht meine Grazie schon nach ihrem Kleid. Ich suche hartnäckig mit und gebe die Hoffnung nicht auf, dass am Ende alles gut ausgeht. Erst sind wir jede Woche nach Hamburg gefahren, jetzt beinahe täglich.

Wenn es Riekes Kleid zu kaufen gäbe, hätten wir es längst in einem der vielen Abendmodegeschäfte finden müssen, die wir bis ins letzte Regal, und das mehrfach, durchkämmt haben. Aus lauter Verzweiflung sind wir, um die Perspektive zu wechseln, sowohl rechts- als auch linksherum um die Kleiderständer gelaufen.

Wird die Grazie also kein Kleid finden? Solche Befürchtungen unterdrücke ich mit Beruhigungsmitteln. Vielleicht sollte ich es mit Valium versuchen? Ob ich das rezeptfrei kriege? Meinen Hausarzt möchte ich damit nicht behelligen. Der schwört auf Kügelchen und Gespräche, die er wegen der Erfahrungen mit mir mittlerweile durchaus differenzierter bewerten dürfte.

Den Gesprächsrahmen habe ich gleich beim ersten Anamnesetermin gesprengt. Er musste alle folgenden Patienten nach Hause schicken.

Mein Hausarzt hat es nicht leicht mit mir. Während unseres letzten Gesprächstermins ist er plötzlich raus aus der Praxis und hat gesagt, ich solle die Tür nur ranziehen, wenn ich ginge. Das habe ich Stunden später, so gegen 22.00 Uhr, getan, nachdem ich zuvor in seinen Büchern gelesen und mich abgelenkt hatte.

Auf dem Heimweg war ich sehr glücklich darüber, dass ich die vielen Krankheiten, über die ich etwas gelesen hatte, nicht habe.

Ein Glück, dass ich so einen guten Hausarzt habe, dessen diagnostische Fähigkeiten und Therapieansätze über das Normalmaß hinausgehen. Dafür schlucke ich gern Kügelchen, die so klein sind, dass ich mir nicht vorstellen kann, dass sie wirken.

Wegen Tinka bin ich jetzt viel im Keller. Ich habe versucht, ihr zu helfen. Sie war da gleich skeptisch, aber ich habe mich durchgesetzt.

Seitdem ich versucht habe, sie zu reparieren, hat sie das Reden ganz eingestellt. Ich rede trotzdem. Sie wird mich auch im Koma hören, da bin ich mir ganz sicher.

Dass sie mir die schmutzige Wäsche nicht mehr abnimmt, ist schon schwer zu ertragen, aber dass sie schweigt, wiegt schwerer.

Sie sagt gar nichts mehr. Das hat sie noch nie gemacht, nicht mal, als der Schlauch rausmusste.

Die Wäscheberge wachsen und wachsen. Ich komme da nicht gegen an. BEVA kann seine Hemden zur Wäscherei bringen. Er hat keine mehr und ich trage sie nicht dahin. Ich sollte mich nicht mit der Wäsche beschäftigen, nicht jetzt.

In kurzer Zeit ist der Abiball und immer noch ist kein Kleid in Sicht. Vielleicht ist es verwunschen. Der Gedanke führt nicht wirklich weiter. Jetzt bloß nicht aufgeben, weitersuchen und gute Laune verbreiten auf den Streifzügen durch die hippen, teuren Boutiquen, woran ich immer weniger Gefallen finde, auch wegen der Blicke der Verkäuferinnen. Die, vermute ich, finden meine englischen Wanderschuhe stilistisch nicht ganz up to date.

BEVA bezeichnet meine orthopädischen Einlagenschuhe despektierlich als Waldbrandaustreter. Immerhin komme ich damit vorwärts. Das ist für mich schon eine besondere Leistung.

Meine Füße sind ein besonderer Fall. Warum habe ich diese Füße, die von barfuß am Strand oder auf der Wiese laufen nichts halten?

Von halben High Heels, ich meine also noch nicht mal besonders hoch, kann ich nur träumen. Das hat mich nicht davon abgehalten – ich denke, dass Rieke mich mit ihrem Fashion-Wahn angesteckt hat –, im Internet High Heels, richtig hohe, also mehr als Zehn-Zentimeter-Absatz, zu bestellen.

Tinka hat da noch mit mir geredet und wollte natürlich dabei sein, wenn ich sie anprobiere. Sie haben gepasst. Ich habe mich gefühlt wie in einer Cinderella-Endlosschleife. Die Schuhe passten und sahen trotz meiner Füße super chic aus, nur laufen konnte ich damit nicht, nicht einen einzigen Schritt.

Mein Cinderella-für-Fortgeschrittene-Märchen war schnell ausgeträumt. Es reicht nicht, dass der Schuh passt, die Füße müssen auch noch mitgehen, im wahrsten Sinne des Wortes. Ich konnte die Balance nicht halten und stürzte vornüber in die Wäscheberge.

Es läuft zurzeit nichts wie geplant. Ich kann nicht alles auf die Füße schieben, obwohl es zugegebenermaßen schwierig ist damit. Meine Füße zeigen dauerhaft »Service« an, nur leider kann ich sie nicht wie unser Auto in die Werkstatt bringen.

Am besten laufe ich auf weichem Boden, Wald- oder Moorboden. Meine Wanderschuhe erzählen von morastigen Spaziergängen, ähnlich denen, die Elizabeth Bennet in »Pride and Prejudice« unternimmt.

Bei meinen Down-to-earth-Spaziergängen verkriecht sich der Märchenstadt-Moorboden in den tiefen Rillen meiner königlichen Balmoral-Treter, um sich später auf unseren Shoppingtouren ausgeruht und erfrischt auf den Fliesen und Teppichböden der Edelshops wohlzufühlen und sich einfach fallenzulassen, was mehrmals dazu geführt hat, dass das Ladenpersonal mir als Nachhut mit dem Staubsauger gefolgt ist.

In einem Geschäft am Neuen Wall bat mich sogar eine Verkäuferin, meine Schuhe auszuziehen. Ich wäre der Aufforderung gern gefolgt, aber es ging nicht.

Platt-, Senk- und Spreizfüße, total durchgetreten dazu, sind ein hinlänglicher Grund, nicht ohne orthopädisches Schuhwerk zu laufen. Außerdem hatte ich die Stricksocken an, weil die sehr schön warm sind. Morgens hatte ich keine anderen Socken gefunden. Ich hatte ja auch nicht vor, meine Schuhe auszuziehen. Nachdem die Verkäuferin nur beiläufig nach unseren Wünschen gefragt hatte, konstatierte sie, dass wir in ihrem Geschäft gewiss nicht das fänden, wonach wir suchten. Ich erwiderte nur kurz, dass sie sich gerade um den Pretty-Woman-Einkaufs-Geldregen gebracht habe.

Selbstverständlich war dies bloß eine hypothetische Vorstellung, da unser Budget für das Kleid sehr übersichtlich war. Mein Selbstwertgefühl stieg dennoch auf einer Skala von eins bis zehn auf 19,5.

Auch »Eva Reloaded« jubilierte.

Eigentlich war die Situation durch den filmischen Rückgriff und die Exkursion ins potentiell Mögliche bereinigt.

Die Verkäuferin zeigte gleichwohl keine Anzeichen eines beginnenden Läuterungsprozesses.

Ich fühlte mich jetzt richtig stark und herausgefordert, das Geschäft nicht mehr zu verlassen. So lasse ich mich nicht mehr behandeln dank »Eva Reloaded«.

Die Verkäuferin rief das Sicherheitspersonal, das mich auch nicht überzeugen konnte zu gehen. Später kamen noch zwei Polizisten dazu. Der eine fasste mich an und weil es sich falsch anfühlte, wehrte ich mich. Beim Losreißen trat ich ihn. Die Situation eskalierte. Kurzum: ein einziges Hauen und Treten.

Ich hätte den großen Frauenverdienstorden verdient. Der Polizist auf der Wache hat nicht verstanden warum.

Im Selbstverteidigungskurs hatte es bei mir mit dem Treten nie geklappt, aber nun in dieser Situation. Unsere damalige Trainerin sagte, es sei eine mentale Barriere, die ich überwinden müsse. Ich muss sie unbedingt anrufen, denn eigentlich ist es ein Riesenerfolg, dass ich jetzt weiß, dass ich richtig heftig treten und auch mein Knie im Nahkampf zielgenau einsetzen kann.

Gestern kam die gerichtliche Vorladung. Ich habe sie in den Mülleimer befördert.

Die Bilanz nach mehr als einem Jahr Abiballkleid-Suche kann sich sehen lassen: Diverse Male sind wir, weil Riekes stundenlanges An- und Ausprobieren die Mitarbeiter genervt hat, mehr oder weniger, nein, eher weniger sanft aus den Geschäften hinausgeschoben worden. Zweimal ist uns fälschlicherweise Ladendiebstahl unterstellt worden. Wir wollten die Kleider nur bei Tageslicht draußen betrachten und keinesfalls klauen. In knapp einem Dutzend Geschäfte haben wir bis auf Weiteres Hausverbot. Seit dieser gerichtlichen Ladung ist Justitia nun auch offiziell in unsere Suche nach dem Abiballkleid involviert.

Und BEVA tut, als wären wir tagelang auf Vergnügungsurlaub in der Stadt.

Gerade kommt Rieke zur Tür rein mit einer großen Tüte.

»Ich hab's!«, ruft sie. »Ich hätte gleich mit Charlie hier in der Stadt suchen sollen. Die hat einen Blick dafür, was mir steht! Das erste Kleid! Anprobiert und mitgenommen! Keine Änderung! Fehlen nur noch die Schuhe. Hast du morgen Zeit, Mama? Wieso guckst du so? Ich kann es nicht ab, wenn du in dieser Stimmung bist, so depri. Ach lass mal, ich frag Charlie.«

9. Kapitel

Vor dem Abiball habe ich mich zu einem persönlichen Check-up entschlossen: Ich stehe vor dem Spiegel im Bad.

Trotz rosaroter Brille, zehnfacher Johanniskraut-und-Baldrian-Dosierung bin ich megadepri, nicht die Ruhe selbst, entspannt schon gar nicht und glücklich ist weder in Sicht noch vorstellbar.

Seit Tagen stopfe ich Süßigkeiten in mich hinein. Mein Bauch wächst und wächst und sieht mittlerweile aus wie in der 25. Schwangerschaftswoche.

Um die Leibesfülle zu verdecken, ziehe ich weite Sachen an, das heißt, ich reaktiviere die alten und viel zu großen Pullis und T-Shirts, die ich aus den Altkleidersäcken geholt habe.

Die Säcke gucken mich seit Monaten an. Ich habe ständig vergessen, sie zum Roten Kreuz zu bringen, und jetzt stellt sich meine Aufschieberei als Akt weiser Voraussicht dar, über den ich mich aus verständlichen Gründen nicht fett freue.

Rieke kommt ins Bad und betrachtet mich. »Fasten, aber sofort!«, ordnet sie an.

Sie besteht darauf, dass ich für den Abiball einen Fett-weg-Slip kaufe, der die Röllchen möglichst platt mache und sich dabei nicht abzeichne. Im Übrigen müssten wenigstens drei Kilo runter bis Sonntag.

Rieke ermahnt mich, mehr auf mich zu achten.

Nichts anderes tue ich, seit ich denken kann! Ich leuchte jeden dunklen Winkel meiner Seele aus und achte darauf, dass ich einen genauen Überblick über meine seelischen Altlasten habe. Themen, Vorkommnisse, deren Verweildauer und psychische Wirkungen kann ich einwandfrei beschreiben, nur leider werde ich die Schrottladungen nicht los, trotz »Eva Reloaded«.

Vicky, von Rieke über meinen Zustand in Kenntnis gesetzt, steuert per Telefon Tipps und Ratschläge bei: Das In-den-Taghinein-Leben tue mir nicht gut und die Schreiberei sei semioptimal, weil ich zu viel Zeit mit mir selbst verbrächte. Bewegung empfiehlt sie.

Ich bin fassungslos!

Meinen Einwand, ich sei den ganzen Tag in Bewegung, rennte im Haus treppauf, treppab, ignoriert sie. Ich fange an zu husten.

Ob ich krank sei, will sie nun wissen. Der Husten klinge nicht gut, soweit sie das aus der Distanz beurteilen könne. Nach ein paar Sekunden nennt sie mir mehrere Pneumologen, die sie per Google ermittelt hat, liefert Internetbewertungen und Telefonnummern gleich mit.

Ich will gerade vorbringen, ich hätte nichts, verschlucke mich aber so sehr, dass ich erneut stark huste, woraufhin sie erwägt, BEVA anzurufen, damit er sich um mich kümmere.

Ich entgegne, das sei keine gute Idee. Eigentlich sei BEVA der Grund, aus dem es mir schlecht gehe.

»Oh«, höre ich sie sagen und dass sie sich da nicht einmischen wolle.

Sie kehrt zurück zur Bewegungstherapie. Die sei stets heilsam. Ich solle mehr rausgehen. Vielleicht ein Fitnessstudio? An den Geräten könne ich Muckis aufbauen.

Das sei nicht vonnöten, widerspreche ich und kläre sie auf, dass ich bereits Outdoor- und Indoor-Training habe.

Weiter erkläre ich, dass ich mich draußen im Gewichteheben mit der schweren Wäschewanne übte, okay, zurzeit nicht, weil Tinka streike, aber sonst ja. Auch bückte, streckte, reckte ich mich beim Wäscheaufhängen. Zusätzlich machte ich je nach Wetterlage und Verschmutzungsgrad indoors oder outdoors gefährliche Turnübungen beim Fensterputzen, krabbelte in den Vorsprung der Kellerfenster, um das Laub und den Dreck zu entfernen, und spränge und hüpfte vor Schreck, wenn ich tote Frösche und Käfer fände, die durch den Rost gefallen seien. Diese beerdigte ich dann auch noch im Garten. Einen Abgang in Würde verdiene nun mal jeder.

Ach ja, nicht zu vergessen, ich kröche mit einem Mopp auf dem Parkettboden herum und trainierte meine Arm- und Handmuskeln, wobei ich meinen Arm und meine Hand hin und her bewegte, um den Staub unter dem Bett einzufangen.

Vom Staub bekäme ich allergisches Asthma. Und weil ich mich wegen des Asthmas nicht verausgaben solle, sei ich eben fast nur zu Hause, dafür aber indoors und outdoors jeden Tag sportlich aktiv.

Mein Monolog reicht aus, Vicky stumm werden zu lassen.

Die Bewegungsdiskussion hätte ich eindeutig für mich entschieden, meldet sich »Eva Reloaded«. Vor Freude darüber klatsche ich in die Hände, wobei mir der Hörer aus der Hand fällt. Es ist eh alles gesagt. Also drücke ich die rote Taste.

Zehn Sekunden später klingelt es wieder und an der Art, wie Vicky Luft holt, erkenne ich, dass sie mir etwas Wichtiges zu sagen hat.

»Mama, so geht das nicht.«

Sie wartet vergeblich, dass ich kleinlaut zustimme.

»Mama?«, fragt sie.

Ich muss was sagen und frage, was denn nicht gehe. Das war taktisch unklug. Jetzt kann sie sich alles von der Seele reden. Genau das passiert. Sie rügt mich, dass es nicht ausreiche, wenn ich mich nur einmal pro Woche beim Pilates auf die Matte legte.

Auf die Frage, ob sie mir nicht zugehört habe, erwidert sie, dass sie den Hörer für ein paar Minuten beiseitegelegt und kurz gecheckt habe, wann ihr Praktikum beginne. Ich würde zu viel reden und sie könne das nicht alles aufnehmen. Sie verstehe, dass ich einen Redebedarf hätte. In meiner Situation mit dem beginnenden Klimakterium sei das völlig normal.

Klimakterium ist ein heikles Thema. Es ist das Ende und verweist auf das Ende. Gruselig! Wer redet schon gern über das Ende?! Wenn ich aus mir herausträte und mich betrachtete, würde ich Evas Ende sehen.

Damit wäre auch »Eva Reloaded« am Ende, bevor sie richtig angefangen hat zu sein.

Ist es das, was Tinka weiß, und hat sie deshalb den Geist aufgegeben, weil es sinnlos ist, weil das Paradies auf ewig verloren ist? Weil unsere Pilgerinnenreise schon am Anfang im toten Nichts enden wird?

Es gibt so vieles von mir nicht, was es geben sollte. Es gibt so viele Evas da draußen mit unendlichen Möglichkeiten, ein geiles Paradies zu schaffen. Ich sehe es, das geile Leben, das wir haben werden, ich und alle Evas da draußen.

Wir müssen es nur wollen, wir müssen uns aufmachen, wir müssen danach suchen.

Unsere Zukunft finden wir in der Vergangenheit, bei den Evas, die am Anfang entmutigt und erstickt worden sind, denen die Teilhabe an unserer gesellschaftlichen Entwicklung versagt wurde. Wir müssen nach diesen Evas suchen und ihre und unsere Geschichte fortschreiben.

»Mama, verfall bloß nicht in diese Schweigehaltung, nur weil ich dir sage, dass ich nicht alles aufnehmen und aushalten kann, was du sagst.«

Vicky lässt mich wissen, sie habe sich angewöhnt, bei mir nicht immer zuzuhören, zumal sie und ich über die Maßen viel miteinander kommunizierten. Ich schlucke, schon wieder. Es ist wohl mein Los zu schlucken.

»Eva Reloaded« findet das erbärmlich. Sie empört sich, es sei gerade nicht mein Los, immer alles zu schlucken.

Vicky redet und redet, findet, das mit der Bewegung sei wichtig und sie bleibe dabei, einmal pro Woche auf der Matte liegen sei zu wenig.

Vicky wiederholt sich, ist geschwätzig und besorgt wie Henni und fragt nach, ob ich noch da sei.

»Soweit ich es beurteilen kann, ja«, antworte ich kühl.

»Mama? Bist du sauer? Ich kann es nicht ab, wenn du so drauf bist. Du liegst doch wirklich immer nur auf der Matte, sagst du selbst.«

Ich erwidere nichts.

»Mama, ich meine das nicht böse.«

»Okay, ich leg jetzt auf.«

Auf der Matte liegen! Wie abschätzig das klingt, wenn Vicky es sagt. Selbst wenn es so ist, hätte sie ihren Worten einen weniger negativen Klang geben sollen. Ich pack sie doch auch in Watte. Pilates klingt besser. Außerdem liege ich nicht nur auf der Matte. Bei manchen Übungen stehe ich auch auf.

Von den Evas, mit denen ich allwöchentlich auf der Matte liege, bin ich am längsten dabei, was keine Auszeichnung ist.

Ich habe lange überlegt, welcher Sport für mich geeignet ist. Es gibt keinen. Beim Pilates bin ich auch nur in den letzten Minuten zufrieden. Dann ist Entspannung angesagt.

Bei Meditationsmusik – beruhigend – horchen wir in unseren Körper hinein, fühlen in uns hinein. Da bin ich meistens schon weg.

Irene, unsere Kursleiterin, weckt mich dann gegen Ende des Kurses.

Einmal hat sie mich auf der Matte liegen lassen. Da hab ich im Fitnessstudio übernachtet und so gut geschlafen wie lange nicht. Entspannung bis zum Einschlafen habe ich super drauf.

»Hochgradig verstörende motorische Defizite in Kombination mit einer nicht therapierbaren Rechts-links-Schwäche« – Originalton Vicky, nachdem sie mich unaufgefordert untersucht hatte – sind exakt der Grund, aus dem ich seit Jahren ohne Hoffnung auf Besserung meines körperlichen Allgemeinzustands im Anfängerkurs klebe.

Als ich zuletzt bei einer Übung wieder mal anstelle des rechten Arms den linken hob, behauptete ich aus Selbstschutzgründen, den linken nicht heben zu können, weil ich damit den alten Hermann auf dem Weg nach Hause gestützt hätte.

Irene holte sofort Kühlpads. Den Arm kühlte ich, bis er tatsächlich wehtat.

Mit Pilates habe ich etwas gefunden, das mir bei größtmöglicher körperlicher Schonung geistige Höhenflüge beschert.

Lügen ist ein blauer Himmel. Es geht mir dann fantastisch. Ich erfinde gern Verletzungen.

Besagte erdachte Verletzungen hindern mich dann daran, die Pilatesübungen zu machen. So gebe ich vor, mir die Verletzungen im Zusammenleben mit erdachten Pflegefällen, um die ich mich aufopferungsvoll kümmere, zugezogen zu haben.

Selbstverständlich hätte ich mich auch einfach so verletzen können, aber es ist doch schöner, wenn eine andere Person schuld ist, am besten eine, die mir dankbar sein kann oder sollte.

Das löst im Kreise meiner Pilatesmattenrunde augenblicklich Empathie und Mitgefühl für mich aus. Dann ist der Himmel besonders blau.

Irene ist besorgt wegen meiner vielen pflegebedingten Verletzungen und der Tatsache, dass ich keine Fortschritte beim Auf-der-Matte-Liegen mache, also nicht vorankomme wie andere Teilnehmer.

Das Flunkern im Pilateskurs hat seinen ganz eigenen Reiz. Die Annehmlichkeiten der Vorstellungskraft haben sich in sieben Jahren Auf-der-Matte-Liegen vollends entfalten können.

Irene meint, dass ich wegen der vielen Pflegefälle, die mir im Laufe der Jahre zugelaufen seien, zum Orthopäden gehen solle. Das viele Heben und Stützen gehe richtig heftig auf die Gelenke.

Zurzeit belasten mich die diversen geflunkerten Pflegefälle ein wenig. Ich habe den genauen Überblick über sie verloren. Um diesbezüglich Abhilfe zu schaffen, habe ich mir fest vorgenommen, künftig über meine Pflegefälle Buch zu führen, gleichwohl bleiben einige ältere Fälle auf immer im Entspannungstunnel verschwunden.

Vor ihrem zweiwöchigen Urlaub hat Irene mir in einer E-Mail geschrieben, dass ein Redakteur des Märchenstadt-Blatts in einer der nächsten Wochenendausgaben einen Artikel über mich bringen möchte, wo ich mich doch so aufopferungsvoll ums ältere Semester kümmerte und von Monat zu Monat mehr pflegeintensive Senioren von mir betreut würden.

Ich überlege, ob ich jetzt beim Pilates aussteige. In meiner Not habe ich mich Mutti-Chancellor anvertraut. Die kennt sich wie keine andere mit verfahrenen Situationen aus.

Mutti-Chancellor meint, ich solle es aussitzen. Womöglich werde der Redakteur krank und wenn nicht, dann könne ich das Ganze zu verhindern wissen, indem ich auf schüchtern und ängstlich machte und erzählte, dass ich keinen Rummel über meine Person wolle und lieber still und leise im Verborgenen helfe. Wenn das nicht funktioniere, könne ich mich immer noch auf den Datenschutz berufen. Das gehe gerade bei Presseleuten immer.

Es tut gut, mit Mutti-Chancellor zu sprechen.

Mutti-Chancellor ist immer so beruhigend besonnen.

Das lernt man im Hohen Haus.

Ich wünschte, Henni wäre ein bisschen wie Mutti-Chancellor: berühmt, besonnen, bedeutend, aber Henni ist eben Henni. Sie ist nie ruhig wie Mutti-Chancellor. Deshalb hätte ich Henni den Schlamassel mit den Pilatespflegefällen nie anvertrauen können.

Mutti-Chancellor hat dazu zwar wenig gesagt, aber das, was sie gesagt hat, hat mir meine Mitte zurückgegeben.

Die unendlich tiefen Quasselschluchten meidet Mutti-Chancellor. Das führe ich darauf zurück, dass sie eben nicht nur eine Freundin ist, sondern eine mit Maß und Mitte.

Als mütterliche Freundin ist Mutti-Chancellor unschlagbar. Sie ist die wichtigste Frau im Hohen Haus, eine, auf die Verlass ist im Amt und als Freundin.

Gerade mengt Mutti-Chancellor ein, dass es ausreiche, wenn ich nur Mutti zu ihr sagte.

Ich bin überrascht, dass sie schon wieder damit anfängt. Sie begreift nicht, dass ich mich so sehr um ihre mütterliche Freundinnenschaft bemühe, weil sie eine echte Persönlichkeit ist.

Ich bin stolz auf meine mütterliche Freundin, die mit ihrem Namen für kreatives, demokratisches State-of-the-Art-Neuschaffen steht.

Mutti-Chancellor wird nie ausfallend. Selbst jetzt nicht. Sie guckt nur, was viel Raum für alles lässt. Das schätze ich an ihr. Und sie schaut nicht zurück. Das mag ich besonders. Nach vorne gucken ist ihre Devise.

Das mache ich jetzt auch.

Irene ist überraschend von heute auf morgen weggezogen. Angeblich hat sie eine neue Liebe gefunden. Und das mit dem Bericht in der Zeitung, Ottilie sei Dank, hat sich erledigt, weil der Redakteur vorzeitig in Rente gegangen ist. Als kleine Entschuldigung und als Anerkennung meiner Leistungen hat er mir ein Kochbuch geschenkt, ausgerechnet mir.

Das schöne Auf-der-Matte-Liegen mit Einschlafmusik ist leider vorbei. Die neue Kursleiterin Astrid mag mich nicht besonders und nörgelt ständig an mir herum.

Ich bin die treuste Pilatesseele, die ich kenne, aber in diesem Kurs bleibe ich nicht lange.

Astrid ist eine superambitionierte Trainerin. Sie findet es unglaublich, dass ich in sieben Jahren so gar nichts gelernt habe. Entspannung hat sie komplett gestrichen.

Wir älteren Muttis – mit 54 bin ich die Jüngste – seien lethargisch und aus diesem Zustand möchte sie uns herausholen.

Astrid hat keine Ahnung, wie sehr es unter der äußerlich ruhigen Hülle brodelt und kocht.

Nächstes Mal werde ich Pilates schwänzen und übernächstes Mal wird es wohl einen Todesfall geben, obwohl, das kann ich mir ja noch überlegen. Am Ende stirbt wirklich wer. Und dann mache ich mir anschließend Vorwürfe und fühle mich verantwortlich.

Vielleicht sage ich, dass ich beruflich verreisen müsse. Bloß endlich weg von hier. Das mit dem Verreisen ist eine gute Idee.

Morgen ist Irenes Geburtstag. Ich schicke ihr aus alter Mattenverbundenheit einen Blumenstrauß. Schließlich hat sie uns an ihrem Geburtstag jedes Jahr Blaubeermuffins mit Schlagsahne mitgebracht. Die Erinnerung schmeckt bittersüß.

Den Pilateskurs habe ich gekündigt. Das Geld wollen sie mir nicht zurückgeben. Das Fitnessstudio hat mir geschrieben, dass ab nächster Woche ein neuer Kurs für Leute ohne jegliche Vorkenntnisse beginne. Der neue Kurs habe bisher nur wenige Teilnehmerinnen, da bleibe viel Zeit, die Teilnehmerinnen besonders gut an die Übungen heranzuführen.

Heute Morgen habe ich Halsschmerzen und es verschlimmert sich stündlich. Nächste Woche dürfte sich alles zu einer schweren Angina ausgeweitet haben, die mich bis zum Ende des Kurses ans Bett fesseln wird. Es könnte auch noch schlimmer werden.

10. Kapitel

»Eva Reloaded« schimpft: »Es läuft nicht rund bei dir, Eva.«

Ich gebe ihr recht. Das Geld fließt nach wie vor nicht zu mir hin, sondern von mir ab.

Meine Beziehung zu Pons ist intensiver geworden. Gerade bin ich mit Pons dem Glücksorakel auf der Spur und schlage »Glück« und »Glückseligkeit« nach. Ich finde bei Pons folgende Einträge: »luck«, »fortune«, »happiness«, »joy« und »bliss«.

Es ist befremdlich, dass ich ausgerechnet beim Lesen der Übersetzungen begreife, dass ich es habe: Glück.

Was sind ein paar unbezahlte Rechnungen angesichts des Füllhorns fremder, mir zugedachter Glücksworte?

Zwar ist mein Konto hoffnungslos überzogen, der Geldautomat spuckt schon längere Zeit kein Geld mehr aus, gerade geht alles den familiären Bach runter und eine Extrasitzung mit meiner Therapeutin kann ich mir nicht leisten, aber ich habe es: Glück.

Mit »luck«, »fortune«, »happiness«, »joy« und »bliss« überbrücke ich schon den ausgetrockneten Geldfluss, ermutigt durch Ottilies rosige Zukunftsaussichten.

Schon erahne ich meine kommenden goldenen Jahre.

»Wer nicht träumt, hat schon verloren«, meldet sich »Eva Reloaded«. Anders als von ihr beabsichtigt, krallt sich allerdings der Gedanke, verloren zu haben, an mir fest. Anstatt ihn zu verstoßen, wächst und gedeiht er, bis er Dinosaurierformat annimmt.

Bevor die Selbstsabotage weiter ihren Lauf nimmt und von mir nichts übriglässt, drückt »Eva Reloaded« für mich auf Exit. Gerade noch mal gut gegangen. Gut, dass ich sie habe.

Seit Tinka den Geist aufgegeben hat, bleibt die große Herzenswäsche aus. Seit Tinka verstummt ist – das klingt weniger endgültig –, bin ich eine Anhängerin der Reinkarnation. Ich schärfe meine Sinne, damit ich Tinka erkenne, wenn sie erneut mein Leben bereichern wird.

Bis es so weit ist, überbrücke ich die Stille im Keller und übe mich darin, Tinka zumindest akustisch zu reanimieren, was mir misslingt.

Tinka gibt keinen Piep mehr von sich. Die Stille im Keller und die Leere auf meinem Konto überbieten sich und wetteifern darum, wer mich als Erstes zu Fall bringt und mir Pons' Glücksworte stiehlt.

Doch ich lasse mir die Glücksworte nicht entreißen und halte sie fest.

Worte werden unterschätzt. Ich weiß das. Worte sind alles. Ich sage nur: »Am Anfang war das Wort«.

Es gibt keine ins Leere laufenden Worte. Obwohl das so ist, sind meine Bemühungen um eine Krediterhöhung dennoch ohne wirklichen Erfolg geblieben.

Es ist nicht nachvollziehbar, dass mein Kreditantrag nicht mit Kusshand genehmigt wurde. Schließlich habe ich meinen zukünftigen Reichtum wahrheitsgetreu im Detail dargelegt.

Diese fantasielosen Gestalten wollten mir auf meiner Zukunftsreise nicht folgen. Sie sind lieber fremdbestimmt und schleudern ihr Geld den Vorständen und Investmentbankern hinterher, die einen Hunderttausender nach dem anderen kassieren, wobei die Kleinen auf der Strecke bleiben. Während die Großen die Kohle einstreichen und verprassen, grinsen sie auch noch in die Kamera.

Der Wahnsinn hat Methode. Ich meine die Milliarden, die von uns gehen, weil wir sie hinausscheuchen, statt sie an uns zu binden.

Mit uns meine ich auch, nein, zuallererst mich!

Statt mir Geld zu geben und in mich zu investieren, versucht die Bank lieber Geld mit Luftblasen zu verdienen. Das Geld ist schneller wieder weg als von den überschlauen Köpfen erwartet.

Nach der Geldeinstreicher-Tour mit Boni XXL sind die meisten Abräumer ganz schnell wieder weg, unauffindbar im Geld-paradies. Die richtig Schlauen wissen eben, wann der Schleu-dersitz zu aktivieren ist, und gehen, bevor der Laden kollabiert und die Blasen platzen. Sie sitzen dann schon auf einem anderen Chefsessel.

Die weniger Schlauen müssen sich auf einer Trauminsel ver-stecken, wo alles vergeben und vergessen ist.

Auch das ist Glück, aber es ist nicht meins.

Ich hab das denen bei der Bank genauso gesagt, aber sie konn-ten oder wollten meinen Argumenten nicht folgen. Ich glaube, sie fanden das auch nicht gut.

Solche Pauschalurteile zeugten von meiner Unwissenheit und all das sei komplizierter, als ich dächte, hörte ich. Auf die Kernkompetenz der Sachbearbeiter dürfe ich mich verlassen. Mein Antrag auf einen Kredit sei einhellig abgelehnt worden. Das müsse ich verstehen!

Ich bestand auf einem weiteren Beratungsgespräch. Dem konnten sie sich nicht verweigern.

Bei dem neuen Termin habe ich mein Manuskript mit den Kurzgeschichten aus der Tasche geholt und es Frau Tusnelda Allmeins rübergeschoben, damit sie sieht, dass ihre Investition in mein Projekt einen realen Gegenwert in Form von 89.113 Wör-tern aufweist. Selbst wenn ich noch einige streichen sollte, sei das immer noch mehr wert als Geschäfte mit vermeintlich krisensi-cheren Investments, die nicht das Papier wert seien, auf dem sie gedruckt seien, wenn sie denn überhaupt gedruckt würden.

Ich sagte Frau Allmeins, vor ihr lägen 100 Tage Arbeit, min-destens acht Stunden pro Tag. Ich böte ihr eine 99,9-prozentige Chance auf einen Bestseller und damit viel Geld.

Tatsächlich habe ich mehr als ein Jahr lang an den Texten gearbeitet und an manchen Tagen habe ich mehr gestrichen als geschrieben und an den schlimmen, wenn die Inspiration schon am Morgen flüchtete und dann tagelang verschwunden blieb, weder noch.

Ich war zufrieden damit, wie ich die tatsächlichen Umstände abgewandelt hatte, sodass sie bei Tusnelda Allmeins zwangsläufig ein Umdenken bewirken würden.

Zwar irrte ich mich damit, doch ich gab nicht auf, holte Seifenblasen aus meiner Tasche und nach wenigen Sekunden flogen lauter Seifenblasen in ihrem Büro herum. Ich hörte nicht auf zu blasen und fragte, warum sie lieber in Seifenblasen statt in mein Manuskript investiere.

Sie erklärte das Gespräch für beendet. Als sie mich hinausgeleitete, verschüttete ich das Seifenblasenwasser auf dem Polsterstuhl.

Heute kam die Rechnung der Bank für die Reinigung. 29,80 Euro soll ich zahlen. Wenn die Bank mir die 29,80 Euro überwiesen hätte, hätte ich es verstanden. So verstand und verstehe ich es nicht.

Da erteile ich der Allmeins Anschauungsunterricht in Sachen »Was läuft schief im Bankengeschäft?«. Anstatt mir dafür zu danken, werde ich zur Kasse gebeten. Verrückt!

Wie wahnsinnig muss ich werden, damit das Geld zu mir hinfließt? Schon lange kann ich darüber nicht mehr lachen. Es ist überhaupt nicht lustig und ziemlich blöd mit dem verlustig gegangenen Geld. Also Kohle, aufgemerkt, mach dich besser sofort auf dem kürzesten Weg auf zu mir, bitte ohne über Los zu gehen.

Bis zum nächsten Ersten müsste dann spätestens alles geregelt sein mit meinem Geldstrom.

Henni braucht meine Unterstützung, weil sie eine starke Mieterhöhung bekommen hat. Die Wohnungsmiete wurde an das ortsübliche Niveau angepasst.

Ottilie sollte sich bei dem Geldhahnaufdrehen auch mal in meinem Sinne beschäftigen. Wenn sie mein Konto angucken würde, dürfte sie es augenblicklich Goldtaler für mich regnen lassen.

Das klappt hoffentlich auch ohne Sterntaler-Märchenkulisse. So abgebrannt wie das arme Waisenkind bin ich allemal. Man sieht es mir nur nicht an, aber Ottilie guckt ja ins Innere. Da ist dann schon ein kräftiger Sterntaler-Gold-Dauerregen angesagt, nicht bloß so ein kleiner Schauer. Think big! Wo, wenn nicht bei Ottilie, passte es besser!

Ottilie meckert, ich brächte da einiges durcheinander. Ein paar unbezahlte Rechnungen sollten mich nicht um den Schlaf bringen, meint sie.

Ich bin sauer.

Ottilie lächelt und flüstert etwas. Ich schnappe das Wort »Wunder« auf.

»Wunder brauchen doch länger?«, frage ich nach.

Ich gebe Ottilie zu verstehen, dass »länger« und »später« für mich keine Optionen seien. Der sofortige Sterntaler-Gold-Dauerregen sei alternativlos. Mutti-Chancellor nickt.

Wieder lächelt Ottilie, lässt sich aber nicht erweichen. Sie sitzt am längeren Hebel.

Ich erinnere Ottilie an Henni. Die Mieterhöhung könne Henni nicht zahlen. Ich auch nicht. Dann müsste Henni raus aus der Wohnung. Und wohin dann mit ihr?

Zu mir? Doch nicht gleich den Teufel an die Wand malen.

Ottilie könne doch am allerwenigsten wollen, dass Henni und ich uns mit teuflischer Wandmalerei auseinandersetzten.

Nicht wegen mir, sondern wegen Henni möge sie ein Einsehen haben, flehe ich Ottilie an.

Nichts läge mir ferner, als egoistisch zu handeln, sage ich. Zu etwas Konkretem drängte ich sie nicht, sage ich mit Nachdruck. Ich sei offen für alles. Alles gehe, solange ich im Geld schwämme.

Für Henni reiche ein bisschen »Im-Geld-Schwimmen«. Es sei wünschenswert, wenn Henni kurz vor Toresschluss noch Bescheidenheit und Demut einübe. Ich glaube, diese Lektionen fehlen noch.

Ich hätte nicht die Erwartung, dass Henni alles lerne, was die verrückte Welt verlernt habe. Es sei jedoch nicht hinnehmbar, dass Henni die Basics nicht mitgekriegt habe.

Ottilie fragt, ob ich sie allen Ernstes für blöd hielte.

Ob es blöd sei, wenn ich es täte, kontere ich.

Das sei ihr nun zu dumm, erwidert sie.

Tinka fehlt. Ich renne zu Tinka, umarme sie.

BEVA muss hier gewesen sein. Er hat die Zeitung liegen lassen. Ob Tinka ihm auch fehlt? Spontan sagte ich Nein, aber sicher bin ich mir nicht. Vielleicht merkt BEVA gerade, was wir an ihr gehabt haben. Vielleicht fehlt ihm das nervige Gepiepe, wie er immer sagt.

11. Kapitel

Ich sitze auf dem Bett mit all den Rechnungen und schließe kurz die Augen. Die Inszenierung beginnt. Ich lächele freundlich, während sich die Rechnungen vor meinem inneren Auge eine nach der anderen aufstellen, nervös vor Aufregung knistern, mit den papierenen Füßen trippeln und dabei dem Schaulaufen entgegenfiebern.

Zuerst bewegt sich das Ballkleid für Rieke mit grazilen Schritten auf mich zu. Viel Seide! Ich bin berauscht. Zu teuer mit 195 Euro, aber meine Grazie macht nur einmal Abi. Und wie sie in dem Kleid aussehen wird!

Bei dem Gedanken, dass mein Küken flügge wird, breche ich in Tränen aus. Gleichzeitig platze ich förmlich vor Freude und Stolz, dass meine Tochter endlich auf ihren Abiball geht.

Wie die Töchter aller Evas wird sie eine zauberhafte Ballprinzessin sein: Traumkleid, mega Auftritt in Sky High Heels, inklusive Hochsteckfrisur von der superteuren VIP-Kleinstadt-Meisterfriseurin, die wir uns nicht leisten können.

Mutti-Chancellor bekommt feuchte Augen. Nur kurz erträgt sie den imaginären Videoclip, den wir uns ansehen. Mit einem Klick auf Logout ist sie raus aus dem rosa Märchen, das alle Grazien-Evas wahr werden lassen, koste es, was es wolle. Und wenn es kostet, was wir nicht haben, ist hoffentlich Ottilie da! Einfach wunderbar, Ottilie als Freundin zu haben!

Mit der zweiten Rechnung, die per E-Mail in meinem Account gelandet ist und die ich gerade ausgedruckt habe, habe ich nicht gerechnet.

Vicky schreibt dazu, sie habe ihren Schrank durchsucht und festgestellt, sie habe nichts zum Anziehen für den Abiball ihrer Schwester. Warum überrascht mich das nicht?

Spontan fallen mir mehrere Abendkleider ein, die sie anziehen könnte.

Fünf Kleider haben Vicky und ich letztes Jahr geshoppt.

Und hat sie nicht mit einer Freundin noch zwei weitere Kleider gekauft?

Zumindest auf die fünf Kleider werde ich sie ansprechen. Ach, doch lieber nicht.

»Eva Reloaded« rebelliert mal wieder.

Ich will trotzdem nichts sagen, denn wenn ich es täte, bräche ein Sturm der Empörung über mich herein. Vicky würde kreischen, das schwarze Kleid vom Uniball ziehe sie nicht an. Trauerschwarz im Sommer sehe nach Beerdigung aus. Meine Einlassung, dass es ein Ballkleid in Schwarz sei, würde sie nicht gelten lassen.

Das bordeauxfarbene, an das ich sie dann erinnern würde, sei aus der Mode gekommen, würde sie meinen. Außerdem seien zwei Flecken drauf, die bei der Reinigung nicht rausgegangen seien, und von den Strass-Steinchen fehle einer.

Bevor ich auf die beiden roten Kleider zu sprechen käme, wäre sie mir zuvorgekommen. Diese ähnelten sich wie Zwillinge. Außerdem habe sie die Kleider schon oft angehabt. Das würde suggerieren, sie, Vicky, habe nur ein Kleid, womit wir, BEVA und ich, sie jahraus, jahrein losschickten.

Vickys Redefluss wäre ungebremst. Sie regte sich furchtbar auf.

Es ist so sicher wie das Amen in der Kirche, dass sie schlussendlich konstatieren würde, dass sie ein neues Kleid brauche.

Henni habe das auch gemeint. Henni würde es ihr sogar bezahlen, aber sie habe ja diese doofe Mieterhöhung und Heidelinde.

Heidelinde hat sich mit 84 von Justus getrennt. Henni fühlt sich verantwortlich für Heidelinde, weil sie ihr vor 50 Jahren zu dieser Ehe geraten hat, und Heidelinde erinnert sie immer daran, als wäre alles, was bei Heidelinde schiefgelaufen sei, allein Hennis Schuld.

Ich sag's ja. Die Schuld haben immer wir Evas und wir schieben sie einander obendrein auch noch zu! Wie bekloppt sind wir eigentlich!

Schuldbewusst greift Henni ihrer Freundin Heidelinde seit Jahren finanziell unter die Arme, nicht erst seit der Trennung von Justus. Keinen Cent hätte Heidelinde sonst. Seit drei Wochen wohnt Heidelinde jetzt bei Henni. Vorübergehend auf immer.

Dass Heidelinde einen aufwendigen Lebensstil gewöhnt sei und so schnell nicht entwöhnt werden könne, verstehe sich von selbst, findet Henni.

Heidelinde hat es nicht so mit den Zahlen. Deshalb hat sie auch kein eigenes Konto mehr. Henni sei jetzt ihre Bank, sagt sie lachend.

Henni lacht nicht mehr, seit sie in den roten Zahlen ist. Es ist ein Kreuz mit den alten Schachteln.

Spätestens an dieser Stelle würde Vicky nachfragen, wo ich mit den Gedanken sei, und mich ermahnen, beim Thema »Ballkleid« zu bleiben.

Wütend würde sie keifen, dass sie nicht in irgendeinem billigen Fetzen losginge und sich zum Gespött der Leute machte.

Das Kleid, in der Betreffzeile ihrer E-Mail als »ein Schnäppchen« bezeichnet, sei super. Ein günstigeres finde sie niemals, würde sie mit Nachdruck sagen.

Wenn Vicky mir all das gesagt hätte, hätte ich bereits seit Minuten Schnappatmung gehabt. Ohne ein paar Stöße von dem Asthmaspray wäre mir die Luft weggeblieben und wenn ich es nicht gefunden hätte, hätte ich nie wieder nach Luft schnappen können und wäre endlich da gelandet, wo der Himmel auf Erden sein soll.

Weil ich aber nicht in besagten Himmel einkehren, keinen Streit mit Vicky haben und ins Paradies zurückwollen würde, schwiege ich und verhielte mich ruhig.

Anschließend würde Vicky noch darauf hinweisen, das Schnäppchen koste »nur schlappe« 225 Euro, ein Designerkleid, von 899 Euro runtergesetzt. Das könne sie sich nicht entgehen lassen.

Spätestens damit würde sie mich, wie viele andere Evas auch, vom Kauf überzeugt haben.

Das Telefon klingelt. Vicky. Sie kommt gleich zur Sache und sagt: »Ein absoluter Traum!« Da hätte sie einfach Klick machen müssen. Das Kleid habe sie noch nicht. Es komme aus Fernost. Die Kohle müsse erst eingegangen sein. Ich möge bitte sofort überweisen, sonst würde das Kleid nicht rausgeschickt.

Die Firma kenne ich nicht. Ob es das Unternehmen überhaupt gibt? Wenn es eine Fake-Firma ist, sehe ich das Geld nie wieder. Ich könnte BEVA bitten, das zu überprüfen, aber dann müsste ich alles erklären und das geht gerade nicht. Soll ich ihr was sagen? Momentan hat sie die vielen Klausuren. Wenn sie alles hinter sich hat, erzähle ich ihr, dass BEVA keinen Job mehr hat, sich um nichts kümmert und alles schleifen lässt.

Jetzt sage ich Vicky erst mal, dass BEVA die Überweisung am Abend fertig machen werde.

Vicky legt auf.

»Eva Reloaded« klappert, die Grazie brauche kein achtes Kleid. Eins von den sieben Kleidern im Schrank passe schon.

Sie sei keine Hilfe, zische ich »Eva Reloaded« zwiegespalten an.

Ottilie wird's schon richten. Vielleicht macht jemand eine Einzahlung auf mein Konto.

Ich bedanke mich mal im Voraus, was »Eva Reloaded« mit einem anhaltenden Rasseln quittiert.

Um sicherzugehen, dass Vickys und vor allem Riekes Kleid bezahlt werden, lege ich BEVA die Rechnungen aufs Kopfkissen und dazu ein Foto von den Grazien mit der Bildunterschrift: »Wir haben dich sooooooooooooo lieb, Papa.« Ich weiß, dass er das bezahlen wird. Für seine Grazien ist ihm nichts zu teuer.

Die verbliebenen Rechnungen bitte ich, nicht zu drängeln und sich in einer Reihe nebeneinander aufzustellen, damit ich sie wie ein Firmenboss kurz abhake.

Sie sind unruhig. Zerknüllte Zettelchen strecken sich mir entgegen. Jede Rechnung will die nächste sein. Ich schließe die Augen, greife nach einer und habe gleich drei in der Hand.

Die erste davon, also insgesamt Nummer drei, ist ein Bußgeld von 25 Euro. Ich bin zu schnell gefahren. Ausgerechnet ich, wo ich bis auf dieses eine Mal nie zu schnell unterwegs bin. Und das auch nur, weil ich Rieke zeigen wollte, dass es Spaß macht, aufs Gaspedal zu drücken.

Da Rechnung Nummer drei noch keine Mahnstufe aufweist, renne ich ins Büro, hole den Papierkorb, laufe damit zurück ins Schlafzimmer, zerreiße die Rechnung und werfe sie in den Papierkorb. Erleichtert lasse ich mich wieder aufs Bett fallen. Nummer drei wird mich erst mal nicht mehr nerven.

In irgendeinem Lottospiel gibt es gerade 50 Millionen zu gewinnen. Das würde reichen. Es bliebe auch genug Geld zum Spenden, für die Flüchtlinge, UNICEF, SOS-Kinderdörfer, das DRK und es finden sich sicher noch mehr, die geschenktes Geld dringend nötig haben. Mir fällt ein, dass ich einen Abiball-Fonds für Vorübergehend-knapp-bei-Kasse-Eltern einrichten könnte.

Die 50 Millionen dürfen sich schon mal auf den Weg zu mir machen.

»Bescheidenheit war gestern und passt nicht mehr zu dir, Eva!«, ereifert sich zustimmend »Eva Reloaded«.

Nummer vier über 89,90 Euro ärgert mich: eine Rechnung über fünf Lernhilfe-Bücher für Rieke. Vor einem halben Jahr habe ich die bestellt. Rieke hat da nie reingeguckt. Die Rücksendefrist ist zwar lange abgelaufen, ich schicke sie trotzdem zurück mit der Begründung, dass sie keine Lust aufs Lernen machten.

Hoffentlich hört es nun auf, dass täglich Zahlungserinnerungen auf meinem E-Mail-Account eingehen und ihn verstopfen.

Ich darf auf Ottilie hoffen und dass ich weiter online auf Rechnung kaufen kann. Mit der Kreditkarte läuft es ja grad schlecht.

Apropos Kreditkarte, da lässt sich vielleicht was machen. Ich greife zum Telefon, wähle die Nummer der Bank und lande bei einer Servicenummer.

Nach gefühlten drei Stunden, in denen ich mit Slow-Motion-Musik ruhiggestellt und entmutigt werden soll, mein Anliegen telefonisch vorzutragen, geht doch noch jemand ran.

Ich mache meinem Ärger Luft. Den Mitarbeiter keife ich wegen der Wartezeit an und beschwere mich, dass das Geld nicht mehr von der Bank zu mir hinfließe.

Ich drohe damit, wahnsinnig zu werden wegen der zu bezahlenden Rechnungen. Woher das Geld nehmen, wenn nicht stehlen? Es könne nicht im Interesse der Bank sein, wenn ich morgen als Bankräuberin am Schalter stünde. Die Rechnungen bedrängten mich aufs Äußerste, wozu es doch nicht kommen dürfe. Finanzielle Erste Hilfe müsse seitens der Bank geleistet werden.

Keine Reaktion.

Ich drücke weiter den Drama-Button. Mit belegter Stimme, sehr langsam vorgebrachten Worten, kleinen Pausen, in denen ich schluchze und weine, dass es mir das Herz bricht, gebe ich tiefe Einblicke in meine seelische Großwetterlage. Dunkel verhangen sei der Horizont meiner Seele, male ich ein so trauriges Bild, dass ich immer heftiger heule und mit tiefer Tonlage eine familiäre Katastrophe bisher unbekannten Ausmaßes andeute, die mein Gesprächspartner mit einem Klick auf »Geld fließt wieder« verhindern könne.

Wieder keine Reaktion.

An mir liegt es nicht.

Der Mitarbeiter, dessen Namen ich nicht verstanden habe, weil er zu schnell spricht, braucht Nachhilfe in Empathie. Lernen sie das heute nirgendwo?

Meine schauspielerische Leistung war überragend und er bleibt absolut ungerührt. Ich weiß, wann ich gut bin. Und ich war gerade megagut, so gut wie noch nie.

Wäre das ein Hörspiel gewesen, ich wäre ausgezeichnet worden, mehrfach, auch international. Und er, der Mitarbeiter, reagiert einfach nicht. Da er hörbar auf der Leitung steht, entschließe ich mich, mir zuliebe, ihm als Souffleuse zu helfen.

Leise spreche ich ihm vor: »Die Bank wird Ihr Kreditvolumen um 5.000 Euro erhöhen, wenn Sie wünschen, auch um 10.000 Euro.«

»Und ob ich wünsche!«, antworte ich mir selbst. »Und jetzt Sie. Jetzt sind Sie dran mit: die Bank und so weiter. Sie brauchen nur nachsprechen, was ich gesagt habe. Und ich antworte wie eben.«

Er sagt nichts. Wofür bezahlen sie den?

Mit 10.000 Euro hätte ich wieder Luft zum Atmen, sogar Sommerseeluft ist dafür zu haben. Wenn nicht wegen mir, so sollte die Bank es doch wegen der Grazien machen. Damit das Geld wieder fließen möge, fange ich wieder von vorne an, das Rollenspiel mit dem unbelehrbaren Mitarbeiter einzuüben.

Schweigen.

»Hallo?«, frage ich nach, befürchtend, er habe mich aus der Leitung gekickt.

Ottilie sei Dank ist das nicht der Fall, denn ich höre ihn hüsteln. Er sagt zögerlich, dies sei sein erster Arbeitstag bei dieser Bank. Er habe nach der Ausbildung, die er gerade abgeschlossen habe, gewechselt und er müsse sich erst mit allem vertraut machen und dass es ein bisschen länger dauern könne als sonst üblich. Er gebe sich Mühe.

Daraufhin sage ich, ein Bankinstitut, das seinen Kunden, sprich mir, kurz vor dem Abiball den Kredit nicht genehmige und den Dispokredit nicht erhöhe und mich zwinge, mich, allein auf Ottilie hoffend, in mein finanzielles Desasterschicksal zu ergeben, sei nicht gut für ihn.

Er fragt, wer Ottilie sei.

Meine göttliche Freundin sei sie, antworte ich.

Bedeutungsvoll sagt er, er sei Katholik, worauf ich erwidere, das erkläre, warum er ungerührt zuhöre, während die Rechnungen mich peinigten. Andererseits müsse er als Katholik eigentlich verstehen, dass ich aus dem finanziellen Jammerland rausmüsse, und, mich erlösend, den Kreditrahmen erweitern.

Was soll ich noch sagen? Ihm fehlt der Mut.

Ob er Abi habe, frage ich.

Ihn wundere, ja, verstöre die Frage, gesteht er. Wie ich darauf käme, will er wissen.

Er sei gerade durch die Reifeprüfung im Leben gefallen, antworte ich.

Das könne er so nicht stehen lassen, meldet er Gesprächsbedarf an. Und ja, er habe Abi.

Darauf erwidere ich, wenn es ihm attestiert worden sei, so sei es kein richtiges Abi. Ein richtiges Abi sei eine Reifeprüfung und die sei mehr oder weniger wie das Fegefeuer mit anschließender Läuterung. Davon sei bei ihm nichts zu spüren und ich befürchtete, das Fegefeuer komme noch auf ihn zu. Wie und wann auch immer. Jedenfalls sei ich nicht bereit, ihn darauf vorzubereiten, und ich beabsichtigte auch nicht, ihm die Kohlen aus dem Fegefeuer zu holen.

Das Gespräch verlaufe nicht, wie er es in den Schulungen vielfach geprobt habe, merkt er an.

»That's life!«, sage ich und er schweigt.

Ein letztes Mal wiederhole ich meine Bitte, er möge meinen Kreditrahmen erhöhen.

Er antwortet, diesbezüglich nicht mit Entscheidungskompetenz ausgestattet zu sein. An die Regeln müsse er sich halten. Wenn ich sonst Fragen hätte, helfe er gern. Ansonsten werde er mich jetzt zu Herrn Meier durchstellen.

Die Dudelmusik macht mich kirre. Das geht nun schon wieder seit fünf Minuten so. Weil ich ein Erfolgserlebnis haben möchte, heute und jetzt, warte ich weitere zehn Minuten. Ich warte so lange, bis Rieke laut nach mir ruft. Dann lege ich auf.

Jetzt weiß ich, was ich schon immer wusste. Ottilie ist die Einzige, auf die ich hoffen kann, immer und ewiglich! Ottilie ist meine Bank!

Ottilie wird das Geld sprudeln lassen! »Das ist eine Aufforderung, Ottilie!«

Ich warte. Wieder nichts.

Währenddessen tritt Rechnung Nummer fünf vor und lächelt verschämt. Nummer fünf lag obenauf in dem 50-plus-Carepaket, das ich mit Rieke ausgepackt habe. Ich erinnere mich an den Absturz, nachdem ich die schwindelerregend hohe Rechnungssumme gelesen hatte: 134 Euro.

Ich erlebe die Szene, wie ich alles anprobiert habe, noch einmal, als fände sie jetzt statt.

Der Push-up-BH fühlt sich extrem eng an. Beim Anprobieren gräbt der verstärkte Saum tiefe rote Furchen unterhalb der Brust und auf dem Rücken.

Wenn ich das Folterteil länger als eine Minute trage, gehe ich als akuter Fall schwerster offener Gürtelrose durch, weshalb ich den Verschluss schnell wieder löse.

Rieke ist gnadenlos. Sie meint, ich solle mich nicht so anstellen. Die Mädchen bei Germany's Next Top Model müssten ganz andere Strapazen aushalten: auf Eisblöcken sitzen und noch ganz andere Dinge.

Erbost erwidere ich, dass ich nicht mit den Teenagern verglichen werde wolle, die da mitmachten. Überhaupt sei es eine frauenfeindliche Sendung, die tausende von Teenagern für blöd verkaufen wolle und die Teilnehmerinnen entblöße und zur Schau stelle.

Ich will noch viel mehr sagen, komme aber nicht dazu, weil Rieke mich unterbricht. Sie finde es scheiße, dass ich gleich so explodierte. Es sei doch nur eine Modelsendung.

Die krank mache und verblöde, zische ich. Dass sie mir leidtäten, die Mädchen, und ich nicht verstünde, warum die Show nicht abgesetzt würde, sage ich, obwohl die Grazie mich böse anguckt. Ich bin außer mir.

»Mensch, Eva, so kenne ich dich gar nicht«, meldet sich »Eva Reloaded« mit beipflichtender Stimme.

Rieke erwidert, ich solle wegen der Sendung nicht so ausrasten. So wichtig sei die nicht.

Vehement widerspreche ich ihr, verweise auf die Zuschauerzahlen, die vielen jungen Mädchen, denen eingeimpft werde, dass megadürr zu sein und nur Klamotten, Schminke und den Friseur auf dem Schirm zu haben, ein geiles Leben sei, wobei ich noch hinzufüge, dass ich dieses Leben nicht mal der blödesten Tussi wünschte.

Rieke ist verärgert und schimpft, es gehe gerade nur um mich und nicht um die Sendung. Ein guter Body habe eine Form. Ich hingegen sei aus der Form gelaufen.

Ich sehe ein, dass ich keine Chance habe, sie in ihrem Bemühen zu stoppen, mich gut geformt auf diesem verdammten Abiball zu sehen, also frage ich, was ich machen solle, damit sie zufrieden sei.

»Endlich diesen BH wieder anziehen«, antwortet sie.

Die Grazie findet den BH super. Das Modell Wonder Bra Perfect Ritzer*** mit Garantie für extrem tiefe Hautverletzungen plus einer 99-prozentigen Chance auf entzündliche Hauterkrankungen sowie einer hohen Wahrscheinlichkeit, dass es ein blutiges Ende nimmt, übertrifft absolut ihre Erwartungen.

Meine auch, allerdings die schlimmsten.

Rieke ist begeistert, weil der Perfect Ritzer meine Hängebrust megamäßig pushe und die Schwabbelei erstmals seit Langem wieder hinreißend standortgetreu verortet sei.

Sie übertreibt. Wie immer.

Rieke will, dass ich den Folter-BH kaufe. Meinen Einwand, der BH schmerze zu sehr, lässt sie nicht gelten. Es schmerze, weil ich mich viel zu lange hätte gehen lassen. Die Zeiten des Sich-nach-unten-gehen-Lassens seien endgültig vorbei. Ich solle meine Einstellung gegenüber den Schmerzen ändern und mich freuen, dass der Wonder Bra Perfect Ritzer*** meiner Laissez-faire-Haltung endlich eine Absage erteile. Sie sei so froh, dass bei mir zu guter Letzt alles wieder sortiert, an den vor Jahren vorgegebenen Standort gequetscht und nach oben gedrängt werde. Die Nachlässigkeit, die ich gegenüber meinem Körper hätte walten lassen, gehe gar nicht, kritisiert sie. Meine Fülle gehöre eben korrigiert.

Wie ein Wasserfall redet sie. Ich vermute, sie hat Hennis erhöhtes Redebedürfnis nicht nur kopiert, sondern in höchstem Grade gesteigert, wofür ich ihr ein Exzellenzlabel auszustellen bereit wäre, wenn sie denn endlich still wäre.

Rieke spricht von Busen- und Bauchgymnastik, die sie aus dem Internet für mich runtergeladen habe. Ich müsse sofort damit beginnen. An Beine und Po müsse ich auch ran. Für den Moment solle ich mich aber auf das vordergründig Quellende konzentrieren.

Das Mieder, das Rieke gerade auspackt, erinnert mich an die schrecklich peinliche Miederhosen-Szene von Bridget Jones in »Schokolade zum Frühstück«. Ich lache lauthals.

Mein Lachen verstummt, als mir bewusst wird, dass ich Bridget Jones an Peinlichkeit übertreffe. Bridget ist jung und irgendwie niedlich. Und ich ... Ich bin, ich weiß auch nicht wie.

Bridget hat ein paar Pfunde extra. Ich habe ein paar Pfunde mehr als extra. Ich bin XXL. BEVA sagt, ich sei Molli-Pop.

Ich lache verzweifelt, weil Mark Darcy sich nicht in mich verliebt hat beziehungsweise verlieben wird und weil BEVA nicht mehr in mich verliebt ist. Die Vorstellung, BEVA schlüpfte in die Rolle Mark Darcys, ist lächerlich, völlig abwegig, nicht lustig.

Auch an das Vorbild aus der Feder Jane Austens reicht er nicht heran. BEVA als Mr Darcy und ich als Elizabeth Bennet sind schlicht nicht vorstellbar. BEVA fehlt das Charisma Matthew Macfadyens in der Rolle des Mr Darcy.

Auch mit dem Schauspieler Colin Firth, der als Mr Darcy und Mark Darcy überzeugt, kann sich BEVA nicht messen. Er kann nicht daran klingeln. »Does it ring a bell?«, fragt Pons und bittet mich, »happy ending« nachzuschlagen.

Während ich danach blättere, flüstert Pons, BEVA und ich

klängen nicht nach »happy ending«. Wenn wir miteinander redeten, höre es sich wie heiseres Hundegebell an, was wiederum dem Umstand geschuldet sei, dass wir in dieser Märchenstadt lebten. Ich weiß nicht, wie sie jetzt darauf kommt.

Pons glaubt, dass wir unser glückliches Ende verpasst oder ausgelassen hätten. Sie meint, vielleicht würde ich das endlich begreifen, wenn ich »happy ending« schwarz auf weiß läse. Möglicherweise müsse ich es aber auch buchstabieren und aufschreiben. Es werde schon irgendwann bei mir klingeln.

»Mama, wo bist du mit deinen Gedanken? Was suchst du schon wieder im Wörterbuch?«, beschwert sich Rieke. »Zieh mal den Fett-weg-Slip an. Ich hab nicht den ganzen Tag Zeit, mich um dich zu kümmern.«

Muss ich mir den Ton gefallen lassen? Ja. Nein. Egal.

Mutti-Chancellor guckt mitleidig. »Eva Reloaded« sieht verzweifelt aus.

Ich bitte Mutti-Chancellor, mich mal kurz allein zu lassen. Dieses Mieder lasse mir gerade keinen Millimeter Platz für etwas anderes.

Eng ist die Tuchfühlung mit dem beigefarbenen Mieder, das mir bis zur Brust reicht. Meine Fettknöllchen werden gewaltsam aus der Bahn geworfen, zusammengezwängt und an Standorte gedrückt, die ein Nährboden für Platzangstphobien sind, ohne dass die vermeintlichen Standortvorteile in meiner körperlichen Landschaftsarchitektur auch nur ansatzweise sichtbar werden.

Die Shape-Wear-Schmerzen steigern sich ins Unermessliche. Gefühlt bin ich ein leichenblasses, beinahe abgehungertes Supermodel, das dringend zwangsernährt werden müsste. Solche Gedanken malträtieren mich, während Rieke total begeistert ist von dem Schwabbelfett-weg-Effekt.

»Eva Reloaded« keucht: »Das halt ich nicht aus, ich kann nicht mehr.«

Es ist pure Geldverschwendung, die Torture-Wear zu kaufen. Rieke zuliebe verschwende ich das Geld. Und ja, ich habe nicht wirklich eine Wahl. Augen zu und durch. Durch heißt, ich renne nach oben und plündere mein Sparschwein. Bitter nur, dass Rieke und ich von dem Geld, 659 Euro, nach St. Ives in Cornwall wollen.

Es ist ein Notfall. Ich nehme ja nicht alles. Vielleicht habe ich bis dahin wieder Geld. Erst mal bezahle ich die 134 Euro davon. Und der Rest bleibt im Schwein. Sonst verschwindet es sonst wo.

Rieke erwischt mich, als ich das Schwein auf den Nachttisch zurückstelle. Sie begreift sofort, was ich getan habe, und meckert, ich solle andere Geldquellen anzapfen. Dass wir nicht nach St. Ives führen, könne ich ihr nicht antun, krakeelt sie. Immer sei sie für mich da und immer und immer wieder hätte ich es versprochen und sie habe es schon allen ihren Freundinnen erzählt.

Die 134 Euro wandern zurück ins Schwein.

Die Rechnung Nummer fünf zerreiße ich ebenfalls und befördere sie unter Protest in den Papierkorb, wo sie auf eine Leidensgenossin trifft.

Rieke beklagt derweil, dass sie mich keine fünf Minuten allein lassen könne. Laut denkt sie darüber nach, wer auf mich aufpassen werde und wie ich das Post-Rieke-Zeitalter modemäßig und körperlich überleben könne.

Das finde sich dann, erwidere ich.

Rieke sagt, es habe sie mega überfordert, mit mir Unterwäsche auszusuchen. Sie habe mich noch einmal für dieses Fest hergerichtet, aber danach sei definitiv Schluss. Ich müsse lernen, selbst für mich zu sorgen, und sie rate mir zu einer Shoppingfreundin, mit der ich auch Unterwäsche shoppen gehen könne.

Ich nicke und denke das Gegenteil. Eine Shoppingfreundin ist das Letzte, was ich brauche. Die Zeit mit Tinka, Pons, Mutti-Chancellor, Lotte, »Eva Reloaded« und Ottilie würde ich für keine Shoppingfreundin hergeben.

Ohne Tinka und Gefolge, also ohne meine Freundinnen im Geiste, kann ich nicht. Ich habe die besten Freundinnen ever. Ohne sie ginge nichts, absolut nichts. Mein Leben als höchst gefährlicher Drahtseilakt zwischen Himmel und Erde, mehr Himmel als Erde, begleitet von hartnäckig wiederkehrenden Angstschauern, wäre nicht machbar.

Wäre Ottilie nicht, ich wäre angesichts der offenen Rechnungen klaftertief ins Bodenlose gestürzt.

Ohne meine Freundinnen bliebe mein Herz stehen. Mit meinen Freundinnen im Geiste bekomme ich hingegen »nur« Herzrasen. Gerade habe ich Herzrasen wegen der Rechnungen, die weiter aufgeregt in der Warteschleife trippeln.

Ich hole die große Box aus dem Schrank und befehle den Rechnungen hineinzuspringen. Als sie zögern, gebe ich ihnen einen kräftigen Stoß und klappe die Box schnell zu.

Die Hoffnung auf Ruhe im Karton, am besten scheintot, erfüllt sich nicht.

Die Rechnungen rebellieren, dass ich sie weggesperrt habe. Heftig und laut streiten sie und werfen einander schlimme Dinge an den Briefkopf. Sie bezichtigen sich gegenseitig der Verleumdung und Falschaussage und drohen damit, Rechtsmittel einzulegen, um eine sofortige Begleichung ihrer jeweiligen Rechnungssumme zu erreichen.

Nach einer Weile erscheint es ihnen angesichts der massiven Einschränkung ihrer Persönlichkeitsrechte im Karton jedoch opportun, vereint zu kämpfen. Die internen Zerwürfnisse legen sie kurz beiseite. Das bedeutet nicht, dass sie nicht mehr wütend sind.

Die Wut muss raus. Deshalb radikalisieren sie sich und formieren sich zu einem autonomen Widerstandsbündnis, wie ich durch den klarsichtigen Deckel sehen kann.

Rechnung Nummer sechs, BEVAs Anzug, führt den Aufstand der Empörten an. Mit 399 Euro ist der Anzug nicht gerade günstig, was BEVA natürlich abstreiten würde. BEVAs Anzugrechnung ist am lautesten. Sie rüttelt am Deckel der Box und schreit mich herausfordernd an, ich solle aufmachen und der 399 Euro teure Anzug von BEVA sei noch heute zu bezahlen.

Nummer sechs weiß nicht, dass ich nicht flüssig bin. Die Sechs übertönt die anderen und schärft ihnen und mir ein, dass sie als Nächste dran sei.

Als Nächstes komme bestimmt der Gerichtsvollzieher, sage ich leise.

Die eingesperrten Rechnungen hören mich nicht, weil sie zu viel Lärm machen. Der Krawall in der Box steigert sich von Minute zu Minute.

»Aufmachen! Aufmachen! Wir wollen Kohle, wir wollen Kohle sehen, und zwar sofort«, schreien die Rechnungen im Chor, bis sie heiser sind und keinen Ton mehr rausbringen.

Nummer sieben findet als Erstes ihre Stimme wieder. Sie klagt, dass Riekes Schuhe von 69,90 Euro unbedingt bezahlt werden müssten. Ohne Schuhe kein Ball.

Nummer sechs geht wütend auf die Sieben los und faltet sie zusammen. Die Sieben fängt an zu weinen. Zwischen den Schluchzern jammert sie, dass dies der schlimmste Tag in ihrem Rechnungsleben sei, und sie fühle sich, als wäre sie bei der Buchprüfung durchgefallen. Unter Klageseufzern prangert sie mangelnde Solidarität aus den eigenen Reihen an, die es widerspruchslos zuließen, dass die Sechs sie zusammenstauche.

Irgendwann ergreift Rechnung Nummer acht, die der Blumenfrau, das Wort und meint, sie werde künftig mutiger sein.

Nummer acht, im Vergleich zur Fünf eine relative Bagatelle von nur 40 Euro, erklärt sich selbst zum Notfall und dass ihre Schwestern bei ihr Erste Hilfe zu leisten hätten.

Der eigentliche Notfall sei die Blumenfrau. Die Blumenfrau brauche das Geld. Sie könne sonst nicht die Busfahrten zu ihrem Mann bezahlen, der seit Anfang des Monats im Altenheim untergebracht sei. Er stürbe vor Einsamkeit, wenn sie ihn nicht besuchte.

Die anderen Rechnungen bringen erst keinen Ton raus, doch dann trösten sie die Acht und beteuern, sie hätten keine Ahnung gehabt von der schwierigen Situation der Acht und dass sie ihr gern den Vortritt ließen, selbst Nummer sechs tut das, was ein Wunder ist.

Nummer neun, das sind die vier Abiball-Karten für insgesamt 100 Euro, will sich auch vordrängeln, was die anderen zu verhindern wissen.

Zwar sieht jede der Rechnungen ein, dass die Abiball-Karten ein Muss sind, aber sie sind nicht willens, sie vorrangig zu behandeln.

Die Neun mault. So leicht gibt sie sich nicht geschlagen. Wie stünde Rieke vor ihren Mitschülerinnen und Mitschülern da, wenn die Karten nicht auf der Stelle bezahlt würden? Schließlich finanziere der Abijahrgang mit den Eintrittskarten den Abiball.

Die Neun versucht sich unbemerkt unter der Sieben und der Sechs durchzuschieben und sich hinter der Acht einzureihen, wird aber von der Zehn zurückgezogen, und schließlich gibt sie ihr Vorhaben auf und reiht sich hinter der Sieben ein.

Nummer zehn bittet um Nachsicht, dass die Kosten für den Friseur hoch ausfallen würden. Sie beliefen sich voraussichtlich auf 150 Euro. Das Geld sei für Riekes und Vickys Hochsteckfrisuren inklusive Waschen, Schneiden und Strähnchen zurückzulegen.

Nummer zehn entschuldigt sich, dass sie zu früh dran sei und sich bereits vor der Zeit melde, aber es sei sicher, dass die Familienkasse am Tag des Abiballs leer sein werde, und keine der anwesenden Rechnungen könne wollen, dass die Abiturientin in Tränen ausbräche, weil kein Geld da wäre für den Friseur, und ohne ginge Rieke sicher nicht zum Ball.

Die Zehn merkt zudem an, sie wisse um den hohen Betrag, aber so seien die Preise. Zwar gäbe es das Ganze billiger. Mit billiger wären die Grazien aber nicht zufrieden und was Letzteres bedeute, wolle sie sich nicht ausmalen.

Die bescheidene Nummer acht fragt an, warum auch Vicky zum Friseur müsse. Es sei doch nicht ihr Abiball. Nummer zehn lächelt mitleidig. Das könne keine ernst gemeinte Frage sein, spottet sie.

Die Zweifel von Nummer acht an der Notwendigkeit der Ausgabe bleiben.

Nummer sechs maßregelt die Acht, dass nachdem ihr eine bevorzugte Behandlung zuteilgeworden sei, es nicht ihre vorrangige Aufgabe sei, andere Ausgaben zu hinterfragen. Dennoch solle die Kritik ernst genommen und ein Arbeitskreis gebildet werden, der die Kostenentwicklung zu untersuchen und Empfehlungen für die künftige Ausgabenstruktur abzugeben habe.

Die Falten auf der Rechnung Nummer acht verschwinden damit nicht, sind aber sichtbar geglättet.

Nummer neun wirft ein, die gegenwärtige Diskussion sei wenig zielführend. Sie ruft in Erinnerung, dass sie alle raus aus der Box und bezahlt werden müssten. Am Ende dienten sie alle dazu, einen schönen Abiball zu gewährleisten.

Auch kommt die Neun der Zehn zu Hilfe und sagt, wenn Vicky nicht auch zum Friseur ginge, gäbe es garantiert heftigen Streit unter den Grazien. Das könne niemand wollen am Abiball-Tag, dem Rieke seit der fünften Klasse entgegenfiebere.

Fazit: Nummer zehn kann ohne weitere Zwischenrufe abgehakt werden.

Nummer elf meckert, sie habe seit einer Woche unter Pons auf dem Schreibtisch gelegen, was unfair und gesundheitsschädigend sei.

»Sie soll sich nicht so haben«, mischt sich Pons ein.

Die Elf sagt weiter, vom langen Liegen tue ihr Briefrücken weh. Und das alles nur, weil ich mit dem Geld nicht haushalten könne und falsche Prioritäten setzte.

Zwar räumt die Elf ein, dass es Rechnungen mit längerer Verweildauer gebe, aber sie sei von schwacher Konstitution. Ihre 105 Euro hätten höchste Dringlichkeitsstufe und seien auf der Stelle zu begleichen.

Das ganze Gejammere halte ich nicht aus und öffne die Box. Alle Rechnungen schnappen nach Luft und fliegen mir entgegen. Ich vergewissere mich, ob der Zustand der Elf tatsächlich so bedenklich ist, wie sie sagt, und begutachte sie sorgfältig. Das Briefpapier ist nicht zerrissen. Ihr Allgemeinzustand gibt keinerlei Anlass zu ernsthafter Besorgnis. Ich werfe der Elf vor, maßlos zu übertreiben.

Darauf lässt sie mich wissen, die reizende Frau Schöner, die sie geschickt habe, wundere sich über meine Zahlungsmoral und auch sonst. Kosmetiktermine würden üblicherweise gleich in bar oder mit EC-Karte bezahlt.

Ich frage Nummer Elf, was mit »und auch sonst« gemeint sei. Zunächst schweigt sie. Schließlich flüstert sie papierdünn, genauer habe sich die Dame nicht geäußert. Bei den schön zu machenden Kunden komme es nicht gut an, wenn Frau Schöner alles frei heraus sage. Frau Schöner halte sich ihrer Kundschaft wegen wahrscheinlich lieber bedeckt. Deshalb beklage sie sich auch nicht über mich, sondern wundere sich lediglich.

Den Termin bei Frau Schöner hatte ich auf Empfehlung einer Mutter vom letzten Elternabend vereinbart, weil ich mir was Gutes tun wollte.

Ich entschied mich für das Verwöhnprogramm de luxe, um in aufgehellter Stimmung und stadttauglich modelliert den Spaziergang in der Fußgängerzone wagen zu können.

Als ich offen bekannte, dass mein falsches Gesicht mit Hilfe eines roten Korrekturstifts richtiggestellt werden müsse und idealerweise keine Ähnlichkeit zum Jetztzustand aufweisen solle, lachte Frau Schöner trocken.

Die Abiturientin-Grazie wäre bereits zufrieden, wenn ich mich einer Abiball zuträglichen Erscheinung annäherte, relativierte ich später das Gesagte. Rieke erwarte keine neue Mutter, aber mit der alten ginge sie nicht zum Ball. Um sicherzugehen, dass Frau Schöner mich verstand, hatte ich ein Foto von einem Supermodel ausgeschnitten, das ich ihr reichte.

»Genauso, wenigstens ähnlich sollte es nachher aussehen«, sagte ich.

Den Mund kräuselnd, erwiderte sie: »Ach ja?«

Auf ihre Bitte hin erklärte ich ihr die anvisierte Gesichtsmetamorphose punktgenau und furchentief auf den Millimeter. Die große Falte auf der Stirn müsse weg und die dunklen Augenringe sollten verschwinden, ebenso die Schwellungen unterhalb des Augenlids sowie die Gesichtsrötung. Die Mundfalten und die Knitterfalten am Hals bitte um zwei Millimeter plätten. Wenn sie sich in diese Region vorgearbeitet habe, könne sie das Dekolleté gleich mitmachen. Das wäre sozusagen ein Abwasch.

»Noch etwas, was neu gemacht werden soll?«, fragte sie ironisch.

Ich ergänzte: »Maniküre, Pediküre, Permanent-Make-up darf selbstverständlich nicht fehlen. Wenn Sie mir Kunstnägel anklebten, fände die Grazie das sicher cool.«

Frau Schöner erwiderte, für Maniküre und alles Weitere fehle die Zeit. Wir sollten hierfür einen gesonderten Termin vereinbaren.

Für den gesonderten Extratermin fehlt mir allerdings das Geld. Ich werde also notdürftig hergerichtet auf diesen Abiball gehen.

Ich solle mal auf dem Teppich bleiben und nicht maßlos übertreiben, beruhigt mich Mutti-Chancellor. Mit Not habe das alles nichts zu tun.

»Eva Reloaded« findet das auch und übt nun harsche Kritik an uns Evas. Einige von uns Evas schreckten vor Schönheits-OPs nicht zurück und erlebten hautnah Horror-Reality unterm blutigen Messer und gäben als grotesk verzerrte Cutter-Zerrbildnisse schwülstige Lippenbekenntnisse ab. Wie wenig geil sei das denn! Schluss mit der Sanierung medizinischer Schneiderwerkstätten, die fett an unseren Eva-Quellen saugten und verdienten!

»Bravo!«, applaudiert Mutti-Chancellor. »Bravo!«

Seit ein paar Tagen ist mein Gesicht tomatenroter denn je und brennt wie Feuer. Die Hautärztin tippt auf Klimakterium.

Mehr als fünf Jahrzehnte habe ich körperlich dauerkalt verbracht: die Sommer bei gefühlt regnerischen sechs Grad, die Winter bei minus 25 Grad mit Frostbeulen an Händen und Füßen.

Seit der Bombe ist nun alles anders. Ich sage gern Bombe. Klimakterium benennt das Ausmaß der Umwälzungen nicht wirklich. Klimakatastrophe schon eher, doch dieses Wort finde ich in keinem der Verwirrbücher hierzu.

Wir Frauen werden über die Dimension der Krise fahrlässig getäuscht. Die Klimakatastrophe kommt anfallartig. Weil das so ist und niemand, auch keine Eva, das offen ausspricht, denken wir alle, dass wir irre sind, und halten den Mund, damit es bloß nicht rauskommt, wie es um uns steht. Warum machen wir das und schämen uns auch noch dazu?

Seit dem Sündenfall ist das Schämen der rote Faden unserer Eva-Historie. Damals haben wir uns geschämt. Jetzt schämen wir uns wegen damals und wegen der blutenden Zeiten oder weil sie vorbei sind. Dabei schämen wir uns weniger, wenn das geheim bleibt und möglichst niemand davon weiß. Das gehört beendet: Schluss mit der beschämenden Schämerei!

Die göttliche Ottilie kennt als Einzige keine Scham. Na ja, sie ist auch nicht von dieser Welt. Für Ottilie ist meine Klimakatastrophe natürlich und banal. Ich bin entsetzt, was Ottilie für natürlich hält.

Ich bin jetzt gegen natürlich.

Ich würde Ottilie am liebsten gerade in den Wind schießen, doch ich mache mir nichts vor. In Bezug auf meine Freundinnen gilt weiter: Ich muss nehmen, was ich kriegen kann.

12. Kapitel

Die Richtung unseres Pilgerinnenzuges ist vorgegeben: zurück ins Paradies. Einen Richtungswechsel wird es nicht geben. Das ist ein Grund, aus dem Mutti-Chancellor mit uns pilgert. Wenn es unangenehm wird, setzen wir uns erst mal hin. Das gefällt Mutti-Chancellor.

Zwar ist Tinka immer noch kaputt, aber natürlich ist sie als Freundin nicht abgemeldet. Sie pilgert jetzt auf dem Bollerwagen mit, den Lotte zieht.

Zurzeit pilgern wir zwar noch im Kreis, aber das wird sich schon noch ändern. Mir tun vom Pilgern die Füße weh. Mit der Bombe ist es gerade unerträglich.

Mutti-Chancellor kann ich mit der Bombe nicht kommen. Sie ist empört über den Ausdruck, spricht von einer sprachlichen Entgleisung. Ich kann sie sogar verstehen, zumal auf der Welt überall Bomben hochgehen.

Jedenfalls sagt Mutti-Chancellor, dass sie meine Bombe in ihrer wenigen freien Zeit nicht entschärfen könne.

Als meine Mutti-Chancellor-Freundin sollte sie das aber können, sage ich ihr.

»Wohl kaum«, versetzt sie messerscharf.

Im Übrigen habe sie mir schon lange sagen wollen, dass das Wort »Chancellor« sie nur mangelhaft benenne. Auch die Bezeichnung »female chancellor« werde ihr nicht gerecht.

Ich kann nicht umhin, ihr zuzustimmen.

Wenn »Chancellor« nicht das existentielle Wort ist, so ist das ein Dilemma. Dann ist sie mit ihrem Namen Mutti-Chancellor nicht mehr als eine schlechte Kopie von etwas, was sie sein sollte und könnte.

Am Anfang ist das Wort. Ich meine das nicht ironisch. Worte sind schön, aber sie müssen eben auch passen, nicht halb, sondern richtig, 100 Prozent, wie bei einer Eins-zu-eins-Übersetzung.

Was, wenn es den Anfang nicht gibt? Was, wenn uns das alles begründende schöpferische Wort fehlt? Was, wenn uns das alle betrifft? Uns Evas, meine ich. Wenn unser aller Anfang unterschlagen wurde, ist das ein nicht hinnehmbarer Zustand, den wir ändern müssen, besser jetzt als später.

Ein Wort wird meinen Freundinnen und mir die Tür ins gelobte Land öffnen. Nach diesem Wort gilt es zu suchen. Gleich jetzt.

Meine mütterliche Freundin sieht, dass die Suche schwierig ist. Ich solle erst mal Wörter verändern, rät sie mir und setzt hinzu, ich könne mit »Chancellor« beginnen.

Gesagt, getan!

Ab jetzt ist meine Freundin zunächst Mutti-Chancellorness, was ihrem paradiesischen Sein näherkommt. Es ist nicht so, dass das der neue Anfang wäre, aber mit dieser Wortschöpfung sind wir dem Paradies einen Schritt näher. Es lebe Mutti-Chancellorness! In meinem Wunschdenken öffnet sie uns bereits die Tür zum Paradies.

Mutti-Chancellorness liest meine Gedanken. Ihre Augen blitzen und die Wangen sind gerötet. Der Anfang von uns Evas ist gerade eingeleitet, mit ihr an der Spitze. Das gefällt ihr.

»Chancellorness« passe und kleide sie gut, befindet sie und wedelt mit den Armen. Mutti-Chancellorness erklärt, sie habe gewusst, etwas Wesentliches fehle, nur dass sie es bisher nicht habe benennen können. Auch habe sie nicht gedacht, dass alles bis an den Anfang zurückreiche, den Anfang, den es nie gegeben habe, beziehungsweise nur den verpatzten Anfang der fehlgeleiteten Seinsbestimmung von Eva. Ich bin froh, dass sie das sagt, nutze die Gelegenheit, Evas Anfang auszumalen, und sage: »Schritt für Schritt pilgern wir mit Schlüsselwörtern zurück ins Paradies, in Evas gelobtes Land. Evas gelobtes Land wird existieren, weil wir es sagen, schreiben, weil wir mit neuen Worten dahin zurückfinden und es erschaffen werden.«

Pons merkt an, zwar gefalle es ihr, dass ich die Dimension des

Wortes ins rechte Licht rücke. Sie betont jedoch, die Dokumentations- und Deutungshoheit der Wörter sei ihr Metier. Ich solle mich bei Zweifelsfragen an sie halten, sonst werde alles in einer Wortwüste enden.

13. Kapitel

BEVA sagt, ich müsse die Zeitung lesen, damit ich verstünde, was die Welt im Innersten zusammenhalte. Als ob er das wüsste.

BEVA findet, ich irrte lamentierend durch die Weltgeschichte.

BEVA und ich hinken hinterher, ich mit dem Fuß, er mit der Zeitung. Die Printmedien sind so was von out, aber BEVA hält sich an der Zeitung fest, als ob sie ihn durch das Wirrwarr der Welt steuern könnte. So eine Zeitung ist doch kein Schiff, das der stürmischen Weltensee standhält. Das ist des Pudels Kern.

Letztes Jahr hätte ich BEVA diesen schwarzen Pudel aus dem Tierheim schenken sollen. Aber er will ja keinen Hund. Mit dem Hund wäre er allerdings öfter rausgekommen und nicht dem Irrglauben erlegen, die Weisheit auf den druckergeschwärzten Zeitungsseiten zu finden und sich zu rühmen, er beherrsche es, zwischen den Zeilen zu lesen.

Zwischen den Zeilen steht nichts.

BEVA preist das Nichts wie ein Marktschreier an. Er glaubt ernsthaft, er habe den Stein der Weisen gefunden. Dabei ist BEVAs Weisheit ein vergammelter Paradiesapfel. Wie soll ich da Appetit auf Wissen bekommen?

Mutti-Chancellorness beschwert sich. Es gehe immer um BEVA.

Ich erwidere, wäre es nicht ein Tabu, über sie und ihr Leben zu sprechen, würde ich mich nicht genötigt sehen, über BEVA und den schwarzen Pudel nachzudenken, der BEVA dazu bringen könnte, zu sehen, dass die Welt eben im Innersten nicht zusammengehalten werde, sondern auseinanderdrifte, und das sei das eigentliche Dilemma.

»Immer geht es um BEVA!«, kritisiert Mutti-Chancellorness mich erneut.

Wenn sie, Mutti-Chancellorness, dieses Tabutheater beendete, wäre BEVA kein Thema mehr, entgegne ich.

»Davon ist wohl kaum auszugehen«, antwortet sie spitz und besteht darauf, ich möge akzeptieren, dass sie inkognito meine Freundin sei. Das sei klug. Sie wolle keine Breaking News über sich und ihre Freundinnen in den Medien.

»Warum nicht?«, frage ich. »Was ist falsch daran? Mit uns als Freundinnen zöge ein neuer Geist dort ein.«

Sie winkt ab und dreht mir den Rücken zu, was mich ärgert. Anscheinend sind die Sitzungen im Hohen Haus, die ihr bis tief in die Nacht erst den Schlaf geraubt haben, jetzt das Ansehen und bald vielleicht das Amt, weniger bedrohlich, als sich mit uns Pilgerinnen als Freundinnen der lesenden Öffentlichkeit gegenüberzustellen.

Also ich bin da mutiger. Sonst ist die Angst mein zweites Ich, aber ich stehe, und zwar ohne Wenn und Aber, zu meinen Freundinnen, die, das dürfte beim Lesen deutlich geworden sein, meine liebsten Begleiterinnen sind, weil sie mich immer auffordern, breite Pfade zu verlassen und abseits davon neue Wege zu beschreiten.

»Tabu ist und bleibt tabu!«, beharrt Mutti-Chancellorness auf ihrem Standpunkt.

Ich gebe mich geschlagen. Es wird also nichts mit dem Sprung in die Wirklichkeit von Mutti-Chancellorness.

Immerhin hat sie begriffen, dass sie nicht ist, was sie sein könnte, und dass es sich lohnt, das verlorene Paradies neu zu erschaffen. Dabei tut sie jetzt so, als hätte sie den Plan mit dem neuen Paradies gehabt. Ich weiß es besser, doch ist es nötig, das zu sagen?

»Ja«, antwortet »Eva Reloaded«, die sich sträflich vernachlässigt fühlt.

Völlig unnötig und überraschend mischt sich nun gerade Pons ein, sie müsse noch einmal auf unsere Diskussion über »Chancellorness« zurückkommen. Sie verweist darauf, dass dabei einfach etwas angehängt werde an »Chancellor«.

Pons ist klug, aber gerade nicht auf der Höhe der Diskussion.

Das viele Suchen im Wörterbuch bewirkt, dass sie einigermaßen zerstreut und in höchstem Maße abwesend ist.

Das wüssten wir, sage ich.

»Ach, ja!«, erwidert sie.

Sie verfällt wieder ins Blättern. »Chancellorness« sei zwar wegweisend für uns Pilgerinnen, aber kein geeignetes Wort, mit dem sich die Tür zum Paradies öffnen lasse, stellt sie fest.

Ich weiß ja, dass sie im Grunde recht hat, was mir nicht gefällt.

Im neu zu erschaffenden Paradies sei alles von Grund auf neu, jedes einzelne Wort, und dieses Kriterium erfülle »Chancellorness« nicht, beschließt Pons ihre Rede.

Ich tröste Mutti-Chancellorness, die sich nun um die Auszeichnung »Vorreiterin der Sache aller Evas« gebracht sieht.

»Mutti-Chancellorness, es tut mir so leid, dass ich dir vorschnell große Hoffnungen gemacht habe«, sage ich leise zu ihr.

Dass es mir vor allem für mich leidtut, behalte ich für mich. Stattdessen tue ich so, als kümmerten mich Mutti-Chancellorness' enttäuschte Mundwinkel.

Ich bin auch enttäuscht und wer teilt das mit mir? Selbst ist die Frau. Selbst ist Eva und das muss reichen, lerne ich gerade.

»Wir schaffen das, vielleicht aber nicht so schnell«, spreche ich Mutti-Chancellorness, vor allem aber mir, Mut zu. Wenn es sonst niemand tut, mach ich das eben selbst.

Mutti-Chancellorness versteht nicht, warum sie erst als quasi Dooropenerin zu Evas neuem Paradies gehandelt und nun zur bloßen Wegweiserin ins Land »Alles neu macht Eva« herabgestuft wird. Ich werde es Mutti-Chancellorness wohl wie das Eva-ABC runterbeten müssen. Wieder und wieder werde ich sagen, dass wir Frauen nur notgedrungen schlucken, dass uns unsere Seinsbestimmung angehängt wird, aber keinesfalls werden wir uns damit zufriedengeben. Wir werden sie selbst suchen und finden. Und wir würden es finden, das Paradies, das alles neu mache, werde ich ihr versprechen.

Mutti-Chancellorness bekommt einen Hustenanfall. Zufall?

Geht ihr die Puste aus, jetzt, wo sie begreift, dass sie einen langen Atem braucht fürs Paradies? Begreift sie, dass sie lernen muss, kreuz und quer zu denken, wenn sie das Paradies finden will? Es braucht Querdenker, um zu neuen Erkenntnissen zu kommen. Fürs neue Paradies gilt das allemal!

Mutti-Chancellorness ringt nach Luft.

Wenn sie sich in den letzten Jahren um bessere Luft und auch um die Schonung ihrer Gesundheit gekümmert hätte, wäre es jetzt nicht so schlimm mit dem Atmen.

Immerhin ist sie einsichtig.

Sie bekennt, sie tue sich schwer damit, mit einer unpassenden Bestimmung gelebt zu haben. Sie habe Bauchschmerzen bei dem Gedanken, dass sich seit Menschengedenken Frauen damit abgefunden hätten, das falsche Sein für den Preis des verlorenen Anfangs erkauft zu haben.

Pons unterbricht sie und hat wieder mal nicht zugehört, wie sich herausstellt. Pons ist nur noch bei sich und den neuen Wörtern.

Die neuen Wörter, erklärt sie, beanspruche sie ausnahmslos schon mal vorab, vollständig und umfassend bei sich aufzunehmen. Den rechtswirksamen Anspruch möge Mutti-Chancellorness ihr schriftlich bestätigen. Deren Büroleiter möge das für sie erledigen. Unzulässige Ansprüche seitens Dritter kämen dann gar nicht erst auf.

Ich sehe Pons an, dass der Gedanke an die vielen neuen Wörter, die eine neue Welt begründen, sie nervös macht. Sie wird die Macht des neu zu erschaffenden Paradieses in sich versammeln. Ein Gedanke, der sie flattrig beflügelt. Pons ist sich der unermesslichen Macht bewusst. Sie verspricht, sie werde den schöpferischen Wortfindungsprozess begleiten und für die Nachwelt alles dokumentieren und aufsaugen, was an neuen Wörtern entstehe in allen Sprachen, die sie erfasse. Sie betont, sie werde sicher über sich selbst hinauswachsen. Der Kern allen Schöpferischen sei bei ihr beheimatet und sie wünsche, in Zukunft mit mehr Respekt und Würde behandelt und bei Zweifelsfragen nach ihrer Lesart befragt zu werden. Und sie sei offen für alles Neue, habe sich wie keine meiner anderen Freundinnen darauf eingelassen, ihre Präsenz nicht nur in Buchform, sondern auch in den digitalen Medien zu sichern. Sie sei fortschrittlicher als meine vermeintlich beste Freundin, die beizeiten den Geist aufgegeben habe. Sie erweitere ihren Geist und trage zur Vermittlung des schöpferischen Wissens wie keine andere Freundin bei. Da im Moment bei mir wegen Tinkas Ableben, das ich mir nicht eingestehen wolle, der Platz »beste Freundin« frei geworden sei, bewerbe sie sich um diese Stelle, die sie am besten ausfüllen werde. Nebenbei bemerkt sie, ich solle nicht weiter auf die Auferstehung Tinkas hoffen und mich wieder anderen Dingen als der Trauer zuwenden. Trauerarbeit werde überschätzt. Tot sei tot. So einfach sei das.

Ist es nicht, bin ich versucht zu erwidern, doch ich tue es nicht, weil ich mich mit ihr nicht auf eine wie auch immer geartete Diskussion über den Tod einlassen will.

»Was lässt du dir da alles von Pons erzählen, deine Freundin Tinka soll tot sein? Nein!«, wütet »Eva Reloaded«.

Pons missdeutet mein Schweigen und sagt, sie freue sich, bald meine beste Freundin zu sein. Sie wünsche sich, dass ich mich ihr mehr zuwendete. Wann hätte ich sie zuletzt auf Händen getragen? Diese tote Waschmaschine, die ihren Geist aufgegeben habe, die umarmte ich ständig, obwohl die keinen Piep mehr von sich gebe, und sie, Pons, die immer erfüllt von allem Neuen sei, vernachlässigte ich unverständlicherweise.

»Es reicht. Sag Pons, dass Tinka immer deine beste Freundin sein wird«, fordert mich »Eva Reloaded« auf, Farbe zu bekennen.

Genau das mache ich.

14. Kapitel

»Auf ins Paradies!«, ermutige ich uns Freundinnen. »Los geht's. Wir werden uns und alles, was mit uns zusammenhängt, ganz neu erschaffen.«

Ausgerechnet Ottilie bremst mich in meiner Euphorie und wird zur Bedenkenträgerin. Ihr kommen Zweifel, ob wir das Recht hätten, ein neues Paradies zu erschaffen. Wäre es vielleicht nicht doch richtig, Evas verlorenen Anfang einfach hinzunehmen?

Wir Pilgerinnen sind bestürzt, dass Ottilie es wagt, nun, da wir uns schon fast am Ziel wähnen, unsere Pilgerinnenreise infrage zu stellen.

»Super Timing, Ottilie. Und damit kommst du uns jetzt?«, schleudert Mutti-Chancellorness ihr entgegen. »So kenne ich das aus meinem Kabinett. Wenn ich glaube, wir haben einen guten Gesetzesvorschlag erarbeitet, kommen von irgendwoher Einwände. Jeder hat nur seine eigenen Interessen vor Augen. Dann verschwindet der Gesetzesvorschlag entweder in Arbeitsgruppen oder alles wird zunichtegemacht. So kommt man nicht voran.«

»Wir sollten trotzdem nicht an der Paradiestür rütteln«, wird Ottilie deutlicher. »Alles würde durcheinandergeraten. Wir Pilgerinnen wären nicht nur ein Stein des Anstoßes, sondern der Paradiesgarten müsste ganz neu angelegt und alles andere neu aufgebaut werden, Stein für Stein. Wollen wir das wirklich?«

»Genau das ist unser Plan«, gebe ich ihr zur Antwort. »Ja, Wort für Wort wird unsere Geschichte neu zu schreiben sein.«

»Das ist extrem gefährlich«, erwidert Ottilie. »Ich rate noch einmal dringend davon ab.«

»Warum sollte es gefährlich sein?«, fragt Lotte vorsichtig.

»Lass dich doch nicht immer gleich so einschüchtern«, ermahnt Mutti-Chancellorness sie.

»Ist doch klar«, ergreift Ottilie das Wort. »Wenn wir alles neu erschaffen, können wir uns nicht mehr auf die alten Zusagen verlassen und berufen.«

»Die da wären?«, schaltet sich Pons ein.

»Eine zweite Sintflut? Alles noch in Butter mit dem ewigen Leben?«

»Vergiss nicht, du bist die göttliche Ottilie. Du hast es doch in der Hand, es sind deine Zusagen, ob alt oder neu. Du entscheidest, was passiert. Und ich weiß, wovon ich rede«, weist Mutti-Chancellorness sie zurecht.

»Lasst uns endlich weitergehen«, beende ich die Diskussion. »Sonst wird es wieder ein verlorener Anfang. Damit renne ich bereits ein Leben lang rum. Damit kenne ich mich aus. Selbst wenn das Leben ein täuschend echter Traum ist und ich von einem Traum in den nächsten falle, werde ich meine Wünsche laut sagen, von früh bis spät, sonst krieg ich nichts. Meine Wünsche werden aufblühen am Baum des Lebens und sie werden sich erfüllen. Meine, besser gesagt, unsere Pilgerinnenreise führt direkt zum Baum der Erkenntnis. Der Baum der Erkenntnis wird veredelt sein. Mit der Enttäuschung im Leben wird es vorbei sein und alles wird ganz neu losgehen. Das Paradies wird es sein! Der Baum der Erkenntnis wird Früchte tragen. Und ich werde nicht so blöd und unschuldig schuldig werden und die Paradiesäpfel essen. Um sicherzugehen, dass ich trotz besseren Wissens keinen Apfel essen werde, sollten die Äpfel riesengroß und nicht essbar sein, aus rotverglaster Keramik vielleicht. Da fällt mir bestimmt noch was Besseres ein. Ich bin da überhaupt nicht festgelegt, nur nicht essbar, das ist wichtig! Dann wird das nicht wieder schiefgehen wie bei Evas verlorenem Anfang. Und ich werde einen dieser Äpfel betrachten und er wird mich daran erinnern, was war und was sein wird: Bleibegarantie für mich, für Lotte, die heute Morgen ganz liebreizend ist, obwohl sie ängstlich guckt, für meine wissbegierige Pons, für Tinka, die im Paradies fröhlich rödeln wird, für dich, Ottilie, wobei es für dich ja ein Heimspiel ist, und für Mutti-Chancellorness, die für uns alternativlos ist.«

Mutti-Chancellorness lächelt.

»Eva, bist du ich?«, fragt »Eva Reloaded« völlig überrascht.

Angesichts der paradiesischen Zukunftsaussichten verleiht Pons ihren Buchseiten Flügel. Pons bereitet sich darauf vor, sich ganz neu zu schreiben, ein noch nie dagewesenes Wörterbuch, unvergleichlich mit anderen. Pons kann es nicht erwarten, unendlich viele neue paradiesische Wörter einzufangen und einzutragen. Sie tanzt vor Glück. Ich nehme Pons und tanze mit ihr, und Mutti-Chancellorness, die tanzt auch!

Im Geiste sieht Pons sich wachsen und wachsen, bis sie ihresgleichen hinter sich gelassen hat und uneinholbar herausragt als einzig wahres Wörterbuch unter anderen Wörterbüchern!

In schwindelerregender Höhe kratzt Pons mit den scharfen Papierseiten am Gedankenhimmel und taumelt dabei. Dies ist der Moment, meine Freundin zu beruhigen. Ich sage ihr, es sei alles gut und sie werde sich daran gewöhnen, ein überragendes Wörterbuch zu sein. Sie solle beginnen, sich ihre paradiesische Größe einzugestehen.

Pons sieht mich an wie eine Seite in ihrem Buch, auf der lauter Fragezeichen sind. Ich gebe ihr den Tipp, in kleinen Schritten zu wachsen und sich langsam der am Himmel kratzenden Pons anzunähern. Für den Moment genüge es, sie stelle sich im Geiste vor, gemächlich am Spiegelgebäude in der Hamburger Hafen-City hochzuwachsen. Sie werde es schon schaffen, zur großen Pons heranzuwachsen. Ihrem Schicksal, die größte Freundin der Wörter zu sein, könne sie nicht entgehen. Es sei, wie es sei.

Pons klappt die Seiten zusammen und sie flüstert dabei: »So sei es!«

Pons' Haltung beeindruckt und inspiriert auch Lotte, das paradiesische Leben gedanklich vorwegzunehmen.

Lotte malt sich aus, wie es mit Wolli sein wird, wenn alles zurück auf Neuanfang gedreht wird. Es blitzt in ihren Augen.

Lotte sieht inspiriert und entzückt aus. Ihre Augen leuchten verzehrend hell.

Ich sehe Lotte an, dass sie sich eine Neuauflage der Liebesgeschichte mit Wolli wünscht, dieses Mal unter anderen Vorzeichen. Lotte streicht den platonischen Charakter, der ohnehin nicht durchhaltbar war, und gibt sich eine ungebundene Identität.

Auch dass ihr werter Wolli sich sein Liebesleid von der Seele schreibt, damit berühmt wird und sie hinter sich lässt in Bella Italia und neugeboren aus Arkadien zurückkehrt, während sie das Leid des Sehnens bei sich zu Hause in Weimar kultiviert und konserviert, streicht sie. Irgendwie ist ihr das Los der sich daheim in Weimar in Sehnsucht verzehrenden Lotte zu klassisch! Noch dazu darüber zu kränkeln, alt und verbittert zu werden, wie sie es gerade tut, verdient sie nicht. Sie macht Schluss damit. Ihr Leben ist mehr wert.

Über die Maßen mutig, antizipiert Lotte einen paradiesischen Rollentausch, als ereignete er sich in diesem Moment: Sie ist die Schreiberin. Sich das empfindsame Liebesleid von der bedrängten Seele zu schreiben und mit heißen Gedanken zur verwandten Seele zu stürmen, ist befreiend. Wolli liest ihr Manuskript und streicht zu Persönliches.

Am Ende ist ihr werter Wolli die Liebesmüh nicht wert und Lotte packt das Fernweh. Sie plant ihre Italienreise und ruft dem herbeieilenden Wolli zu: »Salve! Geliebter, ich bin dann mal weg nach Bella Italia. Auch ich muss nach Arkadien!«

In Italien bildet sie sich aufgeklärt und kehrt dann nach Weimar zurück, wo sie den daheimgebliebenen Literatinnen in den Abendgesellschaften aus ihrem Reisetagebuch vorliest und davon schwärmt, dass sie in Arkadien war und es nie wieder verlassen wird.

»Wenn ich es nicht besser wüsste, ich glaube, wir wären schon im Paradies!«, rufe ich aus.

»Und was machst du mit BEVA und den Grazien?«, fragt Mutti-

Chancellorness, die schnell wieder raus ist aus der paradiesischen Stimmung.

»Dein Realismus ist weder gefragt noch gewollt«, kritisiere ich sie, denn es ist gerade so schön, zum Verweilen schön. Wir hätten es alle verdient, in paradiesischen Wolkengedanken schwelgend zu schweben und lauter weiße Blätter damit zu beschreiben.

»Ich weiß nicht, wie ich BEVA ins Paradies integriere. Die Grazien gewöhnen sich sicher schnell ans paradiesische Leben. Da bin ich mir sicher, aber BEVA, das ist eine Herausforderung.«

»We'll cross that bridge when we come to it«, meldet sich Pons zu Wort.

Gut, dass Pons mich daran erinnert, dass ich diese Brücke noch nicht beschreiten muss.

»Ich werde mich ausruhen am Baum des Lebens und die abgeladene Schuld genießen. Die Paradiesäpfel werde ich mit den Lippen berühren und es wird sein wie ein Kuss. Und ich werde sein, wo ich immer bin«, sage ich zu Mutti-Chancellorness.

»Von deinem Wunschdenken bekomme ich Herzklabastern«, mischt sich Ottilie ein, offensichtlich immer noch nicht überzeugt.

»Freu dich, dass ich weiß, was ich mir wünsche. Du wirst sehen, ich werde gewinnen. Aus Evas verlorenem Anfang wird Evas-Victory-Anfang. Das V in meinem Namen ist das Victory-Zeichen.«

»Wie soll das noch mal gehen?«, fragt Ottilie.

»Bist du meinen Gedanken und Worten nicht gefolgt? Das Wort ist der Schlüssel. Damit gewinnen wir. Die Wünsche müssen nur als Bitte ausgesprochen werden. Wer nichts sagt, kriegt nichts. Da wär ich schön blöd, wenn ich nicht in einem fort Wünsche aussprüche und mir zu eigen machte, wobei es nicht nur um uns und mich geht. Ich wünsche mir eine bessere Welt.«

»Wer wünscht sich das nicht!«

»Ich muss es nur machen. Ich sag's einfach, bezahle nichts und

Tinka muss nichts reinwaschen. Gib zu, es ist einfach, genial und grandios!«

Erst bekommt Ottilie geistige Schnappatmung, dann fängt sie an zu lachen und sagt: »Du bist ein blökendes schwarzes Schaf.«

»Bin ich nicht«, versetze ich.

»Es wird noch eine Weile dauern, bis du das einsiehst, aber ich habe ja Zeit.«

»Wir nicht, wir wollen endlich ankommen.«

»Die blökenden schwarzen Schafe sind mir besonders lieb, nicht nur weil sie auffallen, sondern weil sie mich an meine Berufung erinnern: Schafe hüten, Zäune sichern und kontrollieren, Einfangen von Schafen, die sich von der Herde entfernen.« Ottilie seufzt tief und ergänzt: »Du bist ein besonders schwieriges Schaf, das sich jetzt gerade in eine geflügelte Eselin verwandelt.«

Ist Ottilie verrückt geworden? Ich und eine geflügelte Eselin?

»Mein Nervenkostüm macht es nicht mit, auf dich aufzupassen«, behauptet sie. »Du fliegst in deinen Gedanken in schwindelerregend hohe Sphären und bringst beim Fliegen das Himmelstheatertreiben komplett durcheinander, nimmst kurz mal Rollen ein, die dir nicht zustehen.«

Ich schlucke.

Ottilie zittert. Ihr ganzer Körper schüttelt sich.

Wie kann sie mir das antun, auf diese Pilgerinnenreise mitzukommen, dann alles infrage zu stellen und in mir ein schwarzes Schaf und eine geflügelte Eselin zu sehen?

Es ist mir egal, wie ich das Paradies betreten werde: Eva als geflügelte Eselin oder als blökendes Schaf. An dem Ziel Paradiesgarten wird sich nichts ändern. Ich werde dahin pilgern und erinnere Ottilie daran, dass im zu erschaffenden Paradiesgarten Löwen friedlich mit Lämmern lebten. Da passte ich als Eselin oder blökendes Schaf gut dazu.

Ottilie schweigt, als ich ihr das sage. Das Schweigen hat sie bei Mutti-Chancellorness abgekupfert.

Da ich auf keinen Fall will, dass Ottilie nicht mehr mit uns pilgert, mache ich ihr einen Vorschlag: Wenn wir erst mal da wären, wo Löwen friedlich mit Lämmern lebten und das Schreckliche so weit weg wäre, dass Pons die Wörter dafür aus ihrem Wörterbuch gestrichen haben würde, dann könnten wir alles neu bewerten.

Pons, die zugehört hat, klappt ihre papierenen Ohren zu. Das macht sie immer, wenn sie etwas in ihrem Wörterbuch-Herzen bewegen muss.

Lotte hat Schweißperlen auf der Stirn. Ich weiß, wie sie sich gerade fühlt: bombig. Ich erkenne eine Leidensschwester, wenn ich sie sehe. Lotte fächert sich Luft zu und atmet schwer.

Mutti-Chancellorness fragt herausfordernd, ob es jetzt endlich weitergehe.

Lotte meckert, es sei ganz schön anstrengend mit mir.

Mutti-Chancellorness stimmt zu, als Freundin sei ich zurzeit eine unerträgliche Zumutung, zumal sie gerade mit Anfragen brüllender Politlöwen bombardiert werde. Aber sie stehe das durch und ja, zu unserer Freundinnenschaft stehe sie auch.

Ich bin unendlich erleichtert, dass sie das sagt, denn gerade hatte ich richtig Angst bekommen, dass alles auseinanderfällt, was mich mit ihr, Ottilie, Lotte, Pons und nicht zu vergessen Tinka und »Eva Reloaded« verbindet.

Mutti-Chancellorness sagt, langsam dämmere es ihr, dass sie sich überschätzt habe. Die Krise werde sie trotzdem überwinden, wie sie es immer mache.

Welche Krise sie meine, frage ich nach.

Wenn sie das wüsste, gibt sie zur Antwort. Es seien so viele. Da verliere sie den Überblick, welchen Krisengeist die Medien gerade aus der Flasche gelassen hätten. Im Übrigen seien die Politlöwen in dieser Hinsicht flexibel und erfinderisch. Falls sich nichts Adäquates und Verwertbares fände, zauberten sie etwas aus dem Hut. »Apropos Löwen«, bemerkt Mutti-Chancellorness und sieht mich an, »da muss dringend mal ausgemistet werden.«

Ich stelle klar, dass ich mich mit dem Mist, den die Löwen hinterlassen hätten, nicht beschäftigen würde.

Mutti-Chancellorness bemängelt, dass ich nie einfach mal machte, worum ich gebeten würde.

Die sollten selbst ausmisten, erwidere ich.

Nach kurzem Nachdenken, wenn auch zögerlich, stimmt sie mir zu und sagt, auch sie werde den Mist nicht mehr beseitigen. Im Übrigen findet sie, dass Ottilie recht habe, wenn sie sage, ich sei störrisch wie eine Eselin und abgehoben.

Wie schön, dass sie und Ottilie sich da einig seien, sage ich ironisch.

Mutti-Chancellorness fährt fort, die Menschen aus dem Norden, woher ich ja käme, seien für gewöhnlich nicht abgehoben. Nordlichter gälten als eher bodenständig und erdverwachsen, Eigenschaften, die sie bei mir aber partout nicht erkennen könne. Meine Gedankenwelt stehe meist Kopf.

»Störrisch bin ich auch, schon vergessen.«

»Wie eine Eselin«, ergänzt sie.

»Als geflügelte Eselin verfüge ich jedoch über ein nicht zu toppendes Alleinstellungsmerkmal, wonach ich zusammen mit Pons schon sooo lange suche«, erwidere ich.

Pons verzeichnet online unter »Alleinstellungsmerkmal« im Englischen: »unique selling point« und »unique selling proposition«, kurz »USP«. Es geht also darum, dass ich mich mit einem einzigartigen Merkmal bestmöglich verkaufe, mich so präsentiere, dass mir jede und jeder abkauft, dass ich und das zu erschaffende Paradies unverrückbar und untrennbar miteinander verbunden sind.

Im Moment verdränge ich den Gedanken, dass sich schon andere Pilgerinnen aufgemacht haben könnten, ein neues Paradies zu erschaffen, weil es ja auch blöd wäre, wenn das Paradies uns quasi vor der Nase weggeschnappt werden würde. Ich gehe da erst mal nicht von aus. Allerdings könnte es sein, dass es bereits Warteschlangen vor dem Tor zum Paradiesgarten gibt.

Bis jetzt haben wir zwar keine anderen Freundinnengrüppchen mit Ziel Paradiesgarten getroffen, aber sollte es so sein, könnte mein Alleinstellungsmerkmal uns genau dann Vorteile bringen. Möglicherweise gäbe es sogar bereits einen eigens für USP-Reisende eingerichteten Visum-Abfertigungsschalter. Gegebenenfalls müsste ich inmitten vieler USPs hervorstechen, um mich bestmöglich für das Paradiesziel zu qualifizieren.

Mit meinem USP würde ich auf dem Gebiet der Lächerlichkeit brillieren. Als Eselin gäbe ich mich im allerhöchsten Maße der Lächerlichkeit preis. Ich müsste mir nicht wie Nick Bottom den Eselskopf aufsetzen lassen. Nein, ich wäre die Eselin von Anbeginn.

Meine Rolle als Eselin füllte ich meisterlich aus, ohne mich ein einziges Mal zu verzetteln. Ich wäre eine Königin unter den lächerlichen Königinnen. Ich verkaufte mich für dumm und spaßig, sodass es niemanden gäbe, nicht einmal mich selbst, der mir das nicht abnähme und abkaufte, und qualifizierte mich schlussendlich damit für das beantragte Paradiesvisum. Die bevorzugte Einreise ins Paradies, als Erste und selbstverständlich mit meinen Freundinnen, wäre besiegelt und ich würde endlich den Paradiesgarten entwerfen und gestalten.

Halt, hier könnte BEVA ins Spiel kommen, der kann gestalten. BEVA hat ein Händchen fürs Buddeln und für Pflanzen! Nach und nach entstünde der schönste je erdachte Paradiesgarten.

»Darüber reden wir noch«, mischt sich Ottilie in meine Gedanken ein.

Ich bin erleichtert, dass sie sich offensichtlich wieder beruhigt hat und mit mir spricht. Das ist ein gutes Zeichen.

»Glaubst du, dass mein USP nicht ausreichen könnte?«, frage ich sie, als wäre sie wieder meine große, göttliche Freundin, die alles weiß und kann und die nichts erschüttert.

»Eben noch so überzeugt und jetzt schon wieder am Zweifeln. So bist du, mein Evchen-Schäfchen!«, geht sie auf die Rolle ein, die ich ihr anbiete.

»Wird doch reichen?«, frage ich noch mal nach und mache mich ihr zuliebe klein, was ich ja eigentlich nicht mehr tun will.

»Fürs Erste«, antwortet sie, voll die Machtfülle nutzend, die ich ihr bereitwillig zugestanden habe.

Ich hasse es, wenn Ottilie sich hinter vagen, nebelhaften Worten versteckt. Soll ich noch mal nachlegen bei dem USP?

Mutti-Chancellorness' Urteil über meinen USP könnte die Nebelschwaden vertreiben. Deshalb frage ich sie: »Mein USP reicht doch fürs Paradies?«

»Schaun wir mal«, antwortet sie.

»Geht es vielleicht ein bisschen konkreter in dieser Runde?«, bohre ich nach.

»Schaun wir mal!«

»Komm mir nicht mit den Sprüchen derer, die hinter den Bergen sitzen, im Herbst mal feiern gehen und glauben, die Politik sei ein reiner Männergesangsverein und du ihr Notenständer.«

»Ich dirigiere den Verein, Eva. Und du, du beschäftigst dich mit unwichtigen Dingen. Es ist eh egal, was sie glauben. Sie sind in meiner Show und singen mein Lied. Punkt.«

»Sie brüllen.«

»Was kümmert mich das Gebrüll? Ich weiß, was sie sind: hungrige Löwen. Ich bin die Dompteuse. Hauptsache, sie fressen, was ich ihnen gebe, und machen, was ich will. Wenn ich mein Mutti-Chancellorness-Gewicht in die Waagschale werfe, nehmen die Löwen ohnehin Reißaus.«

»Wenn du dich da mal nicht überschätzt. Aber da wir eh zurück ins Paradies wollen, kann dir das egal sein.«

»Eben.«

»Denkt eine von euch auch mal an mich?«, mault Lotte. »In diesem eng geschnürten Kleid komme ich nicht so schnell hinterher. Außerdem sollte eine von euch mal den Bollerwagen ziehen. Warum muss diese blöde Waschmaschine überhaupt mit? Und warum muss ausgerechnet ich sie ziehen? Tinka hat mir noch nie einen Dienst erwiesen!«

»Wie sollte sie auch?«, mische ich mich ein. »Wenn du aus einem vergangenen Zeitfenster plötzlich zu uns rüberspringst, und das just in dem Moment, in dem Tinka ihren Geist aufgibt!«

»Mutti-Chancellorness, kannst du nicht mal den Bollerwagen übernehmen?«

»Ich trage schwer genug an mir selbst.«

Lotte wendet sich mir zu und sagt: »Eva, Tinka ist deine beste Freundin und es war deine schmutzige Wäsche, die sie gewaschen hat. Zieh du bitte Tinka.«

Lotte begreift nicht, wie sehr ich mich bereits abplage. »Willst du mal sehen, wie meine Schultertasche, in der Pons steckt, mir ins Fleisch schneidet?«, frage ich Lotte, die, statt zu antworten, mir den Rücken zudreht.

»Eva! Übertreib nicht so maßlos!«, schimpft Pons aufgeregt in der Tasche.

Pons ist die Letzte, die sich echauffieren und das Schultergewicht kleinreden sollte. Sie sollte mir dankbar sein.

Mutti-Chancellorness krakeelt zu allem Überfluss: »Auf meinen Schultern lastet die Welt und es dauert stets lange, bis ich die internationalen Kampfhähne davon überzeugt habe, dass in der Ruhe die Kraft liegt, und ihr wisst ja, einige kann ich gar nicht einfangen und besänftigen, von bekehren ganz zu schweigen, sodass irgendwo immer Unruhe bleibt und entsteht, und schlimmstenfalls, wie jetzt so oft, bekriegen sie sich und alles liegt auf meinen Schultern und die Schmerzen strahlen in den Arm und die Hand aus, aber es kümmert mich nicht: Ich bin trotzdem federführend in Sachen Frieden und Ruhe. Also Lotte, lass uns nicht vergleichen, wer von uns Freundinnen die schwersten Lasten trägt oder zieht. Da gibt es nur eine – eure mütterliche Freundin.«

»Weißt du«, mischt sich Ottilie ein, »das mag ja sein, dass du federführend darin bist, Frieden und Ruhe zu stiften, aber was die Umwelt angeht, da hast du ja wohl alle Last an andere weitergegeben. Statt die Erde zu retten, redest und trippelst du nur.

Gute Bilder helfen nicht weiter. Und rede dich jetzt bloß nicht raus!«

Mutti-Chancellorness schweigt.

»Ich kann nicht mehr«, weint Lotte und lässt die Stange vom Bollerwagen auf den Boden fallen. »Von den neuen Schuhen habe ich Blasen und sie drücken.«

»Du willst Tinka doch nicht allein zurücklassen!«, sage ich empört.

»Und wenn wir beide gemeinsam den Bollerwagen ziehen?«, schlägt sie vor, sieht mich auffordernd an und jammert weiter wegen ihrer geschundenen Füße.

»Okay, okay«, willige ich ein, obwohl ich mir sicher bin, dass sie übertreibt und einfach zu verwöhnt ist für diese Pilgerinnenreise.

»Warum müssen wir überhaupt zu Fuß gehen?«, fragt Mutti-Chancellorness, die eigentlich keinen Grund hätte, sich zu beschweren.

Bewegung tut ihr gut.

»Das ist nun mal so«, antworte ich. Ich bin ganz aus der Puste und will ihr das nicht weiter erklären, aber sie lässt nicht locker.

Mutti-Chancellorness kann unangenehm penetrant nachbohren und heute ist ihr anscheinend danach. Ob die Koali-Bären sie genervt haben? Will ich das wissen? Nein.

»Ich mach da nicht mehr mit«, sagt sie.

Ungerührt schaue ich sie an und erwidere:»Doch, machst du, weil wir deine Freundinnen sind. Wir sind das Beste, was du außer deinem ins Labor flüchtenden, nobelpreisverdächtigen Wissenschaftsdurstigen hast. Vergiss nicht: Wenn du die eigenen Partylöwen dressierst und zeitgleich an den Koali-Bären im Hohen Haus laborierst und lamentierst, sie krallten sich an dir fest und du könntest sie nicht abschütteln, genau dann sind wir für dich da, ohne Wenn und Aber, einfach nur da! Wir kennen uns aus mit Löwengebrüll und realen Koali-Bären-Problemen, haben keine Berührungsängste mit ihnen und verscheuchen die

Koali-Bären, wenn sie dir deinen angestammten Platz streitig machen und widerspenstig an dir hängen sollten. All das, was wir in solchen Momenten aus reiner unverbrüchlicher Freundinnenschaft heraus machen, liebe Mutti-Chancellorness, tut sonst niemand für dich. Guck nicht so. Es mag schon sein, dass dein zugetaner Gefährte es gern täte, aber entscheidend ist doch, wer es am Ende auch tatsächlich tut. Wer macht mit dir diese Pilgerinnenreise? Wir, Pons, Ottilie, Lotte, Tinka, ›Eva Reloaded‹ und ich, Eva. Etwas Besseres als uns kriegst du nie mehr und nie wieder. Wie sollte übrigens auch dein Gefährte der Koali-Bären Herr werden, wenn er hinter verschlossenen Türen der Versuchsküche an unbekanntem Ort experimentiert und mit den Ingredienzien hausgemachter Hexenküchenprobleme ein Süppchen zusammenbraut, dessen hochexplosive Mischung er analysiert und unter ständiger Kontrolle halten muss, was aus seiner Sicht mindestens so ambitioniert ist wie unsere Pilgerinnenreise ins neu zu erschaffende Paradies – vorausgesetzt, dein Gefährte wüsste von uns fürs Paradies verschworenen Freundinnen, was nicht der Fall ist. Ich weiß, dass wir niemanden mit diesem Wissen unnötig befrachten und überfordern wollen. Außer uns erscheint mir fast jede, jeder damit überfordert. Wir nicht. Wir halten es aus, nahe am Abgrund, am Rand des Wahnsinns entlang zu balancieren.«

»Kriegst du den Mund auch mal wieder zu, Eva! Das ist ja nicht zum Aushalten. Du redest wie ein Wasserfall.«

»Ich hab ja auch nicht so viele Gelegenheiten dazu. Du hast deine regelmäßigen Redezeiten im Hohen Haus, während ich wie immer nehmen muss, was ich kriegen kann. Verständlich, dass ich die wenigen sich bietenden Gelegenheiten optimal ausnutze. Das machst du doch auch.«

»Eva, du nervst.«

»Seitenlang offenbaren wir Freundinnen einander alles, was unser Innerstes bewegt, nur du nicht. Anstatt uns zu vertrauen, pflegst und hegst du deine Tabus. Ich hätte einen Grund, echt sauer zu sein.«

»So bin ich nun mal, Eva!«

»Ich hätte es halt gern, du würdest uns etwas Geheimes über Jojochen anvertrauen.«

»Es ist, wie es ist: privat.«

Ich muss schlucken und entgegne: »Ich weiß ohnehin vieles und sehe es dir an, wenn du dich über ihn ärgerst. Aber die Chemie zwischen euch soll ja stimmen. Zumindest suggerieren das die Fotos, die in der Öffentlichkeit kursieren. Wenn du morgen Abend wieder lange im Hohen Haus arbeiten und über den vielen Aktenbergen einschlafen und plötzlich in der Nacht aufwachen und dir wünschen wirst, nicht alleine auf dieser Welt zu sein, dann wirst du froh sein, meine Stimme zu hören und mich zu lesen wie eine Seite im Buch deines Lebens. Wenn Lotte an deinem Arm zieht, dich wachrüttelt und dir den Bollerwagen übergeben will, was du natürlich zu verhindern wissen wirst, wenn all das passiert, weil wir Freundinnen gemeinsam ein paar Schritte pilgern wollen, wirst du dich über jede von uns freuen. Dein Herz wird sich öffnen und du wirst fühlen, dass das, was wir uns mitteilen, uns anvertrauen, ewig unter uns sein wird.

Mutti-Chancellorness, jede von uns erforscht den Weg ins zu erschaffende Paradies. Und zusammen finden wir dahin. Bis es endlich so weit ist, schenken wir dir Vertrauen und sind für dich da. Wir Freundinnen geben dir etwas, was zumindest deine Partylöwen und auch Koali-Bären nicht haben: Vertrauen und Hoffnung. Dank uns darfst du auf etwas Großes hoffen. Wir geben dir verlorenes Vertrauen zurück und wiegen dich wortreich in den Schlaf, worauf wir uns alle verstehen. Wenn dir dann die Augen zufallen, wird Pons entweder dein Kopfkissen sein und dich auf ihr ausruhen lassen. Oder Pons blättert für dich und flüstert dir eingetragene Worte zu, die dir einen Vorgeschmack darauf geben werden, welche Wonne und Freude es sein wird, mit uns das Paradies zu teilen. Pons wird dir auch Worte zutragen, die Ideen aufkommen und den ewiglichen Paradiesgarten in deinem Kopf sprießen lassen. Du wirst es kennen und spüren und dein Mund wird es frohlockend aussprechen. Deine Hände werden es greifen und deine Füße werden es betreten: unser zukünftiges Paradies. Lotte wird dir und uns im Paradiesgarten immer Briefe und Zettelchen schreiben, die unsere ewige Freundinnenschaft bildreich ausschmücken und reizend malen. Alle Zweifel werden verschwunden sein und unser Herz wird voller paradiesischer Freude sein. Das, was sein wird, wollen wir uns jetzt vorstellen, damit alle Zweifel an uns selbst austrocknen und verdorren, denn es wird keinen Raum für sie in Evas neuem Paradiesgarten geben. Ich hoffe, das waren genug Worte, um dir klarzumachen, dass du dich wegen der paar mehr Schritte zu Fuß ins Paradies nicht aufregen und nicht darüber meckern solltest, Mutti-Chancellorness. Du magst sonst die Richtlinienkompetenz-Karte ziehen, aber nicht, wenn es um die Regeln für unsere Pilgerinnenreise geht. Die sind festgelegt: Das Paradies gewinnen wir Schritt für Schritt. Ist so, selbst wenn du schmollst, was ein bisschen enttäuschend ist, nachdem ich mich mit den Worten so verausgabt und wie mit Engelszungen geredet habe.«

Ottilie wirft abwehrend ein: »Engel, das ist ja mal was ganz Neues, aber so weit bist du nun wirklich noch nicht.«

»Da biete ich euch ein bisschen Unterhaltungsprogramm während der Pilgerinnenreise, lobe euch in den Paradieshimmel und bis auf Lotte weiß es keine richtig zu schätzen. Das Zettelchen, liebe Lotte, das du mir gerade hingelegt hast, gefällt mir. So schöne Worte. Ganz reizend. Wie hab ich dich liebgewonnen, Lotte. Was sagst du? Ja, ich weiß, du meinst jedes einzelne Wort. Du beschenkst mich reich mit deinen Worten.«

»Worum geht's?«, fragt Mutti-Chancellorness.

»Das ist privat«, blocke ich ab.

»Sonst ist nichts privat bei dir. Das sagst du nur wegen meiner Tabus.«

»Du irrst dich«, widerspreche ich.

»Eva, meine Beine brauchen eine Pause«, bestimmt Mutti-Chancellorness und lässt sich unvermittelt auf eine Parkbank fallen.

»Da geht es dir wie mir«, sagt Lotte.

Verschwitzt wischt sich Mutti-Chancellorness mit einem Taschentuch übers Gesicht und leert eine halbe Flasche Wasser in einem Zug.

»Wir wären schon viel weiter, wenn du nicht dauernd eine Pause machen würdest«, beschwere ich mich. »Du sitzt schon wieder. Alle paar Meter geht das so. Wegen dir kommen wir nur im Schneckentempo voran. Dabei dachte ich immer, dass ich die Schnecke wäre. Steh auf! Sitzen ist nicht! Und komm bloß nicht auf die Idee, deine Fahrbereitschaft zu ordern. Wir gehen zu Fuß!«

Mutti-Chancellorness legt das Smartphone weg. Habe ich mir doch gedacht, dass sie drauf und dran war, den Chauffeur anzurufen.

»Du kommst in Teufels Küche, wenn du das noch mal machst«, drohe ich ihr.

»Teufels Küche?«, meldet sich Ottilie zu Wort. »Und das auf dem Weg ins Paradies, Eva!«

»Warum zu Fuß? Wofür habe ich dieses gepanzerte Fahrzeug mit Fahrer, wenn ich das im Notfall nicht nutzen kann?«, redet Mutti-Chancellorness sich in Rage.

»Spinnst du?«, falle ich ihr ins Wort und protestiere: »So geht das nicht. Gepanzert geht es nicht ins Paradies. Wir sind auch kein Notfall.«

»Ist ja schon gut.«

»Akzeptier es einfach: Unser Weg ist eine Pilgerinnenreise zu Fuß.«

»So ein Quatsch. Wir sind die Ersten, die zurück ins Paradies pilgern. Wir können selbst entscheiden, wie wir dahin kommen.«

»Und wenn wir wegen dir nicht ankommen, weil du uns überredet hast, uns dahin kutschieren zu lassen von deinem Panzerchauffeur? Das würden wir uns nie verzeihen.«

»Der Chauffeur könnte deine Tasche mit Pons mitnehmen«, versucht sie mir das Ganze schönzureden.

»Daraus wird nichts«, entgegne ich.

Lotte heult, weil nun klar ist, dass sie diesen Bollerwagen samt Tinka nicht loswird.

Lotte heult gern.

Mutti-Chancellorness sieht auch aus, als sei ihr zum Heulen zumute, denn im Gegensatz zu Ottilie, die mit göttlich leichten, federnden Füßen unterwegs ist, plagen auch sie die Füße.

Ich erinnere uns Freundinnen daran, dass wir gerade dabei sind, unsere »once in a lifetime opportunity« zu ergreifen, und wir mögen es bitte nicht vergeigen.

Der kleine Wermutstropfen des verlorenen Anfangs bleibe bei unserer Pilgerinnenreise, stellt Mutti-Chancellorness fest. Solange der fehlerhafte Anfang nicht behoben sei, müssten wir mit falschem Wortgepäck reisen, aber wir wüssten ja, dass das nicht das Ende sei, sondern dass es uns zu einem Anfang führe, der alles verändere, und nie dagewesene Worte würden wir für uns Evas entdecken. Worte, die alles verändern würden, wirklich alles.

Ich freue mich über ihre Worte, die sehr nach mir klingen. Pons bewegt sich in der Tasche und schmiegt sich an Mutti-Chancellorness. Deren Worte sind auch ganz nach Pons' Geschmack.

Indem wir Pilgerinnen Worte für dieses Paradies bemühen, die uns erlauben, zu uns zurückzukehren, dahin, wo wir schon immer im Geiste gewesen sind, weicht die Dunkelheit.

Tinka würde sagen, wir müssten raus aus dem dunklen Keller ans Licht, um zu sehen, wie schön das zu erschaffende Paradies sei.

Tinka fehlt.

Gerade jetzt, da die Kellertür sich auftut, fehlt Tinka so sehr, dass ich den Schmerz kaum aushalte. Was gäbe ich, damit sie diesen Moment mit mir teilte!

Wieso hat es so lange gebraucht zu begreifen, dass wir das Paradies in uns tragen, dass es nur endlich ausgesprochen werden muss mit unseren Worten, die eine neue Welt schaffen? Wieso?

Ein Licht geht an, nein, ich untertreibe, es sind abertausende Lichter, als würde die Aufklärung Evas Geschichte und Evas gelobtes Land neu schreiben.

Die Aufklärung ist weiblich.

Nach Kant hat es gedauert, das zu erkennen. Es ist alles hell erleuchtet. Es ist einfach. Es braucht nur ein Wort, ein weiteres und unendlich viele folgende Worte. Am Anfang ist das Wort.

Ein Wort öffnet die Tür in Evas gelobtes Land und in Worten, gesagten und geschriebenen, gedachten, mutig hervorgebrachten Worten entsteht es. Es ist schon da.

Ich wünschte, ich könnte Tinka erzählen, dass ich gefunden habe, wonach wir gesucht haben: den Schlüssel zur Eingangstür in Evas gelobtes Land.

Evas gelobtes Land ist zu erbauen aus verwunschenen, verschwundenen, versteckten, verhexten, verkannten, von Anbeginn an vertrauten Worten.

Evas gelobtes Land ist ganz neu, ganz wir, ganz frei und selig. Und dieses Mal bleiben wir. So sei es.

Mein, unser gelobtes Land ist wagemutig zu erschaffen, allerorten. Vorbei die Zeiten, in denen wir uns lieber damit beschäftigten, uns an einen Zustand anzupassen und anzugleichen, der nie und niemals von uns geschaffen worden wäre.

Und wir fragen uns nicht mehr, weshalb unsere halbherzige, nicht zu Ende gedachte Emanzipation ins Leere läuft und wir nur noch gestresst und genervt hinter etwas herlaufen, das wir weder gewollt noch erdacht haben, das zu erschaffen wir nie blöd genug gewesen wären.

Endlich erkennen wir: Es ist alles ein Fake gewesen.

Wir Evas beamen uns raus aus allem, was uns mit dem Versagten belädt, und erschaffen uns selbst mit nigelnagelneuen Worten.

Am Anfang ist das Wort. Unsere Geschichte ist ein kreativ schöpferisches, mimetisches Feuerwerk, das zu bestaunen sein wird. Unsere Eva-Geschichte gilt es mit Worten zu entdecken. Und Ottilie sei Dank haben wir Worte, die uns gehören. Wir gehören uns.

Evas Paradies, das sind die vielen versteckten und ungesagten Worte von Evas, die nie gehört wurden.

Ich begreife, was für eine Dimension das hat. Das ist das Paradies, das ist das in Worte gekleidete Eva-Prinzip, das unsere Geschichte neu erschaffen wird. Alles neu macht Eva!

»Eva Reloaded« bekundet applaudierend Beifall und merkt an, jetzt sei alles am Laufen wie geplant.

Mir ist höllisch heiß.

Das Fegefeuer?

»Eva Reloaded« ist außer sich: »Mensch, Eva, wir waren doch gerade schon weiter! Irgendwann muss doch mal Schluss sein mit der Selbstsabotage!«

Ich bin tatsächlich eine geflügelte Eselin, denn ich bin eine Meisterin darin, mir im Moment größten Glücks die Flügel zu stutzen und, wenn das nicht gelingt, mich der Hybris Ikarus' zu bezichtigen, sodass ich ganz sicher im Keller lande.

Mutti-Chancellorness lacht spöttisch, weil sie mir ansieht, dass ich an mein Kellerdasein anknüpfe. Ich warne sie davor, sich über mich lustig zu machen, fauche, sonst verwandelte ich sie in eine Mutti-Cellar. Dann wisse sie, wie ich mich in meiner Welt fühlte. Mutti-Chancellorness sagt nichts. Das angedrohte Kellerdasein zeigt Wirkung.

Mir ist heiß, so heiß.

Ich besteige meinen Berg, der neben Moses' Berg liegt. Mein Berg ist der Berg der versandeten Evas. Von Anbeginn an sind wir Evas versandet. Oben auf meinem Berg sehe ich eine weiße Fahne.

Unser Vorhaben, die Welt und uns selbst zu retten, war von

Anbeginn an zum Scheitern verurteilt. Wir haben uns Sand in die Augen gestreut, damit wir nicht mehr sehen konnten, blind dafür waren, dass alles ein verlorener Anfang, dass unser Paradies versandet war.

Mir ist heiß beim Aufstieg, sodass ich alles ausziehe, mich aber meiner Nacktheit schäme, todtraurig ob der unerhört gebliebenen Hilfeschreie versandeter Evas. Ich schreie, als wäre dies meine Todesstunde und als spürte ich, wie ich mich in Evas Sand verwandelte.

Ich versinke im heißen Sand. Der Sand steht mir bis zum Hals. Evas Versandung trägt, trocknet mir den Mund aus. Sand füllt meinen Mund, streut sich in meine Augen. Ich schmecke, sehe, fühle und höre Evas knirschende Versandung.

Ottilie schreitet ein: »Was soll das, Eva? Lass das mit dem Sand. Da geht es nicht ins Paradies.«

»Prsslass prsmich!«

»Spuck den Sand aus!«

»Prrssh!«

»Komm runter!«

»Nprrsshein.«

Ottilie dreht sich um und verschwindet.

Ich bin allein.

Niemand da.

Niemand hört mich. Ich horche genauer hin. Wo sind meine Freundinnen?

15. Kapitel

Während ich im Kopf noch auf dem Berg der versandeten Evas bin, kommt Rieke in mein Zimmer und sieht mich auf dem Bett liegen mit all den Rechnungen, dem Papierkorb und der leeren Box. Ihr vorwurfsvoller Blick holt mich in die Gegenwart zurück. Rieke erkennt meinen Zustand auf Anhieb.

Ich könne mich wegen der Bombe nicht so gehen lassen und möge mich anziehen, merkt sie spitz an und ergänzt, auf keinen Fall dürfe ich Henni am Telefon mein Leid wegen der Bombe klagen. Die NSA höre alles mit. Wir gerieten sonst alle unter Terrorverdacht und ihr, Rieke, würde die Einreise in die USA trotz Visum verweigert. Als ihr einfällt, was sie noch alles für die Reise nach New York regeln muss, geht sie schnell wieder raus aus meinem Schlafzimmer.

Mein Kopf droht zu zerplatzen. Es wird ein langer Weg, bis ich in Evas Garten ankomme.

»Nicht schon wieder diese Leidensnummer!«, höre ich Pons sagen, die auf dem Nachttisch liegt und sich in meine Gedankenschleife einklinkt.

Hätte ich nicht Verständnis verdient bei allem, was ich mir zumute, bei meinen verschiedenen Drahtseilakten im Leben, mit meiner Familie und meinen Freundinnen?

Pons weiß doch, wie anstrengend allein unsere Wörterbuchsuche ist: beim Blättern zwischen den Seiten ständig hin- und herzuspringen und die Balance zu halten.

Bei jedem Sprung von einem zum anderen Seil könnte ich das Gleichgewicht verlieren. Ein dramatischer Fall ist nicht auszuschließen.

Pons versetzt, sie habe das englisch-deutsche Wörterbuch unter die Seile gelegt und bis Seite 413 geblättert. Ich fiele dank Ottilie in der ersten Spalte genau auf »divine grace«. Wegen dieser »göttlichen Gnade« brauchte ich mir keine Sorgen zu machen. Aber selbst wenn ich einen Sprung zur Seite in die spanische Ausgabe machte, würde Ottilie sicherstellen, dass ich auf der Seite 399 in der dritten Spalte unten auf dem Wort »gracia« landete. Ich könne die »Gnade« nicht verfehlen, sie sei mir in jedem Fall sicher. Also, meine Angst vor dem dramatischen Fall sei mehr als unbegründet. Überdies verfügte ich nicht über die Fallhöhe einer tragischen Figur. Das wisse ich auch und ja, sie, Pons, sei es leid, das ständig zu wiederholen.

Ich erzähle Pons von Rieke und mache deutlich, dass ich dagegen bin, dass Rieke mutterseelenallein nach New York fliege und ich sie ein ganzes Jahr nicht sähe.

Ich weihe sie ein in meinen Plan, diese Reise doch noch zu verhindern.

Pons ist verwirrt, als sie hört, ich wolle Henni ab sofort stündlich am Telefon von der Bombe erzählen. Gleich jetzt finge ich damit an.

Sollten meine Bomben-Telefonbemühungen nicht fruchten, hätte ich einen Plan B, der mich notfalls dazu brächte, bei der NSA direkt anzurufen und einen Terrorverdacht, uns alle betreffend, zu melden.

Pons hält mich für gaga. Aber wenn es nicht anders geht, nehme ich auch das in Kauf.

Wie soll Rieke überhaupt allein in New York zurechtkommen?

New York ist ein gefährliches Pflaster. Was da alles passieren kann!

Meine Grazie ist verletzlich, auch wenn sie das bestreitet. »Lass dieses Gluckengehabe!«, meldet sich »Eva Reloaded«.

»Halt dich da raus! Das ist ein Graziending«, widerspreche ich empört.

Ich versuche Henni anzurufen. Sie nimmt ab. Von Evas Garten und dem Berg der versandeten Evas sage ich nichts.

Riekes Reise zu verhindern hat jetzt Priorität und deshalb schwafel ich von der Bombe, wobei ich mich um eine unauffällig zweideutige Wortwahl bemühe und darauf achte, das Wort Bombe in jedem meiner Sätze mindestens einmal zu verwenden.

Henni sagt, dass alles nur vorübergehend bei mir aus dem Gleichgewicht gekommen sei. Sie redet besänftigend. Ich bedaure, dass alles nur NSA-Theater ist.

Nach einem sehr langen Gespräch mit Henni, in dem ich mindestens 150 Mal »Bombe« gesagt habe, lege ich den Hörer zufrieden auf die Station. Das mit New York hat sich jetzt hoffentlich erledigt.

Eine kleine Verschnaufpause wäre gut, aber daraus wird nichts. Das Gezeter der nach wie vor unbezahlten Rechnungen hindert mich daran. Sie geben einfach nicht auf, mich zu bedrängen, weshalb ich mich ihnen wieder zuwende.

Drei weitere Rechnungen, die sich offensichtlich versteckt hatten, kommen zum Vorschein.

Die Rechnung über die Anzahlung von 450 Euro für die Ferienwohnung im August zerreiße ich sofort. Mitgefühl ist fehl am Platz. »BEVA und ich im Urlaub« fällt nicht nur wegen des Geldes im Kopfkino durch. Der Streifen ist abgesetzt.

Früher klebte BEVA an seiner Arbeit und glaubte, unersetzbar zu sein. Seit er keine Arbeit hat, klebt er an mir!

Die zweite Rechnung über die Verlängerung des Antivirusprogramms für den Computer wandert ebenfalls zerrissen in den Papierkorb. Das Programm hat sich auf dem Rechner bereits vor einer Woche abgemeldet.

Weil ich die 34,80 Euro nicht bezahlen konnte, bin ich im Internet nun vogelfrei unterwegs auf einer gefährlichen Reise höchst ungewissen Ausgangs.

In solchen Momenten verlasse ich mich auf meine Freundin Pons, die bereits den sicheren Ort aufgeblättert hat, und ich hüpfe mit dem Finger auf »divine grace«. Eine glatte Punktlandung.

Die letzte Rechnung! Sie ist vom Waschmaschinen-Kundendienst, der mir die Pauschale von 87,95 Euro in Rechnung stellt, darin enthalten die Kosten für Anfahrt und Prüfung der Wasch-maschine.

Der Techniker teilt mir in der Rechnung mit, dass Tinka nicht zu reparieren sei. Die Entsorgung des Altgerätes sei kostenlos, wenn ich mich dazu entschlösse, ein neues Gerät bei der Firma zu erwerben.

Ich hole Briefbogen und Füller aus der Schublade und schreibe zurück, dass Tinka nicht zu ersetzen sei. Mit Tinka verlöre ich die Jane Austen unter den Waschmaschinen.

Den Brief tüte ich ein und frankiere ihn. Noch heute gehe ich damit zum Briefkasten. Das bin ich Tinka schuldig.

Die Rechnung werfe ich in Schnipseln in den Papierkorb.

Ebenso zerkleinert wandern dorthin auch die anderen Rech-nungen bis auf die über die Bücher, die ich noch heute zurück-schicke.

Im Papierkorb wird es laut: Die Schnipsel beschweren sich und suchen ihre abgerissenen Teile. Sie werfen mir vor, es sei ein verlorener Nachmittag. Ich hätte ihren Zusammenhalt zerstört. Abschätzig bemerken sie, es sei halt wie immer bei mir: »Viel Lärm um nichts.«

Später, am Nachmittag, fragt BEVA, was ich mit den offenen Rechnungen gemacht hätte. Ich antworte, bis auf drei hätte ich alle zerrissen und weggeworfen.

Er liebe meinen Humor, erwidert BEVA.

Ich schweige.

Am nächsten Morgen lese ich die Nummer von BEVAs Chef auf dem Telefondisplay, stelle auf Mithören und reiche BEVA den Hörer.

Zweimal lässt er ihn auf die Bettdecke fallen, wohl wegen der anderthalb Flaschen Wein, die er am Abend zuvor getrunken hat.

Ein weiteres Mal reiche ich BEVA den Hörer. Diesmal behält er ihn in der Hand und meldet sich mit röhriger Stimme.

Sein Chef fragt, ob er krank sei, was BEVA verneint. Das sei gut, sagt Franzen erleichtert. Er habe gute Nachrichten. Einen Riesenauftrag, eine mehrjährige europäische Studie zur Stadtentwicklung, hätten sie an Land gezogen. Am besten, Johannes komme gleich morgen wieder ins Institut.

Diese Woche gehe es nicht, erwidert BEVA. Die in Aussicht gestellte fünfprozentige Gehaltserhöhung ändere nichts, versetzt er brummig. Er habe keine Zeit, von wegen berufliche Verpflichtungen. Nichts davon ist wahr.

BEVA tut, als wäre das Gespräch ein Wünsch-dir-was-Spiel. Er sagt, er wolle endlich einen unbefristeten Arbeitsvertrag plus das volle Gehalt für den angefangenen Monat.

Franzen murmelt, das sei schwierig, aber nach einem längeren Gespräch geht es schließlich doch, auch dass Überstunden in Zukunft vergütet würden und BEVA keine Stabi-Recherche bis 24.00 Uhr mehr mache, ist überraschenderweise okay.

Als ich begreife, dass BEVA seinen Job wiederhat, schnappe ich mir den Papierkorb und kippe den Inhalt aus. BEVA betrachtet die vielen Schnipsel fragend.

»Alles unbezahlte Rechnungen. Du puzzelst doch gern«, erläutere ich die Situation. »Überweise alles noch heute, sonst ... Ach, das willst du nicht wissen.«

16. Kapitel

»Kein Wunder, dass du keinen klaren Gedanken fassen kannst«, meldet sich »Eva Reloaded«, heute offensichtlich in Miesmacherlaune, als ich im Büro sitze, hin- und hergerissen, was ich zuerst erledigen soll.

»Bei diesem Durcheinander kann doch auch gar keiner arbeiten«, ergänzt »Eva Reloaded«.

»Halt die Klappe«, weise ich sie zurecht. »Geht doch!«, sage ich, als sie verstummt.

Mein Kopf ist tatsächlich abgelenkt von allem, was mich umgibt. Der unaufgeräumte Schreibtisch, wo sich Bücher, Zettel und allerlei Krimskrams tummeln, die mich an das erinnern, was ich seit Wochen beiseiteschiebe, nervt mich.

Ich schiebe eine Menge beiseite und vor mir her: Arzttermine, das Treffen mit den Schulfreundinnen, den Kraftsportkurs, Kalendereinträge, die aufgegebene gute Vorsätze reanimieren sollen, Postkarten und Briefe, die ich schreiben will, und so weiter.

Wenigstens sind keine Rechnungen mehr dabei.

Meine Erleichterung über die Rechnungen währt so lange, bis mein Blick auf das Schreibheft mit Notizen zum Abiratgeber fällt. Zwei Kapitel geschrieben, aber dann aufgehört.

Dass dieses Telefon schon wieder klingelt, macht mich kirre. Ich gucke aufs Display. Vicky. Ich geh nicht ran. Wenn wirklich was Schlimmes ist, ruft sie wieder an. Es klingelt erneut. Nun nehme ich ab.

Ein Fehler. Statt Vicky ist Henni dran. Hätte ich doch nur aufs Display geguckt.

»Eva, Kind, du glaubst nicht, was gerade passiert ist«, sagt sie aufgeregt.

Ich ahne, dies wird ein längeres Gespräch.

»Du wirst es mir gleich erzählen, auch wenn ich keinen Kopf dafür habe«, entgegne ich.

»Soll ich auflegen?«, fragt sie beleidigt.

Besser wär's, denke ich und ermuntere sie stattdessen: »Nun sag schon!«

»Du erinnerst dich doch an Friedhelm Schnitzer?«

»Nein!«

»Das kann nicht sein. Ich habe dir so oft von Friedel erzählt.«

»Ach Friedel.«

»Ja, Friedel. Er lebt in New York, hat lange als Literaturagent gearbeitet und sich mit einer eigenen Agentur selbstständig gemacht. Wenn du ihm mal schreibst, hilft er dir vielleicht. Dann wird aus deinem Geschreibsel noch was.«

»Danke, Henni, aber das ist meine Sache.«

»Alleine am Schreibtisch abhängen hätte ich nicht zu meiner Lebensaufgabe gemacht. Ist dir nicht langweilig? Lustig kann es nicht sein mit deinen komischen Freundinnen. Die sind echt überirdisch! Dabei sind wir in der Familie alle bodenständig. Ich kann mir das mit dir nicht erklären. Luise und ich rätseln schon lange, was dich betrifft. Luise tippt auf einen außerehelichen Fehltritt deiner Oma, aber ich weiß nicht. Dass Richard das Ergebnis einer verbotenen Liaison mit einem Franzosen sein soll, der Schriftsteller gewesen ist, überzeugt mich nicht so ganz.«

»Habt ihr keine eigenen Probleme? Müsst ihr euch ständig bei mir bedienen? Was Luise und du euch da zurechtreimt ...«

»Erklärt einiges. Wenn Luise recht hätte, hätte ich nicht länger den Schwarzen Peter. Ich meine, weil du so komisch bist.«

»Nochmals danke.«

»Evchen, du bist, wie du bist.«

»Ich weiß, wie ich bin.«

»Du bist mir manchmal so fremd.«

»Du mir auch.«

»Wenn es diesen Franzosen je gab, dann wäre alles gut.«

»Für wen?«

»Dann könnte ich es hinnehmen, dass du mir fremd bist. Es

ist ja ein fremdes Land. Die Sprache ist mir auch fremd und du hast sie doch immer gemocht. Wolltest du nicht als Au-pair nach Frankreich?«

»Das ist lange her.«

»Luise glaubt, dass Richard das Melancholische und Nachdenkliche dieser Affaire d'amour an dich weitergegeben hat. Luise meint, wie bei einer Krankheit, bei der man den Erreger weitergibt, aber nicht selbst erkrankt.«

»Wenn Luise das erzählt. Sie sollte in die Märchengesellschaft bei uns eintreten. Die suchen Leute. Lasst mich da endlich mal raus aus euren Quatschereien!«

»Evchen! Wir wollen nur helfen.«

»Wenn das nicht augenblicklich aufhört ...«

»Du willst mir doch nicht drohen, Evchen! Nein, so bist du nicht. Luise sagt, sie wisse, wer das war, mit dem Oma was hatte, aber sie sage nichts«, bricht sie ab.

»Das hat es ja noch nie gegeben«, prustete ich los.

Nur zu gern würde ich jetzt Hennis verärgertes Gesicht sehen. Warum eigentlich nicht? Es ist von Vorteil, dass ich mich klein machen kann, sehr klein, winzig, nahezu unsichtbar, sodass ich nun ohne Mühe durch die Kabel der Telefongesellschaft rutsche.

Gesundheitsförderlich ist die Reise allerdings nicht, wegen der mit abertausend verschiedenen Chemikalien angereicherten Labyrinthröhren, gegenüber deren Gefahren der Minotaurus verblasst.

Da, wo sich die Röhre windet, bleibe ich kleben. Der Geschwindigkeitssog reißt mich jedoch immer wieder los. Blitzartig erhöhe ich die Reisegeschwindigkeit, bis ich raketenschnell, fast mit Lichtgeschwindigkeit, zum anderen Ende der Leitung sause, wo ich durch ein Hörerloch fliege und Henni sehe.

Ungekämmt und ungeschminkt sieht sie älter aus. Und diese Schlabbersachen! Fast vergesse ich, warum ich hier bin. Ich hatte recht. Sie guckt tatsächlich beleidigt. Nichts anderes habe ich erwartet. War das die Reise wert? Nein! Ich bin dann gleich ebenso schnell wieder weg, aber nicht so geschwind, als dass sich nicht »Eva Reloaded« meldete. Ihre Worte sind eindeutig. Mich in Hennis Privatsphäre zu schleichen, sei nicht okay, so weit, so gut. Aber von einem Vertrauensbruch zu reden, finde ich maßlos übertrieben. »Eva Reloaded« sollte mal die Kirche im Dorf lassen und einfach still sein. Grenzüberschreitungen gehören zum Tochtersein.

»Eva? Bist du noch dran?«, fragt Henni.

»Ja.«

»Warum sagst du denn nichts und keuchst so? Hast du schon wieder eine Erkältung? Dann verschieben wir den Wocheneinkauf am Freitag. Luise und ich sind gerade seuchenfrei.«

»Wie schön für euch. Ich auch.«

»Du solltest das abklären lassen, Eva.«

»Was ist denn nun mit Friedel?«

»Er hat mich nach New York eingeladen. New York!«

»Wow!«, sage ich, ehrlich überrascht und baff. »Ist ja toll!«

»Er feiert in wenigen Tagen seinen 80. Geburtstag in der Metropolitan Opera.«

»Und fliegst du hin?«

»Was für eine Frage! Natürlich fliege ich hin.«

»Hast du schon einen Flug gebucht?«

»Das wollte ich mit dir zusammen machen.«

»Wieso fliegst du nicht mit Rieke? Friedel und du, ihr könntet euch in New York ein bisschen um sie kümmern. Dann gerät sie nicht gleich am Anfang an die falschen Leute. Ich habe schon Katja gefragt, aber die hat Nein gesagt, weil sie so viele Probleme mit ihrer Scheidung hat – ein richtiger Rosenkrieg. Ich mache mir einfach Sorgen wegen Rieke.«

»Meinst du damit etwa Sex and Drugs?«

»Was sonst?«

»Mach dir keine Sorgen. Ich gucke Sex and the City auf Sixx. Solltest du auch.«

»Hör auf!«

»Ich sag nichts mehr.«

»Du sagst immer was.«

»Es passt nicht zu deinem Alter, empfindlich zu sein. Mit den Jahren musst du unempfindlicher werden. Glaub mir.«

»Erspar mir deine Glaubensbekenntnisse!«

»Ich will nicht streiten, Evchen.«

»Schreibst du Friedel wegen Rieke?«

»Ob sie das will, mit mir zusammen zu fliegen?«

»Natürlich will sie.«

»Friedel hat eine Hotelsuite für mich gebucht. Drei Zimmer, in der Upper East Side.«

»Ist da auch noch Platz für Rieke?«

»Ja, sicher! Überzeug dich selbst. Du kannst dir alles im Internet ansehen.«

Später mache ich genau das. Henni ist manchmal extrem unzuverlässig, aber in diesem Fall ist es so, wie sie sagt.

Gerade ist Henni meine Fortuna. Dank Henni wird Rieke nicht alleine in New York herumgeistern. Hurra!

Ausgelöst durch Hennis und Riekes geplante Reise nach New York hat mich nun auch die Reiselust gepackt. Tatsächlich bin ich untröstlich, dass ich nicht nach New York reise. Schade, dass New York und ich so bald nicht zusammenkommen. Ich werde nicht mit Rieke über den Broadway schlendern können und nach drei, eher vier Gläsern Wein angeheitert »I did it my way« singen.

Das Telefon klingelt.

»Nicht verfügbar« ruft an und sagt ohne Umschweife:

»Friedel nach Jahrzehnten wiederzusehen ist nicht einfach. Ich hoffe, dass er mehr gealtert ist als ich.«

»Lass ihn das hören und er cancelt alles.«

»Ich hätte mich besser pflegen sollen!«

»Steh zu dir und deinem Alter.«

»Ich sehe jünger aus.«

»Woher nimmst du eigentlich das Geld für den Flug?«

»Deshalb rufe ich an. Wenn du Riekes Flug buchst, kannst du meinen mitbuchen. Wie du weißt, bin ich im Moment etwas klamm. Die Miete und so. Was ich sagen will, Riekes Unterkunft in New York sparst du ja.«

Schweigen von mir.

»Ich könnte auch Luise anpumpen.«

»Tu das!«

»Ich dachte nur, in der Familie ist besser. Du weißt ja, Freunde und Geld.«

»Ich frag BEVA. Aber jetzt hab ich zu tun.«

»Was denn?«

»Du stellst Fragen. Durchhalten, in ein paar Tagen ist der Abiball.«

»Da hab ich super Tipps. Als Erstes ...«

Ich lege auf.

17. Kapitel

Ich renne zum Spiegel und mache mir Komplimente.

Zunächst lobe ich die Knitterfalten in meinem Gesicht: »Ihr seid erfrischend tief liniert und dieser Querbalken auf der Stirn, der sich in die Haut versenkt, erzählt von der tiefen Kluft zwischen mir und dem Paradies.«

»Mehr hast du nicht drauf?«, beschwert sich »Eva Reloaded«.

Ich lasse mich nicht aus dem Konzept bringen und rede weiter, was belegt, dass ich charakterlich gefestigt bin und mich nicht mehr von einem vermeintlich guten Einwurf beirren lasse.

Ich bin begeistert, als ich laut sage: »Zwar versinnbildlicht die tiefe Furche das allerhöchste Ausmaß meiner Selbstentfremdung, aber ich weiß, dass auf der anderen Seite des Grabens das Paradies auf mich wartet. Ausgerechnet meine Falte verheißt das Paradies. Wenn ich die Kluft, die mich davon trennt, überbrücke und nicht wegrede, bin ich am Ziel.«

»Schön, dass du dich endlich erkennst«, begeistert sich »Eva Reloaded«.

»Hab ich dir schon erzählt, dass ich ab heute nur noch das Beste von mir bin und lebe?«

»Das da wäre?«

»Ich könnte eine Bestenliste schreiben.«

»Gute Idee!«

Ich bin selbst überrascht, dass ich Minuten später leicht und schnell meine Bestenliste schreibe: das Beste, das ich bin und das ich sein könnte, nein, sein werde. Es ist an der Zeit, aus der Welt der Vorstellung und des Irrealen mehr als einen Schritt hinaus zu tun und alle Unsicherheit über Bord zu werfen. Stolz zeige ich »Eva Reloaded« meine Liste.

Meine Bestenliste

Ich verzeihe mir, alles.

Ich hab mich lieb, trotz allem.

Ich liebe alle.
Ich liebe alle, wohl wissend, dass die Liebe im Wesen zwiespältig und unzuverlässig ist, dass ich den Glauben daran verliere, aber nicht die Liebe. Das Beste ist, einfach alle zu lieben. Nur so ertrage ich die verstörenden Schluchten der Liebe. Ich liebe BEVA, die Grazien, Henni, jede einzelne meiner wunderbaren und einzigartigen Freundinnen im Geiste und die Verwandtschafts-Bagage, selbst wenn ich sie gerade nicht liebhabe und sie mich nervt. Ich liebe alle, die ich kenne, und auch diejenigen, die ich nicht kenne, selbst die, die ich besser nicht kennengelernt hätte und die mich hassen, nicht zu vergessen diejenigen, die ich noch kennenlernen werde, gleichwohl hoffe ich, dass ich die Hasserfüllten nicht kennenlernen werde oder sie deutlich auf Abstand zu mir gehen, damit ich ruhig schlafen kann.

Ich liebe alles.
Ich liebe sogar meine rosarote Brille, zu der ich ein diffiziles Verhältnis habe. Nachdem ich sie erst in den Laden zurückgebracht hatte, habe ich sie zwei Tage später wieder zurückgeholt. Und dann meine Meinung noch ein paarmal geändert. Das mochte ich aber niemandem erzählen, geschweige denn darüber schreiben. Für BEVA und die Welt da draußen habe ich die alte Brille reaktiviert, was BEVA gefreut hat. Er fand die neue eh zu teuer – er glaubt, ich hätte die Kosten erstattet bekommen. Ich bin nun zu einer heimlich Rosa-Sehenden geworden, was auch nicht schlecht ist. Es ist nicht so, dass ich das Zwiespältige lieben wollte, aber das gibt es leider als unverzichtbares Add-on, wenn ich alles liebe.

Ich weiß, woher ich komme.

Der Berg der versandeten Evas ist meine Heimat, die mich herausfordert und die es zu verlassen gilt.

Ich liebe es, mich und die Welt neu zu erkennen auf meiner Pilgerinnenreise ins neu zu erschaffende Paradies, wo Milch und Honig fließen und Löwen mit Lämmern leben.

Ich liebe meinen frei atmenden Geist, der mich ungehindert verwunschene Wege beschreiten lässt, der mir erlaubt auch das Undenkbare zu denken, der mit mir abstürzt, in schwindelerregende Höhen aufsteigt und der mir den unerhörten Gedanken zuflüstert und mich zu seiner Schreiberin macht.

Ich liebe es, über mich zu lachen, über die Kleingeistigkeit und über das Banale und das Alltägliche.

Ich liebe es anzukommen, wo nie jemand war: im Paradies. Ich werde davon erzählen in meinem Buch, das die Evas lesen werden, um ebenfalls ins Paradies zurückzugehen.

Ich bitte um Gnade ewiglich.

Danke sagen ist eine Gnade.

Ich sage Danke für alles. Danke für meine Freundinnen: zuallererst für meine beste Freundin Tinka, für Pons, die es mit mir aushält, für Mutti-Chancellorness, Lotte, Ottilie und »Eva Reloaded«, die ich alle nicht missen möchte. Sie sind ein Füllhorn lauter Lebensglücks. In einer Welt ohne sie könnte ich nicht leben. Sie beflügeln meine Fantasie, meine zu findenden Worte, die mein Herz vor Freude hüpfen lassen. Meine Pilgerinnenreise wäre ohne meine einzigartigen Freundinnen undenkbar. Danke, dass es euch gibt, liebe Freundinnen!

Danke für die Sternstunden, in denen wir einander nah sind wie unzertrennliche Schwestern. Dann tauschen wir Geheimnisse aus vor dem Schlafengehen und sagen trotzdem nicht alles, aber es ist alles gut, wenn wir das Licht löschen und das Atmen der Schwestern hören beim Einschlafen, behütet vor der Welt da draußen.

Die Liebsten in meinem Leben sind und bleiben aber die Grazien und BEVA: Dafür sage ich Danke und übersehe gnädig vieles.

18. Kapitel

Meine Großmutter Gretha, die lange tot ist, hüllte ihre verlorenen Goldjahre in entrückte Kleidungsstücke, als wären sie allesamt Kunstgemälde Klimts.

Ich folge Gretha und trage meine Kleidungsstücke beizeiten als Frau in Gold.

Konkret sieht das so aus: Ich lobe die Kleidungsstücke für ihr langes Aushalten bei und mit mir, dafür, dass sie mir gestatten, in ihnen zu wohnen, sie zu bewohnen, was zu verstehen ist und auch nicht, wenn ich BEVA glauben darf.

BEVA sagt, dass ich mich mit dem Hosenanzug von vor 15 Jahren nicht mehr auf die Straße trauen könne. Fürs Haus sei er okay, meint BEVA, aber sonst mache er den Daumen runter. Was BEVA sagt, interessiert mich (nicht mehr), je nachdem. Ich mache jetzt den Daumen hoch für alt.

Nun öffne ich die Schranktür, breite die Arme aus und umfasse mit ihnen die Kleidungsstücke. Dann trete ich einen Schritt zurück, strecke den Arm aus und nehme das Blumenkostüm von der Kleiderstange. Den fließenden Stoff berühre ich mit der freien Hand und spüre ihn auf meiner Haut. Kurz schließe ich die Augen, bevor ich das Kostüm zurückhänge.

Wenn ich mir Mühe gebe, genau hinzusehen und zu fühlen, spüre ich jede einzelne Geschichte, die an den Kleidungsstücken hängt, mal eher banal und schlicht, dann traurig, lustig, sogar höchst ärgerlich oder auch sentimental, manchmal auch nicht der Rede wert, bis hin zu feierlich und endgültig.

Brauche ich den Stoff dieser Geschichten?

Wenn ich alles wegwerfe, trenne ich mich dann nicht auch von mir? Bin ich noch ich ohne diese Geschichten?

Kleider machen Leute. Das streiche ich gleich. Einen Rückfall ins Kellertheater des 19. Jahrhunderts kann ich unmöglich wollen. Eigentlich will ich nie wieder Kellertheater. Das bin ich mir und Tinka schuldig.

Was, wenn das zu erschaffende Paradies mich meiner Geschichten beraubt und es nichts mehr zu erinnern, wissen, deuten und erkennen gibt? Will ich auch dann noch ins Paradies? Ganz klar: nein! Die Erkenntnis ist das Einzige, was von Evas Versandung geblieben ist. Die Erkenntnis gebe ich nicht her. Ich schlage doch nicht unser aller Eva-Erbe aus.

Meine Hände gleiten über das schwarze Kleid im Schrank. Es erinnert mich an Agnes' Beerdigung. Ohne Vorwarnung schneidet das Messer in mein Herz. Ich klappe die Schranktür zu. Die Gedanken an Agnes folgen mir und setzen sich zu mir auf den Stuhl. Ich fange an zu weinen.

Agnes war meine Freundin lange vor Mutti-Chancellorness. Ich habe oft Tee mit ihr getrunken und mich von ihren Familiengeschichten berieseln lassen. Wenn sie von der familiären Unruhe bei sich erzählte, hatte es etwas Beruhigendes, auch weil es schön weit weg war von mir, fast so wie Pilcher gucken, bloß ohne Happy End.

Agnes hat nun auf ewig Ruhe vor den familiären Unruhestiftern. Agnes sprach immer aus, was sie dachte. Was sie dachte, war nicht schön, aber in Agnes' Familie wollten sie es alle immer schön haben. Eigentlich geht doch beides, schön und nicht schön.

Seit zwei Jahren ist Agnes tot.

Wie von ihr gewünscht, ist Agnes verbrannt worden. Auch wenn sie gern anderes behauptete, konnte sie sich nicht gänzlich von der Angst, im Fegefeuer zu landen, freimachen.

Nach drei Ehen und unzähligen Affären fürchtete Agnes das Fegefeuer. Allerdings hat sie gesagt, dass es das wert gewesen sei, für die Liebeslust womöglich in der Hölle zu brennen, insgeheim hat sie aber nach einer Rettung daraus gesucht.

Agnes liebte Überraschungen, wobei sie es mehr liebte, andere zu überraschen, als selbst überrascht zu werden. Letzteres dürfte ihr, wenn sich alles zu einer Fegefeuerkrise ausgeweitet haben sollte, gelungen sein. Ich stelle mir vor, wie ihre Asche freudig durch die Luft gewirbelt ist, als sie ins Fegefeuer sollte, das schon lichterloh brannte und nun wieder gelöscht werden musste, weil: Mehr als Verbrennen geht ja nicht.

Stilsicher dürfte Agnes dem Tod die Stirn geboten, das Fegefeuer überlistet und makellos, fast ohne Rückstände, den Übergang in die Ewigkeit gemeistert haben. Ein gelungener Coup! Ein Phönix-aus-der-Asche-Abschied, gewürzt mit höllischer Surprise, und noch dazu eine fast saubere Sache. Es dürfte kaum was zurückgeblieben sein. Das letzte bisschen Staub fortgespült mit dem Regen. Alles wieder sauber und mit einem Husch hinauf in die himmlischen Sphären, wo sie es nun ewiglich schön hat, was Agnes' Familie nicht richtig finden dürfte.

Genauso dürfte Agnes' Abgang gewesen sein: radikal, von formidabler Leichtigkeit und ohne Gnade. Gnadenlos in Bezug auf ihre abgelegten Ehemänner, die Agnes verfluchte. Ich hoffe, dass ihre Worte sie in der Ewigkeit nicht zu Fall bringen. Das wäre bitter, noch dazu ganz ohne Not.

Agnes ist nie mehr. Ein schrecklicher Gedanke, den ich nicht aushalte.

Die Ewigkeit taugt nicht als Trostpflaster. Bei jeder Studie fiele die Ewigkeit durch, ist doch nicht zu beweisen, dass sie existiert. Wir retten uns mit der Idee der Ewigkeit auf eine unbewohnte Insel, wie Schiffbrüchige, die niemand je finden wird.

Ich vermisse Agnes.

Die Teetasse und der Engel, die Agnes mir geschenkt hat, sind alles, was mir von ihr geblieben ist. Den Engel habe ich in den Blumentopf auf der Fensterbank neben dem Schreibtisch gesetzt. Mit der Zeit ist beim Gießen und Umtopfen ein bisschen von der Blumenerde auf den Engel gekommen. Die Insekten krabbeln auch daran hoch und seit Kurzem wickelt sich ein Wurzelfaden um den einst weißen, jetzt eher gräulichen Engel, der auf der Blumenerde hockt.

Ob Agnes in der Ewigkeit keine Wurzeln geschlagen hat und es jetzt bei mir im Blumentopf versucht, wo es gemütlicher ist? Zuzutrauen wäre es ihr. Ich stehe auf und erhebe mich über die Trauer und die Vergänglichkeit.

Mein Blick schwebt zu den langen Kleidern außen an der Schrankwand und verfängt sich in den vergessenen Erinnerungen, die in die Stoffe geflüchtet sind.

Das lila Kleid außen will ich zum Abiball anziehen. Ein paar Tage bleiben mir, mich davon zu überzeugen, dass weniger mehr sei, wären da nicht diese Millionen von Fettzellen, die das Vorhaben vereiteln wollen.

Das beige Kleid dahinter hätte ich längst entsorgen sollen, weil es seit mehr als 20 Jahren nicht mehr passt, es ist aus meiner kurzen Twiggy-Phase und uralt. Nie wieder werde ich das tragen können oder wollen.

Das Kleid ist fast so alt wie die Ehe mit BEVA. An beidem halte ich fest, aus purer Sentimentalität.

Das beige Kleid fällt in unsere glückliche und geschwätzige Phase.

Heute leugnet BEVA, dass er selbst mal geschwätzig war, aber so war es. Meine geschwätzige Phase dauert an, was BEVA mir vorwirft. Er ist genervt, wenn ich meine Worte nicht abwäge, Geheimnisse ausplaudere und in der Gerüchteküche mitmische wie Henni. Das kümmert mich nicht wirklich. Es ist, wie es ist.

Das dunkelblaue Kleid, das hinter dem beigen hängt, ist aus der Ante-BEVA-Ära. Wegen der Weinflecken ist das Kleid ruiniert, dennoch trenne ich mich nicht davon. Das wäre so, als würde ich John verraten. Wenn ich nur an den Sommer mit John denke ... Regelmäßig sind wir im Kino gewesen und danach kauften wir Wein an der Tanke, gingen zum Strand, setzten uns in einen Strandkorb und blieben fast immer die ganze Nacht. John, das ist für mich heute die Zeit, als der Himmel offen war.

Meine Hand umklammert das dunkelblaue Kleid. Die mondbeschienenen Worte, die sich in den Stoff geflüchtet haben, höre nur ich.

BEVA ruft nach mir. Ich löse die Hand von dem Stoff. Die Knitterfalten und Flecken bleiben.

Immer noch ruft BEVA.

Ich klappe die Schranktür zu.

Er ruft lauter. BEVA ist, wie er halt ist: einfältig, ahnungslos, kleinkariert, gartenverlaust und vieles andere, was der Füller nicht in Tinte auszugießen vermag.

Dass er nicht aufhört zu rufen! Sagen werde ich nichts. Nicht, dass er sich wie ein Kind benimmt, und schon gar nicht, dass wir eine Stille-Post-Ehe führen, die annulliert gehörte, wäre da nicht dieses fast versandete Fünkchen Hoffnung, dass wir es vielleicht wieder besser hinbekommen.

19. Kapitel

»Eva Reloaded« rebelliert gegen den Ehezirkus, den ich mit BEVA veranstalte. So kurz vor dem Abiball fühle ich mich wie eine Zirkusartistin. Als Seiltänzerin und Trapezkünstlerin bin ich dabei, in der Familie wagemutig hin- und herzuspringen und unsere Zirkustruppe in der Manege als die beste zu präsentieren.

Ich bin auf Zirkus programmiert und komme nicht raus aus der Eva-Artistennummer. Gedanklich mitten im Sprung zum Salto über einem grobmaschigen, mürben und lange nicht geflickten Netz bin ich den gefährlichen schwarzen Löchern bedenklich nahe.

BEVA hat die Arme ausgestreckt. Ich zittere, weil er unkonzentriert ist. Wenn nicht ein Wunder geschieht ...

Das Netz unter mir ist an vielen Stellen weitlöchrig. Wenn ich da durchrutsche ... Da unten gibt es schwarze Löcher. Wo genau, kann ich hier nicht sehen.

»Nur weiter so«, meckert »Eva Reloaded«, »dir ist echt nicht zu helfen.«

Ich bin es leid mit den schwarzen Löchern, aber so lange, wie es dauert, das Paradies zu erschaffen, muss ich es mit ihnen aushalten.

Mutti-Chancellorness sieht mich ernst an. Sie rät mir, mich auf die kommenden schwarzen Löcher einzustellen. Aus leidiger Erfahrung wisse sie, es sei das Beste, aufs Schlimmste vorbereitet zu sein. Das, was sie sich bislang als das Schlimmste vorgestellt habe, sei in Wahrheit stets weniger schlimm gewesen als das, was tatsächlich eingetreten sei, erläutert sie. Als Beispiel nennt sie die Klimaerwärmung und das Abschmelzen der Gletscher.

Mutti-Chancellorness überrascht mich. Von den Grünen-Gewächsen im Hohen Haus hätte ich derlei Aussagen eher erwartet.

Sollte Mutti-Chancellorness sich klammheimlich als Hiobs-botschafterin fortgebildet haben, frage ich.

»Selbstverständlich«, antwortet sie ironisch.

Ottilie zieht die Schäfchenwolken-Augenbrauen hoch und merkt an, es sei kein einziges schwarzes Loch in Sicht.

Meine Freundinnen sind erleichtert, als sie das hören.

Beseelt hiervon, kann Lotte nicht an sich halten, uns mal wieder von der empfindsamen Liebe zu Wolli vorzuschwärmen.

Was ist denn das? Wenn meine Augen mich nicht täuschen, taumelt Tinka auf dem Bollerwagen hin und her, was nicht sein kann und doch so zu sein scheint.

Es ist ein großes Glück für uns Freundinnen, das unerwartet aus den Wolken fällt.

»Wir sind fast da«, freut sich Pons und spricht aus, was wir alle fühlen: das süße Vorgefühl vom Paradies, das uns erfüllt. Ja, es ist das Paradies.

Es stimmt. Wir sind am Ziel. Fast.

Wen kümmert die Zeit zwischen fast und da sein?

Und die Verwandtschafts-Bagage glaubt, ich verplemperte meine Zeit. Die Bagage hat keine Ahnung. Sie weiß nicht, auf wie vielen Ebenen ich parallel unterwegs bin und wie anstrengend es ist, hochkonzentriert auf den Seilen zu tanzen und zwischen ihnen hin- und herzuspringen, ohne die Balance zu verlieren, immer auf der Suche nach dem Paradies.

Die Aussicht aufs nahe Paradies motiviert mich, diese Drahtseilakte durchzuhalten. Das sichere Gefühl, fast da zu sein, lindert alle Beschwerden.

Da erscheint sie wie aus dem Nichts, ohne Vorankündigung: »Imagine«. Sie stellt sich als meine neue Freundin vor, die sich gut in den Kreis der anderen einfügen werde. Unausgesprochen sei sie eigentlich schon immer dabei gewesen. Imagine schmeichelt sich bei mir ein, prahlt damit, sie werde mit ihren Bildern mein Leben bereichern, ja sie werde mich damit überschwemmen.

Ich stutze. Ist mir das recht? Will ich, dass sie mit ihren Bildern mein Leben flutet und kontrolliert? Nein!

Mutti-Chancellorness rät mir, Imagine mit dem Versprechen zu vertrösten, ihre Freundinnenschaftsbewerbung wohlwollend zu prüfen. Ich möge es machen wie die EU. Die prüfe auch, wen sie als Mitglied aufnehme. Vielleicht ließe sich Imagine ja einfangen. Ich solle mir alles gut überlegen und müsse ja nicht jede als Freundin nehmen.

Ich schlucke, denn genau das ist seit jeher mein Motto: Ich muss nehmen, was ich kriegen kann!

20. Kapitel

Im Sommer feiern wir Freundinnen meist in der Märchenstadt. Da sind wir in grellen und partytauglichen Strandklamotten mit gesichtsabdeckender Sonnenbrille inkognito unterwegs und genießen das laue Leben in der Altstadt, wo wir für uns sind, weil niemand uns in unserer schrillen Beachwear erkennt und sich an uns erinnert, was nicht weiter verwunderlich ist.

Im Sommer sind eh viele weit und weg. Wir zählen außerdem nicht zu denen, die sich laut unter die Menschenmenge mischen. Toll ist, dass die schönen Plätze uns im Sommer fast allein gehören, weil alle Welt das Paradies woanders sucht.

Sollte uns tatsächlich jemand mal ansprechen, tun wir so, als wären wir jemand anderes. Ich gebe mich als die Queen von England aus. Vielleicht sollte ich Queen of the United Kingdom of Great Britain and Northern Ireland sagen, aber das ist zu lang.

Mutti-Chancellorness lacht jeden aus, der sie für die überarbeitete Partylöwenbändigerin hält, und lügt, die urlaube nicht in der Märchenstadt. Die sei nicht von den Löwen auf die Hunde gekommen, die mit dem Schwanz bellen. Und die hielte sich auch nicht zurück anzumerken, die Trickserei in der Hase-und-Igel-Geschichte könne sie nicht gutheißen.

Spätestens da ist dann meist Funkstille.

Verschweigen möchte ich nicht, dass es schon passiert ist, dass Suchende angesichts der Zerstörung der Welt Mutti-Chancellorness eine Debatte aufzwingen wollten.

In solchen Situationen greift die Notfallkette: Mutti-Chancellorness erleidet, wie verabredet, einen Schwächeanfall. Lotte spielt die Notfallmedizinerin. Ich rufe laut: »Sie stirbt.« Ottilie sorgt für ein Donnerwetter, das jeden Fragenden in die Flucht treibt. So weit die schönen Sommertage, die, wenn es geboten ist, auch mal ein unschönes Ende nehmen können.

Ist der Sommer vorbei, treffen wir Freundinnen uns ab dem

Herbst regelmäßig in der Hafenmetropole an der Elbe zum Feiern. In den dunklen, nassen und kalten Monaten hält uns nichts in der Märchenstadt.

Ab dem Herbst lieben wir es alle, bis auf Pons, nachts durch die Clubs und Bars zu ziehen und es krachen zu lassen.

Besonders Mutti-Chancellorness gefällt es, Cocktail trinkend, mit Perücke und Sonnenbrille auf der Tanzfläche abzufeiern, als gäbe es kein Morgen mehr. Sie schmeißt und schüttelt Arme, Beine, Kopf, den ganzen Körper umher, als gelte es, die bösen Geister zu vertreiben, die ihr einen Bären aufbinden wollen.

Die Clubs schließen nicht selten, bevor die erste S-Bahn am frühen Morgen kommt.

Im Winter bei Schnee und Eis ist die S-Bahn meist verspätet oder fällt ganz aus. Nachts auf der Bank auf die S-Bahn warten ist schweinekalt und am nächsten Tag bin ich sicher erkältet.

Mutti-Chancellorness lehnt es ab, mit den Öffis zu fahren. Etliche Stunden bevor wir den Club oder die Bar verlassen, wartet der Chauffeur in der Limousine bereits auf Mutti-Chancellorness und düst mit ihr auf der Autobahn zurück in die Stadt, wo der Bär tobt.

Bei all dem Stress und den Rückenschmerzen, die sie pausenlos habe, stehe ihr die Fahrbereitschaft zu, findet Mutti-Chancellorness.

Pons ist neidisch auf Mutti-Chancellorness' ergonomisch geformte Babyschaukel. Statt mit einer Limousine muss sie mit meiner Schultertasche vorliebnehmen, obwohl auch sie einen kaputten Rücken habe, sogar mehrfach, wie sie betont. Ihre Buchrücken, ganz egal welche Ausgabe ich mitnähme, klagt sie unermüdlich, zeigten einen deutlich fortgeschrittenen degenerativen Substanzverlust, aber ich sähe ihr Leiden nicht.

Pons wird nicht müde, mir vorzuwerfen, ich hätte nur Augen für Mutti-Chancellorness' Rücken und ihr Gesicht, das Bände spreche von Überforderung und unermüdlichem Einsatz für uns alle.

Dabei könne sie locker mithalten bei den Knitterfaltenbänden. Bedauernswerterweise fehle ihr, Pons, nur Mutti-Chancellorness' Drumherum, sprich, der Hofstab. Pons versichert, nicht unsere Freundinnenschaft infrage stellen zu wollen, aber es sei, wie es sei: Sie habe vieles eben nicht und obendrauf auf dem Nichts mich. Damit sei ihre missliche Lage hinreichend beschrieben.

Ich stellte ihre Welt auf den Kopf, behauptet Pons bei jeder passenden und unpassenden Gelegenheit.

Jede Nacht, jeden Tag suchten meine Finger bei ihr Antworten auf unerhörte Fragen und ich hielte mich an ihr fest und suchte mit ihren Wörtern das Paradies. Sie fühle sich bisweilen zerfleddert und ausgebrannt: Der Schutzumschlag ihrer englisch-deutschen Ausgabe, die ich allen anderen vorzöge, sei so sehr abgegriffen, dass die Buchstaben auf dem Buchrücken bereits verschwänden. Ihre Buchrücken täten allesamt weh, weil ich sie stets zu fest drückte. Und bei der englisch-deutschen Ausgabe habe sich der Buchrücken bereits vom Einband gelöst und flattere lose umher, wenn ich sie trüge.

Da ich nicht gern zum Kummerkasten von Pons verkommen möchte, führe ich in solchen Situationen meine eigenen Leiden ins Feld und bekenne, dass ich es auch mit dem Rücken hätte und auch viel lieber mit Mutti-Chancellorness in ihrer Limousine führe, nur dass die leider auf ein paar ruhigen Stunden Autofahrt für sich allein bestehe und absolut nicht bereit sei, in die Märchenstadt zu kutschern und uns mitzunehmen, nicht einmal bei Eiseskälte und Schnee.

Selbst die Winterbeleuchtung in der Märchenstadt, die um die kalte, bisweilen eisige Jahreszeit hübsch anzusehen sei, habe Mutti-Chancellorness nicht locken können, einen Umweg über die Hase-und-Igel-Stadt zu machen. Sie hat es lieber eilig und Eile gebietet, keinen Umweg zu machen.

Ich gebe zu, dass es mich wie auch Pons ärgert, dass Mutti-Chancellorness keine Rücksicht auf uns nimmt und es sie nicht kratzt, wenn ich ihr sage, sie benehme sich wie Madame Superwichtig.

Mutti-Chancellorness' Ichbezogenheit ist ein Unkraut, das ideale Bedingungen im Hohen-Haus-Politikgarten vorfindet und selbst in der Winterkälte nicht eingeht.

Es ist bedauerlich, dass wir nie leben, wie wir leben könnten, aber das Sehnen nach dem guten Leben, welches das Beste in uns hervorbringt, lasse ich mir vom Leben nicht nehmen. Logisch also, dass ich bei Wind und Wetter feiern gehe und bei Krankheit sowieso.

Falls ich bereits vor dem Feiern erkältet bin und es sich danach verschlimmert wegen bitterkalt und so, deute ich es als guten Vorboten.

Bei einer typisch verlaufenden Erkältung verschlimmert sich der Zustand anfänglich, bevor er dann besser wird. Ich bin also zuversichtlich, wenn es schlimmer wird. Ich weiß ja, dass ich nur die Talsohle erreichen muss, und dann, dann wird alles besser. Auf Besserung warte ich, solange es eben dauert.

Unsere Pilgerinnenreise besteht auch aus viel Warten. Es zieht sich alles lange hin. Lieblos verrinnt vergeudete Zeit in der Sanduhr.

Ich muss hart dagegen ankämpfen, nicht als Sand auf dem Berg der versandeten Evas zurückzubleiben, und pilgere mit dem letzten bisschen zusammengekratzten Muts vermessen und kühn ins Paradies.

Nun bin ich weder vermessen noch kühn, aber ohne Notlüge wird es nie was mit dem Paradies. Die Worte, die es braucht, um dahin zu kommen, zerrinnen mir eh bereits zwischen den Fingern und andauernd steht absurdes Theater bei mir auf dem Spielplan.

Das absurde Theater, das ich mit meinen Freundinnen abziehe, ist neuerdings anspruchsvoll und kompromisslos, was das Ziel betrifft. Selbst wenn wir orientierungslos durch den Wald der Wörter streifen, in dem die Ideen und Gedanken Gestalt annehmen, wissen wir, dass wir es schaffen, alles schaffen, alles verdienen und dass uns alles zuteilwerden wird, weil wir im Geiste bereits da sind, am Ziel, und dort wohnen, in Evas Garten, paradiesisch schön. Das ist unser Leitstern während der Wüstenei des Wartens.

Unser Warten ist ausgezeichnet mit fünf Sternen *****. Es können auch gern mehr sein. Wir nehmen, was wir kriegen können. Alles. Eiskalt nehmen wir alles, wenn wir feiern, und auch sonst. Den ganzen Sternenhimmel nehmen wir: *** *** *** *** *** *** *** *** *** *** *** *** *** *** *** *** ...

Nach dem Feiern friere ich leider mit Ottilie und Lotte auf dem Bahnhof, klappere mit den Zähnen und beneide Pons, die von der Kälte nichts mitkriegt und seelenruhig in meiner Tasche schläft.

Pons behauptet, die vielen Nachtschichten mit mir packte sie nicht, ohne in meiner Schultertasche vorzuschlafen.

In Wahrheit feiert Pons nicht gern ab. Feiern hat etwas mit Spontansein und Loslassen zu tun. Beides kann Pons nicht. Sie hält sich an ihrer Wörterwelt fest, wo alles sorgsam sortiert und alphabetisch geordnet ist.

Beim Feiern würden Pons die Wörter durcheinandersausen. Sie kriegte nie wieder zusammen, was auf den mehr als 1000 Seiten steht, die allein Pons' englisch-deutsche Ausgabe hat.

Mit Pons' Großwörterbuch Englisch gehe ich am liebsten feiern. Von all meinen Freundinnen habe ich die meiste Zeit mit Pons verbracht. Einige Wörter habe ich so oft bei Pons nachgeschlagen, dass ich ihre Einträge auswendig kenne.

Pons kennt mich auch in- und auswendig.

Pons ist dabei gewesen, als ich mich beim Fahrgastschalter darüber beschwert habe, dass mir nachts jemand blöd gekommen sei. Leider haben Pons und ich Ärger mit der Polizei, seit ich mich beschwert habe.

Die Polizei sucht nun nach Pons, wegen Schwarzfahrens. Das ist doch völlig verrückt!

Nachdem ich dem Angestellten am Schalter geschildert hatte, dass Pons und ich uns wegen Pöbelei auf dem Bahnsteig und in der S-Bahn beschweren wollten, wollte der Mitarbeiter zunächst meinen und dann den Fahrschein von Pons sehen.

Ich sagte ihm, meine Freundin brauche keinen Fahrschein, weil sie mit mir in meiner Schultertasche reise. Zum Beweis legte ich meine 3,4 Kilo schwere Freundin auf den Tisch. Für Scherze habe er keine Zeit, erwiderte er und bat mich, nachdem er meine Personalien aufgenommen hatte, auch Namen und Anschrift meiner Freundin zu nennen. Ich zögerte, das zu tun, woraufhin der Angestellte den nächsten Kunden zu sich bat.

Da meldete sich »Eva Reloaded«: »Bleib dran, Eva!«

Also drängelte ich mich wieder vor und gab an, der Name sei Pons Großwörterbuch. Pons wohne auf dem Eva-Sandberg 1 in der Märchenstadt, deren Postleitzahl er ja kenne. Es sei derzeit allerdings schwierig, dorthin Post zuzustellen. Deshalb solle alles an meine Meldeadresse gehen.

Erst schrieb der Angestellte noch auf, doch als er das Letzte gehört hatte, zerknüllte er den Zettel und fragte, ob ich ihn veralbern wolle, was ich verneinte.

Er überlegte kurz, was ich an seinem Stirnrunzeln ablesen konnte. Dann nahm er ein neues Formblatt und bat mich, Pons' Personalien einzutragen.

Wie auch sonst immer las ich seine Gedanken: Solle sich doch der Servicedienst mit dieser merkwürdigen Freundin Pons auseinandersetzen. Über den Scherz mit dem Wörterbuch könne er wirklich nicht lachen. Er habe auch Freunde mit merkwürdigen Namen, aber das benutze er nicht, um Servicekräfte frühmorgens zu verwirren und in die Irre zu führen.

Es schien mir ratsam, nichts auf die Gedanken zu erwidern, und so füllte ich das Formular aus und reichte es ihm.

Währenddessen fragte er, ob weitere Personen den Vorfall bezeugen könnten. Das würde die Sache erleichtern.

Sicher, gab ich zur Antwort, nur dass sich Herzens-Lotte bereits nach Weimar auf den Weg gemacht habe. Hinter vorgehaltener Hand sagte ich ihm, sie habe auch ein bisschen zu viel getrunken und wolle nicht, dass das an die Öffentlichkeit gelange, was ich schon verstehen könne. Weimar sei ein Dorf. Verständlich, dass sie unsere nächtlichen Feiern für sich behalten wolle.

Und Lotte, ich konnte nicht verhindern, dass mir ein Seufzer entfuhr, Lotte sei zu eigensinnig, als dass sie Post läse, wenn sie eintreffe. Sie lasse Briefe monatelang ungeöffnet. Seit sie wochenlang vergeblich auf Post von Wolli gewartet habe, mache sie nun das Gegenteil und kümmere sich nicht mehr um die Post. Außerdem würde Herzens-Lotte die Post ohnehin nicht erhalten, weil der Zeitsprung in Lottes Weimar zu Zeiten des erst stürmisch drängenden Wolli bis zum klassisch schillernden Wolli ein Geniestreich sei, der nur ihr gelinge.

Ob es noch weitere Freundinnen gebe, wollte er wissen.

Ich sagte, die göttliche Ottilie. Die sei jedoch schwierig zu kontaktieren. Ottilie habe die himmlischen Sphären als ihr Zuhause auserkoren, wohin ebenfalls keine Briefe zugestellt würden. Die göttliche Ottilie entscheide selbst, wann und zu wem sie Kontakt aufnehme.

Während ich all das sagte, lief der Schalterbeamte rot an. Ein unentschuldbarer Fauxpas, sagte ich ihm und stellte klar, dass die Bombe mir vorbehalten sei.

Der Angestellte zeigte sich uneinsichtig und wurde nun feuerrot. Während die Feuersbrunst sich in seinem Gesicht ausbreitete und auf den Hals übergriff, hielt ich es für geboten, dem Wüterich zu helfen, trotzdem er sich unhöflich gebärdete und seine Einfältigkeit meinen feinsinnigen Geist beleidigte. Ich überwand meine Widerstände, nahm die Wasserkaraffe vom Verkaufstresen und kippte ihm das Wasser ins Gesicht.

Augenblicklich war das Feuer gelöscht. Ich hatte ihn vor der Feuersbrunst gerettet. Pons war dabei auch klitschnass geworden. Sie nahm es mit Humor und lachte.

Und ich, ich freute mich. Uneigennützig hatte ich mich dafür eingesetzt, dass der Schalterbeamte sein Gesicht wahren konnte.

Anstatt sich bei mir zu bedanken, schrie der Mitarbeiter nur: »Raus!«

»Undank ist der Welten Lohn« in der Servicewüste, dachte ich. Ich schnappte mir die klitschnasse Pons und ging raus.

Inzwischen ist Pons' Schutzumschlag getrocknet und die Seiten auch. Allerdings sehen sie nun wie ein welliger Ozean aus.

Noch ist Pons damit zufrieden, aber ich sollte darauf vorbereitet sein, die Seiten mit einem Glätteisen bearbeiten zu müssen, wie Rieke es für die Haare benutzt.

Ach, ich freue mich schon wieder auf den Herbst, wenn wir das nächste Mal feiern gehen. Aber erst kommt jetzt der Abiball.

Mutti-Chancellorness zieht ein langes Gesicht. Bis zum Herbst ist es noch lange hin. Sie schwoft so gern mit uns. Ich schüttele den Kopf – nicht vor dem Herbst. Sie ist enttäuscht.

So lange solle sie noch warten?

Wie oft habe ich vergeblich auf Mutti-Chancellorness gewartet, wenn wir feiern gehen wollten und sie zugesagt hatte. Unzählige Male hat sie gesagt, die Pflicht habe sie gerufen. Irgendeine plötzlich einberufene Partysitzung, weil irgendwo eine politische Katastrophe passiert sei.

Mutti-Chancellorness erwartet in solchen Fällen, dass ich nicht nachfrage, weil sie ja Vertrauliches nicht ausplappern dürfe. Selbstverständlich frage ich nach und jedes Mal bekomme ich die gleiche bescheuerte Antwort, dass es zwingende Gründe gebe, unter der Käseglocke zu bleiben.

Mutti-Chancellorness geht davon aus, dass ich ihre Einsilbigkeit verstehe, was ich nicht tue. Ich würde nie etwas darüber sagen, schreiben vielleicht, ja, sicherlich, aber da könnte ich alles abwandeln, sodass niemand den realen Fall erkennen würde. Ich kann täuschend echt die Wahrheit verdrehen.

Ich muss mir von Zeit zu Zeit die goldenen Zeiten im Paradies ausmalen. Das gilt umso mehr in der Eiseskälte auf dem Bahnhof, der mein Immunsystem nicht gewachsen ist. Nach einer durchfrorenen Feiernacht lande ich beim Arzt, vom Allgemeinmediziner über Hals-Nasen-Ohren- bis zum Lungenfacharzt, den ich davon zu überzeugen versuche, dass ein lebenslänglicher Aufenthalt in Davos auf dem Zauberberg indiziert wäre. Im Winter könnte ich Skifahren lernen. Das wollte ich schon immer mal machen, aber es ist wie vieles andere versandet.

Einmal war Davos zum Greifen nah. Nachdem ich mit einer dreimonatigen Lungenentzündung laboriert hatte, war der Lungenfacharzt so weit, mich für vier Wochen dorthin zu schicken. Kaum hatte ich es BEVA und den Grazien erzählt, erkrankten sie an schwerer Grippe. Sie husteten so lange, bis ich einsah, dass sie meinen Aufenthalt in Davos nicht verkraften würden. Sie brauchten mich.

Der Lungenfacharzt war trotz all des Leidens nicht willens, eine Familienkur Davos all inclusive zu verschreiben. Möglicherweise hätte ich dem in seelischen Angelegenheiten Unwissenden nicht sagen dürfen, dass ich den Sanatoriumsaufenthalt außerdem nicht ohne meine Freundinnen absolvieren könne.

Jedenfalls zog er die Augenbrauen hoch, als ich das Gespräch auf Pons und Lotte lenkte und meinte, ich könne sie problemlos in meinem Zimmer unterbringen. Bei Lotte wisse ich ohnehin nie, wo sie gerade sei, bei Wolli in Weimar oder hier. Um die göttliche Ottilie brauchte ich mich schließlich gar nicht kümmern. Sie sei selbstbestimmt in allem. Allerdings habe ich für Mutti-Chancellorness auf einer Suite-Unterbringung bestanden. Mutti-Chancellorness gebühre eine angemessene Unterbringung. Auch um die Kostenübernahme für die Sicherheit von Mutti-Chancellorness bat ich. Ich kann meine Freundin doch nicht nach Davos einladen und sie dann auf den Kosten sitzen lassen. Die sitze selbst Mutti-Chancellorness nicht so schnell ab. Sicherheit habe absolute Priorität. Zwielichtige Gestalten, die ihr Unwesen trieben, gebe es überall. Selbst mit Ottilie im Bunde seien wir nicht vor allem gefeit. In Sachen Selbstverteidigung seien wir gleichwohl alle super drauf. Pons suche lauter gute Worte und bete sie runter. Lotte kriege in bedrohlichen Situationen ihren Wolli-Weinkrampf, mit dem sie jeden verscheuche. Mutti-Chancellorness sei gepanzert unterwegs. »Eva Reloaded« kommentiere immer alles und ich fühlte mich mit meinen Freundinnen so sicher wie das Amen in der Kirche. Also, alles sei gut!

Der Arzt hat mich daraufhin ratlos angeschaut. Ob er das auch so sehe, habe ich nachgefragt und keine Antwort erhalten. Es gibt so viele Unwissende. Ein Medizinstudium schützt nicht vor Unwissenheit. Der Blick hinaus in die unendliche Weite des inneren Universums bleibt vielen versagt.

Auch wenn wir Freundinnen es nicht nach Davos geschafft haben, nach Hamburg zum Feiern schaffen wir es immer. Die Locations, wo wir wild tanzen, chillen, auch abhängen und eher ein Glas Sekt zu viel als eins zu wenig trinken, wählen wir sorgfältig aus. Ottilie hat hohe Standards: Das heißt, keine Drogen und kriminellen Machenschaften.

Mutti-Chancellorness kommt nur mit auf die Piste, wenn es keine Kameras gibt und sie sicher sein kann, am nächsten Tag keine Fotos von sich mit uns in der Zeitung zu finden.

Lotte, die unzuverlässigste meiner Freundinnen, spürt meist im Voraus die Probleme, die auf uns zukommen. Wir sind immer gut beraten und vorbereitet mit ihr und können dank Lotte manche sich anbahnende Krise bereits im Keim ersticken.

Kommt es dennoch zur Katastrophe, üben wir uns in Krisenmanagement und freuen uns, dass wir langsam zu absoluten Expertinnen hierin avancieren.

Ist die Katastrophe dann da und eine von uns untröstlich, kaufe ich reichlich von dem Blumen- und Confiseriesortiment, das die Märchenstadt bietet. Und wenn all das nicht hilft, ist immer noch Ottilie für uns da.

21. Kapitel

Die Dimension der Krise, die über Pons hereingebrochen ist, stellt alle bisherigen in den Schatten. Ich möchte Pons' Krise mit einem schönen Sommerurlaub vergleichen, bei dem meine Freundinnen und ich bei 25 Grad im Strandkorb gesessen hätten, eingenickt wären und unversehens von Donner und Blitz, nicht zu vergessen strömendem Regen geweckt worden wären.

Rückschauend gab es Warnsignale, die wir Freundinnen jedoch nicht zu deuten vermochten. Ottilie meckert. Sie hätte es gesehen, aber nicht eingegriffen, weil es nichts gebracht hätte.

Es verging kein Tag, an dem Pons nicht auf die in die Jahre gekommenen Wörter zu sprechen kam. Sie haderte damit, dass sie als gestrandete Wörter ein tristes Dasein in ihrer alten Wortgestalt hätten. Verpackt in alten Büchern, führe ein Großteil der obsoleten Wörter ein erbärmliches Leben auf Flohmärkten oder der Straße, wo sie in Kisten durchregneten oder bis hin zur Unkenntlichkeit verkämen in feuchten Kellern, vergessen von der aufbrechenden jungen Welt, in der sie sich wie Aussätzige fühlten und keinen sicheren Ort mehr fänden. Ungeliebt, von kaum noch jemandem beachtet und meist selbst aus der Erinnerung gestrichen, landeten sie nicht selten in Mülleimern zusammen mit Bierflaschen, Kaugummi, Tempos und allerlei anderem Unrat.

Gelangten diese veralteten Wörter in den Altpapiercontainer, wäre das vergleichsweise ein Glücksfall, denn dort hätten sie vorübergehend wenigstens ein Dach über dem Kopf, bis sie dann allerdings später zusammengepfercht und gequetscht ihre alte Existenz auf einem Papierberg verlören.

Das große Los zögen nur die, die im Regal in Büchern verblieben, entweder weil sie niemand hinter der geschlossenen Regaltür vermutete oder aber weil die Bücher, die sie beherbergten, so wertvoll seien, dass sie in Bibliotheken in klimatisierten Räumen davor bewahrt würden, Schaden zu erleiden.

Ob das allerdings wirklich ein Glück sei, möge dahingestellt bleiben. Es gebe jedenfalls häufiger Beschwerden. Die Wörter fühlten sich, als seien sie in einer Kapelle gelandet, wo die Besucher sich von ihnen verabschiedeten wie von Toten, die sich auf ihre letzte Reise begäben.

Dieses traurige Los scheint Pons jetzt für sich zu befürchten. Pons hat wiederholt die Flucht der Wörter beklagt. Sie leidet unter der Trennung von liebgewonnenen Wörtern und ist deswegen zutiefst besorgt.

Pons spinne sich da was zurecht, hebt Ottilie den Zeigefinger. Das war ja klar, dass die Allwissende widerspricht.

Jedenfalls hat Lotte Pons gesagt, sie könne nicht an den Wörtern festhalten, selbst wenn sie ihr lieb und teuer seien. Was sie liebe, müsse sie gehen lassen, hat Lotte wehmütig gesagt.

Wir haben vom Thema abgelenkt. Es stand zu befürchten, Lotte würde das Gespräch vom Verlust der Wörter auf Wollis Flucht aus Weimar nach Italien lenken. Und da wollte keine von uns hin.

Lotte hat eigentlich den eingeschränkten Freundinnenstatus, weil sie nur ab und zu mit uns pilgert und sich regelmäßig nach Weimar zurückzieht, um sich doch wieder wegen Wolli leidzutun und ins empfindsame Liebestheater zurückzufallen.

Wenn wir sie deswegen kritisieren, wird Lotte sauer. Das konnte Imagine gerade erleben, als sie Lotte vorwarf, sie fröne dem Liebesleid und erhebe es zum Kult. Lotte ist jetzt nicht gut auf Imagine zu sprechen und beantragt, Imagine in die Wüste zu schicken, was aber nicht helfen würde, weil wir sie da immer wieder träfen.

Unsere Pilgerinnenreise führt uns von Schotterwegen in grünen Landschaften über Küstenstreifenwege, gesäumt mit Palmen, die uns mit ihren Zweigen umarmen, zurück zu Sandwegen, auf denen wir die Wüste durchqueren. Dort, der Wüstenei des Wartens ausgesetzt, kraxle ich unseren Eva-Sandberg hoch und runter und komme mit leider weniger spektakulären Geboten als Moses runter, weshalb ich immer wieder hochmuss. Das macht es natürlich schwer für uns, im Paradies anzukommen.

Unsere Pilgerei ist eine atemraubende Comédie-humaine-Klatsche. Viel Leiden um das, was uns (nicht) gefällt, besonders bei Lotte.

Wir lassen nicht raushängen, dass Lotte eine Wie-es-mir-gefällt-zu-leiden-Freundin ist, und reden lieber von einem Sonderstatus, was Lotte gefällt, weil es nach Auszeichnung klingt. Selbstverständlich würden meine Freundinnen und ich nie infrage stellen, dass Lotte dazugehört.

Bei Imagine ist das wie gesagt anders. Da warte ich die Probezeit erst mal ab.

Pons hat gerade eine Panikattacke und schreit: »Sie fliehen alle, meine Wörter!«

Pons hat Angst vor dem eigenen Zersetzungsprozess. Etwas Schlimmeres, als ohne Wörter zu sein, gibt es nicht für sie.

»Meine Wörter. Die Massenflucht deutscher Wörter ins Englische ist mein Aus«, sagt sie gequält.

»Übertreib nicht.«

»Siehst du es nicht, Eva?«

»Schon. Aber es ist nicht dein Aus. Es gibt Hoffnung. Du wirst andere Wörter bekommen und bei einigen englischen geht es auch nicht ohne dich, weil sie sich als False Friends herausstellen. Denk an Handy.«

»Eva, du bist eine super Freundin. Eine, die mir False Friends als Rettungsanker zuwirft. Es fühlt sich scheußlich leer an, wenn die Wörter fliehen.«

»Warum ersetzt du nicht Flucht durch Veränderung und versuchst, es positiv zu sehen?«

»Pons, du brauchst eine Auszeit«, sage ich verständnisvoll.

»Ich auch«, findet Mutti-Chancellorness. »Ich fühle mich wie eine Kapitänin, die mit ihrem Partyschiff ständig wie auf See ist und nicht ans rettende Ufer übersetzen kann«, erklärt Mutti-Chancellorness. »Beklage ich mich darüber? Nein. Zu allem Überfluss bin ich ständig seekrank. Das ist bitte schön topsecret. Wenn die Crew das mitkriegen würde, wäre es das Aus für mich als Mutti-Chancellorness. Dann suchte die wahrscheinlich einen Bajuwarischen als Kapitän, der vor lauter Sehnsucht nach den Bergen das Partyschiff hundertpro auf einen Eisberg zusteuerte, damit wir Titanic-mäßig untergehen. Weil es so ist, wie es ist, werde ich mich weiter in tage- und nächtelangen Schichten an Bord des Partyschiffes verausgaben. Nach mir die Titanic – das weiß ich zu verhindern. Dafür opfere ich mich liebend gern auf.«

»Und für die Limousine«, wirft Lotte ein.

Mutti-Chancellorness ist eine Meisterin im Weghören. Im Reden eigentlich nicht, nur heute. Ich weiß nicht, was die Löwen ihr angetan haben, aber es muss sie getroffen haben, sodass sie die Worte rauslässt. Ich lasse sie reden. So ist es oft mit uns Freundinnen. Eine fängt an und wo wir landen, wissen wir nie.

Ottilie schüttelt die Wolken hin und her. Sie wisse es immer, korrigiert sie mich.

»Trotz der gefühlten Eiseskälte an Bord und der dauernden Gespräche mit dem Bordpersonal, das nur Meuterei im Sinn hat, breche ich nicht zusammen«, lobt sich Mutti-Chancellorness. »Und dann diese gewaltigen Stürme auf hoher See! Ich finde es mehr als bemerkenswert, dass mein Partyschiff noch nicht Schiffbruch erlitten hat. Aufgeben würde ich nie, wie schwer es auch ist, und glaubt mir, es ist schwer im Hohen Haus, aber ich würde mich nie beklagen.«

»Wir wollen nicht vergessen, dass du jetzt die Haare schön hast, in der Limousine fährst, beim Papst warst und sogar von dem berühmten irischen Rockstar von Tooyou, oder so ähnlich, gelobt wurdest«, sagt Lotte.

»Liest du keine Zeitung?«, fragt Imagine. »Der scheint infiziert mit der tückischen Inselsucht, die paradiesisch schön vorgaukelt. So fängt es immer an. Die Weltgesundheitsclique warnt vor den mentalen Folgen des Geier-Gier-Klau-Virus, der sich rasend schnell verbreitet. Die Betroffenen merken nichts mehr und sind gefährlich fürs Gemeinwohl. Steht alles in den Paradieschroniken.«

»Da frag ich ihn lieber selbst«, sagt Mutti-Chancellorness. »Ich halte nichts von Vorverurteilung.«

»Was soll das bringen? Er wird sich an nichts erinnern können, wette ich«, sagt Imagine.

»Vielleicht ja doch. Ist es wirklich so schlimm mit dem Geier-Gier-Klau-Virus?«, fragt Mutti-Chancellorness.

»Das darf doch nicht wahr sein«, beschwert sich Pons. »Da geht es mir einmal schlecht in all den Jahren und niemanden von euch kümmert das.«

»Du weißt, dass das nicht stimmt«, widerspreche ich.

»Wir beide sind in einer ähnlichen Situation«, erwidert Mutti-Chancellorness. »Aber im Gegensatz zu dir lasse ich mich nicht gehen und zerfließe hier nicht in Selbstmitleid.«

»Ich glaube, Pons braucht wirklich eine Auszeit. Sonst wird sie sich noch selbst zerreißen«, mischt sich Ottilie ein.

»Dem Himmel sei Dank, dass du es aussprichst«, sagt Lotte erleichtert zu Ottilie. »Würde ich mich nicht von Zeit zu Zeit nach Weimar absetzen, wäre meine Ruhe auch dahin. Will ich das? Nein. Dafür nehme ich sogar in Kauf, dass mir Wollis ..., du weißt schon wer, im Park begegnet.«

Pons scheint ihr nicht zuzuhören. Sie beklagt die allgemeine Sprachverflachung mit tonloser Stimme und klappt zusammen.

»Reiß dich mal zusammen!«, hält Mutti-Chancellorness dagegen.

»Du hast mir nichts vorzuschreiben«, schimpft Pons.

»Wir sind hier nicht im Hohen Haus«, unterstütze ich Pons.

»Das dachte ich auch bis jetzt. Aber wenn ich euch so höre ...«

»Entspannt euch alle und singt lieber ›Geh aus, mein Herz, und suche Freud in dieser schönen Sommerzeit‹«, mischt sich Lotte ein.

Ich weiß nicht, wann Lotte den Schalter von »tief betrübt« auf »gut gelaunt« umgelegt hat.

»Ich will, dass es jetzt weitergeht!«, flüstert Tinka.

»Habt ihr das auch gehört?«, frage ich die anderen.

Keine hört mir zu. Alle sind irgendwie beschäftigt. Mutti-Chancellorness hat gerade einen Anruf erhalten und quält sich sichtbar mit der Willkommenskultur.

Lotte hat ein Wolli-Buch in die Hand genommen und liest Mondgedichte, ihrer Zeit hoffnungslos entrückt. Ottilie schiebt Wolken am Himmel hin und her.

Habe ich Tinka wirklich gehört? Hat sie so sehr Sehnsucht nach mir, dass sie alles Totsein über Bord geworfen hat, um mir ein Zeichen zu geben, damit ich durchhalte, es ins Paradies zu schaffen? Wenn es nur so wäre. Andererseits: Lotte zieht nun schon so lange den Bollerwagen mit Tinka auf diesem Schotterweg. Ich habe Tinka wieder und wieder angefleht, mit mir zu reden. Sie hat nur geschwiegen.

»Eva, ich will, dass es jetzt weitergeht«, meldet sich die Stimme noch mal.

Das ist sie, das ist wirklich ihre Stimme.

»Hol endlich einen guten Techniker, der mich reparieren kann. Ohne Rödeln kann ich nun mal nicht. Ich will nicht mehr nur Tinka sein. Ich werde wieder Miele sein, wenn wir erst da sind, wo Milch und Honig fließen.«

»Warum machst du nicht einfach, was Tinka dir sagt?«, fährt »Eva Reloaded« mich an.

»Sorgt sich auch mal eine um mich? Ich will nicht mehr nächtelang mit Eva Wörter suchen«, weint Pons.

»Ich werde mich bessern, liebe Freundin!«, verspreche ich ihr und nehme Pons in die Hand. »Ich kümmere mich darum, dass du eine vierwöchige Kur im Harz machst. Und danach nur geregelte Wörtersuchzeiten von 8.00 bis 18.00 Uhr.«

»Außerdem bleibst du beim Feiern zu Hause, Pons. Dazu hast du ja sowieso keine Lust«, wirft Imagine ein.

»Eva, kann ich die Kur im Harz gegen vier Wochen auf den Malediven eintauschen? Ich liege lieber offen am Strand. Und das Wasser und die Palmen sind dort super, super toll. Das wäre das antizipierte Paradies. Lasst uns zusammen dorthin fliegen.«

»Warum nicht.«

Wie das gehen soll, kann ich nicht sagen. Aber warum muss ich mich auch immer um alles kümmern. Soll doch Ottilie mal loslegen. Die kann's richten. Ich bin raus aus der Nummer.

»Dann organisiert ihr das!«, bestimme ich kurzerhand und schaue meine lieben Freundinnen an, die erschrocken begreifen, dass sie alles regeln müssen.

»Toll«, sagt Pons strahlend. »Jetzt habe ich auch wieder Lust, mit dir Wörter zu suchen.«

Ich nehme sie beim Wort und blättere, bis mein Finger auf »forgiveness« zeigt. Ich lese bei Pons »Vergebung«. Ein großartiges Wort! Ein wundervoller Gedanke wohnt darin! Mein Geist holt Gehörtes aus der Erinnerung: »Vergib uns unsere Schuld«, im Englischen: »forgive us our trespasses«.

Das englische Wort »trespass« vermittelt mir, dass Schuld etwas damit zu tun hat, unbefugtes Land zu betreten.

Tatsächlich kommen mir von Zeit zu Zeit solche Gedanken, wenn ich mit meinen Freundinnen unterwegs bin. Es passiert, dass ich darüber nachdenke, ob wir das dürfen, ins Paradies pilgern, ob es erlaubt ist, es neu erschaffen zu wollen, ob es nicht eine Sünde ist, das zu tun und alles, was wir bisher kennen und in unserer Kulturgeschichte anerkannt und nicht ernsthaft in Zweifel gezogen haben, infrage zu stellen und unsere ganz eigene Wahrheit zu verbreiten: dass das Paradies neu zu erschaffen ist.

Und nun schenkt Pons mir dieses Wort, »forgiveness«, und ich weiß, es ist alles gut, alles wieder gut, selbst wenn das, was ich mache, nicht gut ist, wird alles wieder gut, weil es »forgiveness« gibt, weil mir, falls nötig, vergeben ist, weil ich spüre, dass alles am Ende in Vergebung mündet.

Ich bin einfach nur erleichtert, dass es das gibt in allen Sprachen, in allen seinen Schattierungen und Nuancen, und wäre ich in der Lage, alles in seiner Fülle zu fassen, hätte ich den Stein der Weisen gefunden.

Vergebung weist den Weg zum Stein der Weisen, es ist der Weisheitsstein der Welt, der so hoch hinausragt in den Himmel, dass die Spitze des Steins nachts funkelt wie ein Stern. Tagsüber glänzt der Weisheitsstein und das Sonnenlicht fällt gleißend davon herab auf die Welt, die uns vergeben muss und wird, dass sie geworden ist, wie sie ist, nicht, wie sie hätte sein können, dass wir sie kaputt gemacht haben und es weiter tun, was unerträglich ist, aber weil es Vergebung gibt, wird alles wieder gut, irgendwann dann, wenn wir da sind, wohin wir vielleicht nicht hätten aufbrechen dürfen, aber weil es so dunkel und düster ist, haben wir es gewagt, uns über alles hinwegzusetzen und dahin zu pilgern.

Und alles wird gut, weil Vergebung uns die Tür öffnen und uns einen warmen Empfang bereiten und uns mit Palmenzweigen herzen und liebkosen wird. Vergebung wird uns versichern, dass die Welt uns liebt, trotz allem, trotzdem wir uns aufgemacht haben in ein unbefugtes Land, in dem uns ein reich gedeckter Tisch erwarten wird und wir willkommen geheißen werden, trotz allem Schrecklichen, was wir nicht abwaschen können, was niemand kann, was selbst Tinka nicht könnte.

Ich bin einfach nur erleichtert, denn was ich befürchtet habe, wird nie eintreten, weil Pons die Wörter, die mich retten, in sich verzeichnet.

Pons erträgt und verzeichnet auch die anderen Wörter, solche, die mir das Leben schwer machen. Selbst wenn meine Finger missmutig zu »failure« blätterten und schwitzig bei »eternal damnation« kleben blieben, ließe ich mich nicht beirren und entlarvte die ewige Verdammnis als eine Lüge, die sich großtuerisch gebärdete wie das pralle Leben, aber in Wahrheit ein Kind des Todes wäre. Und ich ließe alle diese Wörter fallen, die ein Versuch wären, das Schöne der Welt zu leugnen. Sie fielen wie die Blätter eines Baumes im Herbst.

Ich werde es machen wie der Baum und mich von diesem schädlichen Ballast befreien und ganz leicht, ganz einfach werde ich dann das Paradies neu hervorbringen.

Pons merkt an, sie verzeichne auch die zwischentönenden Wörter, die nicht so einen wunderbaren Klang hätten, dass meine Finger sie sehnsuchtsvoll suchten und fänden und bei ihnen verweilten und sich ausruhten, wie sie es gern täten bei »happiness« und »joy«. Ich sei mehrfach über diesen Wörtern eingeschlafen.

Ich erinnere mich an die vielen Male, als ich bei Pons unter dem Buchstaben P »Paradies« suchte, auch um mich zu vergewissern, dass es da ist. Während ich jetzt so in Pons blättere, finde ich den Eintrag: »to be heaven on earth«, und gerade ist es genauso wie der »Himmel auf Erden«: Ich fühle mich einfach frei, froh und leicht wie eine Feder.

Ottilie schreibt mit weißen Wolken an den klarblauen Himmel: »Ihr seid am Ziel!«

Wir sind am Ziel. Darauf bin ich nicht vorbereitet.

Ottilie erlaubt sich einen Scherz. Nein, sie ist so gar nicht die Freundin, die das täte. Ottilie ist unbedingt wahrhaftig und hat einen Hang zu übertriebener Ernsthaftigkeit und Pathos.

Ich kann es echt nicht ab, dass ich nach der langen Pilgerinnenreise Eigenschaften von Ottilie entdecke, die sich quasi durch die Hintertür bei mir eingeschlichen haben.

Wieder schaue ich zum Himmel. Da steht es weiter in großen Lettern: »Ihr seid am Ziel!«

Eine Sinnestäuschung? Brauche ich eine neue Brille? Nicht schon wieder!

Meine Finger blättern zu »paradiesisch«.

»Heavenly pilgrimage‹«, flüstert Ottilie.

Am Himmel lese ich immer noch: »Ihr seid am Ziel!« Das kann nicht sein.

»Doch, kann es!«, höre ich Ottilie sagen.

»Ach, Evchen, ich bin so froh, dass du endlich bereit bist, die Erleichterung anzunehmen, die der Atem der ›forgiveness‹ dir einhaucht«, erklärt sie.

Pons lächelt dazu.

»Ohne meine Bilder hätte es länger gedauert«, sagt Imagine.

»Welche Bilder?«

»Alle! Von Anfang an habe ich euch alle Bilder vom Paradies geliefert.«

»Bescheiden bist du gar nicht.«

»Wenn's doch so ist. Freundinnen?«

Ich nicke.

Nicken ist weniger als ein Ja. Soll ich das sagen? Nein. Imagine ist halt da und sie ist jetzt wohl oder ... nein, das Wort lasse ich weg, sie ist eine Freundin.

»Es ist vorbei mit der ewigen Pilgerei, endlich vorbei!«, freut sich Mutti-Chancellorness. »Meine Füße hätten mich auch keinen Meter weiter getragen.«

»Ich hab doch die ganze Zeit gesagt, dass wir da sind, nur dass ihr es nicht geglaubt habt«, sagt Lotte.

»Ja, weil du nicht weiterwolltest!«

»Ich hab's gesagt. Punkt«, stellt sie klar. »Ich bin so schlau, wie Eva es sein müsste. Die kommt doch aus dieser Stadt, wo alle immer sagen: ›Ich bin schon da.‹«

»Wir sind da«, mischt sich Imagine ein. »Wow!«

»Für immer im Paradies«, freut sich Pons.

»Ich widerspreche ungern«, meldet sich Ottilie, »aber.«

»Im Paradies gibt es kein Aber«, erwidere ich.

»Für einen kurzen Moment haben wir das Paradies geschaut, aber ihr seht selbst, der Moment löst sich gerade auf.«

Die Schrift ist tatsächlich verschwunden.

Ottilie redet weiter: »Es ist, wie es ist, Ladys. Noch hangeln wir uns von einem paradiesischen Moment zum nächsten.«

»Dem Himmel sei Dank, dass es nicht vorbei ist«, sagt Imagine erleichtert.

»Warum?«, fragt Lotte.

»Ich bin erst seit Kurzem offiziell dabei«, erwidert sie.

»Und?«, fragt Lotte.

»Eure Pilgerei ist ein unaufhörliches Feuerwerk. Wäre schade, wenn's das schon gewesen wäre. Ihr seid die einzigen Freundinnen, mit denen ich pilgern kann.«

Dann hakt sie sich bei Mutti-Chancellorness und mir ein.

Zwischen mir und ihr spüre ich Pons, zusammengedrückt in der Schultertasche.

»Außerdem wollte ich immer schon mal mitmachen bei euren legendären Feiersessions in Hamburg«, sagt Imagine.

»Da musst du dich aber warm anziehen«, sage ich spöttisch.

Alle lachen. Selbst Pons. Wenn das kein gutes Zeichen ist.

»Hoffentlich weißt du, worauf du dich mit uns eingelassen hast«, versetzt Mutti-Chancellorness.

»Nee, weiß ich nicht«, grinst Imagine frech. »Aber ich komm schon klar.«

»Wir sind echt krasse Pilgerinnen, ehrlich gesagt sind wir eine Zumutung für jede von uns«, warnt Lotte sie spöttisch.

22. Kapitel

Die Stunden bis zum Abiball zerrinnen schnell und schneller. Alle paar Minuten höre ich Rieke im Haus nach mir rufen. Die Abstände dazwischen werden kürzer. Ich kann dieses »Mum!« nicht mehr hören.

»Ich wäre froh, wenn eine Grazie mit ›Mum‹ nach mir rufen würde«, ermahnt mich Mutti-Chancellorness. »Tatsächlich brüllen mich nur die Löwen an.«

Beschämt blicke ich sie an: Die Linien in Mutti-Chancellorness' Gesicht zeichnen eine seelische Landkarte, die durch das politische Amt bestimmt ist. Es ist nicht auszumachen, wo das Private seinen Standpunkt hat und ob es vom Öffentlichen zu trennen ist oder nicht vielmehr eine unauflösbare Verbindung damit eingegangen ist.

Die Sorge faltet sich klaftertief auf ihrer Stirn, sicherlich wegen der krisengeschüttelten Europäischen Union. Das Brutus-Fieber breitet sich in Europa aus. Zustechend deklamieren Britannias Maihexen: »Fair is foul, and foul is fair«, fordern »Walpurgisnacht 24/7, all year through«, und suchen Verbündete, die mit ihnen diese Wortbrocken skandieren, nur noch übertroffen von ihrem Hexenmeister.

Nichts davon würde ich ihr sagen, weil Mutti-Chancellorness nicht an Hexen glaubt. Viel lieber gibt sie vor, die Ruhe selbst zu sein. Dabei ist ihre Ruhe lang dahin.

Sich des »dunklen Dranges« der Welt bewusst, ist Mutti-Chancellorness schwer belastet. Die letzten Wahlergebnisse, die vorhergesagte, bedrohlich sich nahende Götterdämmerung scheren sie und schneiden ihr ins Gesicht. Sie hat die Richtlinienkompetenz über ihr Gesicht verloren. Jetzt geht es darum, den Schaden gering zu halten und dafür zu sorgen, dass die journalistische Gier nach politischem Gezänk kein Feuer entfacht und nicht den Lorbeerkranz auf ihrem Kopf entzündet und ihr das Haupt verbrennt.

Das Tragische verträgt sich nicht mit ihrem Willen zur Diplomatie. Ihre Widersacher, die stets das Böse wollen, wird sie loben und am Ende wird sie dastehen wie immer.

»Eva, träumst du?«, fragt Mutti-Chancellorness.

»Nein, ich frage mich nur, woher du deine Kraft nimmst.«

»Von euch allen. Ohne Freundinnen geht es nicht!«

»Wie schaffst du es, der Endzeitstimmung, die im Land und auch sonst herrscht, die Stirn zu bieten?«

»Eva, das fragst du nicht wirklich?«

»Ja, doch!«

»Nicht ich schaffe es. Wir schaffen es. Auch wenn ich dafür abgestraft werde, wiederhole ich es. Wir sind in Richtung Paradies unterwegs. Manchmal sind wir einen Moment da. Eva, du, ich, wir Freundinnen machen den Anfang. Jedes Mal, wenn wir den dunklen Gedanken die Tür vor der Nase zuknallen, laut und heftig, und am besten schließen wir auch ab, damit die Tür nicht zufällig oder von einem aufkommenden Sturm wieder aufgedrückt wird, jedes Mal, wenn das geschieht, fängt ein neuer zauberhafter Anfang an, der uns wähnt, wir seien bereits da, wohin wir wollen: im Paradies. Dass es kompliziert, nicht einfach und zu allem Überfluss dialektisch ist, stört uns zwar, aber wir pilgern weiter. Wir sind, wohl wissend um die schwarzen Löcher, in die wir hineingezogen werden, alternativlos auf Zurück-zum-paradiesischen-Anfang programmiert. Hast du übrigens den Techniker erreicht? Tinka tut mir echt leid.«

»Ist im Urlaub.«

»Dann ruf halt einen anderen an.«

Erstmals seit ihrer großen Krise ist Pons wieder richtig gut drauf und sagt euphorisch: »Welche Wonne, wenn wir erst das dialektische Paradies schauen! Endlich eine Perspektive, nicht nur ein Silberstreif am Horizont. Endlich, unerwartet, unerklärlich, das volle, pralle paradiesische Leben in einer schönen neuen Welt, nicht einer im Sturm gefundenen, sondern einer, die die Attribute schön und neu verdient.«

»Und diesmal macht uns dieser Apfel nicht alles kaputt«, ergänze ich. »Dieses Mal wissen wir, ja, wir wissen es besser. Ich werde den Apfel einfach nur halten und küssen. Gibt es etwas Innigeres als einen Kuss? Ein Kuss, der mich und dich, uns alle, mit dem Paradies aussöhnt. Ein Kuss bewahrt und erhält das Paradies.«

»So wie mit Wolli«, mengt Lotte ein. »In der Mondnacht, das war so ein Kuss.«

Ottilie lächelt.

Dann müsse es wohl so gewesen sein, denke ich bei mir.

»Ach, es ist so spannend und inspirierend«, sagt Pons. »Meine gesammelten Wörter können es nicht erwarten, bis sich die Tür zum Paradies öffnet, erst nur einen Spalt breit und dann immer mehr, und keines der Wörter wird dann nur mehr bloß schwarz auf weiß dastehen. Sie malen sich schon aus, wie sie sich anpassen wollen mit ihrer Wortgestalt an das paradiesische Leben. Eva, ich verhehle nicht, dass ich schon jetzt vor Stolz darüber platze, das erste Paradieswörterbuch herauszubringen.«

»Eva, der Techniker«, erinnert mich Lotte. »Du wolltest doch anrufen.«

Zwei Stunden später ist der Techniker da. Zwischen den Schmutzbergen bahnt er sich einen Weg zu Tinka und erneuert ein elektronisches Teil.

Sie sei praktisch wie neu, versichert mir der Monteur.

Tinka piept und rödelt zum Glück wieder, erst mal ohne Wäsche.

Der Techniker wartet ab, bis der erste Waschgang beendet ist.

Zwischendurch gehe ich nach oben und komme mit drei Gläsern und einer Flasche Champagner zurück. Ich lasse den Korken knallen und fülle die Gläser.

Als ich dem Monteur ein Glas reiche, guckt er mich merkwürdig an und sagt kopfschüttelnd, er sei im Dienst und dürfe keinen Champagner trinken. Für wen das dritte Glas sei, fragt er.

Für meine Freundin Tinka, die er repariert habe, erwidere ich. Wir hätten etwas zu feiern.

Er blickt mich an und seine Augen sagen: »Warum krieg ich immer diese Kunden? Und Trinkgeld krieg ich von der sicher auch keins.«

Er hat eine gute Menschenkenntnis.

23. Kapitel

Wir, ich und meinesgleichen, sind in die Jahre gekommene Weiber und keine Barbiepuppen, wie es die Grazien und ihresgleichen gern hätten.

Gilmore Girls forever ist für uns ausgeträumt und lange abgesetzt. Wir können nicht auf ewig lügen.

Warum tue ich es trotzdem? Warum halte ich meinen Status quo von 45 Jahren aufrecht, obwohl ich 54 bin?

Ich gebe diese Fragen in meine Freundinnenrunde. Sie brauchen Denkzeit.

War ja mal wieder klar!

Während ich all das denke und mich – zu vieles – frage, stehe ich im Flur und halte die Rechnung über die Lacktasche in der Hand.

Wenigstens das mit den Rechnungen dachte ich, endgültig erledigt zu haben, aber da ist noch die vom Techniker über 300 Euro und jetzt muss ich obendrein die Rechnung über die schwarze Lacktasche begleichen, ganze 225 Euro. Die Tasche hatte ich zur Auswahl mitgenommen und behalten und nicht bezahlt, einfach vergessen. Warum passiert mir das immer wieder?

Unnötige Rechnungen sollten künftig nicht mehr bei mir antanzen!

Ich gehe der Sache auf den Grund und betreibe Ursachenforschung, um mich vor weiteren unsinnigen Käufen zu schützen.

Zwei Erkenntnisse fördere ich dabei zutage.

Erstens: Ich kann mich oft nicht leiden! Diese Aussage klebt wie ein Sticker an mir. Deshalb kaufe ich Dinge, denen der Sticker »Garantiert leidfrei« anheftet. Genau den brauche ich.

Die zweite Erkenntnis: Zurückrechnen beim Alter kommt mich teuer zu stehen.

Es ist nun mal so, dass ich mir mein Alter kaufe, weil die Welt um mich herum eben nicht vorhat, mir mein Alter abzukaufen und zu gönnen.

Die Welt sieht mich lieber in der Quäl- und Torture-Wear, die so eng ist, dass ich darin stecken bleibe und nicht wieder rauskomme.

Das Naheliegendste wäre folglich, ich ließe das Thema Altern ganz schnell hinter mir.

»Eva Reloaded« ist mir bei diesem Thema überhaupt keine Hilfe.

Imagine hingegen lässt mich erkennen, dass das mit dem Altern überhaupt kein Problem sei. Sie führt mir vor Augen, wie ich, inspiriert durch das Leben in der Hase-und-Igel-Stadt, den Wettlauf des Älterwerdens gewinnen könne, ohne mich abzukämpfen wie der Hase. Ich möge mich einfach am Start zurücklassen. Imagine würde mich kopieren. Rasend schnell hätte sie mich uralt werden lassen und ins Ziel gebeamt. Preisverdächtig schnell.

Das Thema »Aussehen wie 45« hätte sich angesichts des nun fast abgeschlossenen körperlichen und mentalen Zerfallsprozesses erledigt. Die Tür ins Jenseits weit offen, dem sich nähernden Tod die Hand reichend, wäre ich außerstande, beraubt um Worte und Erinnerung, alles vergessend und verschwindend, verblühte Schönheit vorzugaukeln.

Selbstverständlich würde Imagine belohnt werden wollen dafür, dass sie mir Bilder meiner zwiegespaltenen Identität lieferte, und hätte selbige zu Beginn des Wettlaufs mit einem Preisschild versehen: Freundinnen für immer. So wäre es.

Imagine würde auf Nummer sicher gehen wollen und sich meine Freundinnenschaft erkaufen. Völlig unsinnig.

Imagine ist noch nicht lang genug dabei, sonst käme sie nicht auf so eine abwegige Idee. Ich würde ihr das trotzdem nicht sagen und darauf warten, dass sie selbst drauf käme, dass wir Freundinnen nicht käuflich sind und uns nicht austricksen lassen.

Der Wettlauf des Alterns wäre übrigens so rasant schnell gegangen, dass Imagines Preisschild am Ziel nicht nur verblichen, sondern bis zur Unkenntlichkeit zerstört gewesen wäre, sodass der reelle Preis von Imagine ohnehin nicht mehr hätte eingefordert werden können.

Klar wäre ich stolz, Imagine beim Wettlauf des Alterns zusätzlich ein Schnippchen geschlagen zu haben und mich ihr als Freundin zu beweisen, die sie gratis kriegt. Genial!

Fakt ist jedoch, als abgehalftertes Modell 54 muss ich weiter blechen. Es gilt, mich irgendwie instand zu halten. Für die Abwrackprämie bin ich (noch) zu schade, weil ich die letzten neun Jahre »weggepflegt« habe. Hätte ich mich verkommen lassen, wäre ich jetzt Schrott, also kein höchst spezielles Problem (mehr).

Zu meinem 54. Geburtstag hörte ich Komplimente wie: »Wie fühlst du dich mit 45?«

Es stellt sich die Frage, warum ich, seit ich 45 bin, meine Lichtjahre nicht wie gewohnt unter den Scheffel stellen, sondern die letzten neun ganz streichen soll? In nicht mal einem Monat sind es zehn. Zehn Jahre. Das werden 3650 Tage plus Schaltjahrtage sein. Von all den Tagen soll mir nichts bleiben?

Zehn Jahre lang die Familie zusammenflicken, ausbessern, übertünchen, Schwarz für Weiß ausgeben.

Zehn Jahre lang mit den Grazien lernen, ihnen klarmachen, dass die Welt eine verrückte ist und es zweifellos opportun wäre, dieses Wissen für sich zu behalten.

Zehn Jahre lang vorgeben, dass mir mein 45-Jahre-Spiegelbild entsprechen würde.

Zehn Jahre voll von endlosen Diskussionen mit BEVA und zehn Jahre als Netzwerkbetreiberin von Henni-Gesa-Bertholt-Käthe-Diplomatie.

Zehn Jahre Verwandtschafts-Bagage-Besuche verdienten zehn Ausrufezeichen!!!!!!!!!!

Zehn Jahre verdienten einen Orden und nicht die respektlose Metamorphose in ein unbeschriebenes weißes Blatt Papier.

Meine Jahre seit 45 lächeln dankbar und schön!

»EVA Reloaded« applaudiert und sagt, jetzt seien wir wieder auf Kurs.

Auch von Mutti-Chancellorness bekomme ich gerade Rückendeckung.

Tinka piept begeistert.

Lotte ist auch ganz aus dem Häuschen.

Imagine schweigt sich aus, wohl wegen des Wettlaufs.

Pons lässt den Wind bis Seite 72 blättern, wo geschrieben steht: »Beauty is in the eye of the beholder.«

Ottilies Wolkenlippen lautmalen windflüsternd: »Mir gefällt, was ich sehe, es ist schön.«

24. Kapitel

Vicky zieht ihre Lessons in Love voll durch bis hin zu »Love is blind«.

Als wir vor einigen Wochen Pizza aßen, sagte ich unüberlegt, Vicky brauche wegen »Love is blind« einen Blindenhund. Obgleich ich mich sofort dafür entschuldigte und alle bat, so zu tun, als hätte ich nichts gesagt, ist seither das Thema Hund nicht mehr vom Tisch zu kriegen.

Dabei habe ich mehr als ein Jahrzehnt aktiv dafür gesorgt, dass sich für uns die Frage »Hund: ja oder nein?« nicht gestellt hat.

Bei fünf Familien, mit denen wir befreundet waren, hatten die Hundediskussionen zu allergrößten familiären Zerwürfnissen geführt.

Zwei Familien haben die endlosen Auseinandersetzungen hierüber gereicht. Sie stellten fest, dass getrennte Wege besser seien.

In den anderen drei, die auf den Hund kamen, entwickelte sich um ihn herum ein bühnenreifes Familiendrama, angefangen mit den Gassigehzeiten über Hundeflüstereraffären bis hin zu überzogenen Tierarztrechnungen für Hüft-OP, kieferorthopädische Behandlung, Magen- und Darmspiegelung und so weiter.

Am Ende lief es darauf hinaus: Wer kriegt die Kinder? Wer den Hund? Wie kriege ich alles und er oder sie nichts?

Ich habe damals alles, was um mich herum passierte, genau beobachtet und die richtigen Schlüsse gezogen. BEVA hat mir dabei geholfen, weil er die Optionen klar formulierte, als er sagte, ein Hund komme ihm nicht ins Haus, sonst würde er gehen.

Damals war ich heilfroh, dass er mich warnte. So konnte ich in mich gehen und mir für die Kinder und den familiären Zusammenhalt eine überzeugend klingende Hundeallergie zulegen. Als das nicht so recht wirkte, ließ ich mich wegen eines vermeintlichen Allergieschocks, ausgelöst durch den Nachbarshund, ins Krankenhaus einliefern.

Das Thema Hund war fortan beendet und das Haltbarkeitsdatum meiner Ehe auf unbestimmte Zeit verlängert.

Freundschaften mit Hundefamilien legten wir ab dem Zeitpunkt auf Eis. Wir bekamen keinen Hund und die Grazien erlebten kein Scheidungsdrama.

Und nun nach all den Jahren will Vicky einen Hund, nur weil ich mal wieder meine Zunge nicht hüten konnte. Meine Allergie stört sie nicht.

Gestern war ich im Tierheim und da hat mich ein gefleckter Hund so angeguckt, dass ich ihn mitgenommen habe.

Abends konnten sich Rieke und Vicky gar nicht wieder einkriegen vor Freude. Vicky hat klargestellt, dass es natürlich ihr Hund sei, nur dass er eben bei uns leben würde.

Wir haben jetzt also einen Hund und ich frage mich schon, was BEVA machen wird. Er hat bisher nichts gesagt. Ich habe ihm erklärt, dass er den Namen aussuchen darf. Ob ihn das allerdings damit versöhnt, auf den Hund gekommen zu sein, weiß ich nicht.

Jedenfalls das Gute daran: Vicky ist happy.

Mit Timmi, der schon seit der Schulzeit unsterblich in sie verliebt ist und den sie an der Uni wiedergetroffen hat, geht sie clubben. Neuerdings ist ein Frank aufgetaucht, den sie beim Segeln kennengelernt hat. Mit Dennis, der kaum Deutsch spricht, will sie diesen Sommer in die USA. Soweit ich es beurteilen kann, ist das mit Dennis mehr als Schwärmerei. Es könnte für Vicky ein turbulenter Sommer werden, womöglich inklusive »I love you with so much of my heart that none is left to protest«. Ich will auch wieder Studi sein.

Es klingelt an der Tür. Zwei junge Männer in Sani-Montur stehen davor. Sie erklären, sie kämen wegen Geld.

»Super!«, rufe ich und falle ihnen um den Hals.

Sie seien nicht gewohnt, so herzlich empfangen zu werden, sagen sie.

Ich bitte sie, einen Moment zu warten, und gehe ins Büro, wo ich meine Kontodaten und Personalien auf einen Zettel schreibe. Damit kehre ich zu den Sanis zurück.

»Ich bin auch für eine kleine Spende dankbar«, sage ich bescheiden. »Fünf Euro sind auch okay. Es zählt die Geste.«

Ich mache ihnen und mir etwas vor. Tatsächlich brauche ich einen Lottogewinn. Wir wollen doch nicht mit nichts ins Paradies.

»Das war ein Scherz. Es darf schon ein höherer Betrag sein«, sage ich dann.

Sie schauen mich irritiert an, wenden sich wortlos ab.

Ich versteh das nicht. Ich glaube, ich werde langsam irre, aber bis zum Abiball muss ich es irgendwie schaffen, dass niemand das erkennt.

»Bis zum Abiball« – ich weiß nicht, wie viele meiner Sätze und Gedanken mit diesen Worten beginnen.

Bis zum Abiball muss ich noch mal Autofahren üben, weil ich so selten hinter dem Steuer sitze. BEVA hat sich den Fuß verstaucht, deshalb muss ich uns zum Abiball fahren.

Heute Nachmittag übe ich wieder, wenn ich mit dem Auto zu Henni fahre, um dort Wäsche zu waschen. Klar, dass ich nicht will, dass Tinka wegen Dauerbelastung gleich wieder den Geist aufgibt.

Ich bin gefasst, sehr sogar. Ich kann Bremse und Gas gut unterscheiden, nur beim Fahren kann ich beide nicht immer auseinanderhalten. Das zerbeulte Garagentor und der kaputte Zaun vom Nachbarn zeugen davon.

Auch bleibt mir das Auto schon mal auf der Kreuzung stehen, weshalb es in der Märchenstadt laute Hupkonzerte gibt.

Nach der Massenkarambolage im Parkhaus, als mein Auto zurückgerollt ist und fünf andere zerbeult hat, hat die Verkehrswacht spontan entschieden, mir ein Öffi-Abo zu schenken, wenn ich den Führerschein zurückgebe. Ich hätte das Abo genommen, aber dann kam das mit BEVAs Fuß.

Eigentlich, bis auf die Katastrophen, bin ich eine vorbildliche Autofahrerin. Wenn ich mal fahre, bin ich konsequent mit 20 Stundenkilometern in der Märchenstadt unterwegs und werde ständig überholt. Wie mir scheint, befolge ich als Einzige viele Regeln im Straßenverkehr und unterschreite gern die Geschwindigkeitsgrenze.

Niemand weiß, aber alle dürften es mittlerweile mutmaßen: Ich kann gar nicht schneller als 20 fahren. Bei meiner Führerscheinprüfung ist das nicht aufgefallen, weil gerade ein Feuer in einer Fabrikhalle ausgebrochen war, genau in dem Stadtteil, in dem ich fuhr. Es kam schnell zum Stau. Die Autos mussten die Löschfahrzeuge durchlassen und ich bin Stop-and-go gefahren, mehr Stop als Go.

Mittlerweile gibt es Beschwerden beim Amt wegen meines langsamen Fahrens. Zum Glück hat die Hase-und-Igel-Stadt eine reflektierte Einstellung zu Langsamkeit und schnellem Ankommen bei Stillstand. Ich weiß überhaupt nicht, was die Leute an meinem Fahren aufregt. Wenn ich Zitteranfälle beim Fahren kriegte oder Rennen führe, gut, aber das passiert nie.

Am liebsten fahre ich Taxi, aber seit dem Besuch der Verwandtschafts-Bagage kommt keins mehr, wenn ich anrufe.

Letzte Woche habe ich auf der Köhlbrandbrücke angehalten, weil es mir zu hoch war. Ich stieg aus und lehnte mich übers Geländer, um mich meiner Angst zu stellen. Erfolgreich! Die Angst war plötzlich weg. Trotzdem landete ich im Klinikum. Es ist verrückt. Da steige ich aus, weil ich so sehr am Leben hänge, und mir wird das Gegenteil attestiert.

BEVA kam direkt in die Klinik in seinen Maulwurfsklamotten. Er sah einer Vogelscheuche verblüffend ähnlich. Nein, Vogelscheuchen sind gepflegter.

Als der diensthabende Arzt BEVA sah, meinte er leise zu mir, er verstehe jetzt.

25. Kapitel

Es ist so weit: Meine Grazie stolziert auf ihren High Heels die Treppe runter. Das Kleid ist perfekt. Wunderschön! Ich halte das Bild fest. Ohne Kamera. Das ist Riekes Tag. Ihr Moment. Selbstbewusst lächelt sie.

Henni ist gekommen. Sie ist hin und weg von Rieke und bewundert sie in ihrem hellblauen Traum aus Seide.

»Entzückend siehst du aus, meine Süße!«, ruft sie begeistert.

Sie hat ein Geschenk für Rieke dabei: eine zarte Perlenkette, die sie ihr gleich umlegt. Es ist wie im Märchen. Im Film könnte jetzt der Abspann kommen und alles wäre gut. Vielleicht noch ein Foto von tanzenden Abiturientinnen und Abiturienten als letztes Bild. Ein Blick auf BEVA und die Grazie, die den Abiballtanz eröffnen, und das wär's. Super wär's. Perfekt.

Mir fällt auf, dass Henni beim Friseur war. Gesicht und Maniküre hat sie gleich mitmachen lassen, von wegen kein Geld. Sie trägt das lange schwarze Kleid mit den Pailletten. Luise sage immer, Schwarz mache schlank und sei chic, erklärt sie gerade Rieke.

Ich frage mich, ob Henni in die Oper will, ob Luise draußen wartet. Welch Zufall, dass Henni heute auch groß ausgeht und sich ausstaffiert hat.

Bemerkenswert, dass Henni, nur um Rieke zu sehen, in ein Taxi investiert hat.

»Zauberhaft, einfach zauberhaft«, wird Henni nicht müde, Rieke zu bewundern.

Es ist wirklich zauberhaft, wie Rieke durchs Haus schwebt und Gefallen daran findet, von allen umschwärmt zu werden.

Diesen Tag werde ich genießen und mich freuen, dass wir heute ausgelassen feiern werden. Schön, dass wir nie wieder Schule haben.

»Wir wollen Fotos machen«, drängelt Rieke, »und du läufst hier noch in deinen Schlabbersachen rum, Mum!«

»Ich brauche nur eine Minute«, lüge ich. »Ihr könnt schon mal im Garten erste Fotos machen«, verabschiede ich mich nach oben.

Eine halbe Stunde später stürmt BEVA ins Schlafzimmer. Er sieht mich auf der Bettkante sitzen und ruft entsetzt aus: »Du hast noch nichts an! Wirklich, Eva!«, sagt er fassungslos.

BEVA irrt!

Ich hatte schon alles an, aber ich musste es wieder ausziehen, alles. Hechelnd wie unser Hund, den BEVA seit Kurzem Bello nennt, sitze ich auf dem Bett.

Erst sollte Bello nicht mal ins Haus beziehungsweise BEVA wollte raus, wozu es dann aber nicht gekommen ist. Ich glaube, BEVA wusste nicht wohin.

Bello ist also rein ins Haus, erst nur in den Wirtschaftsraum, dann in die Küche, Stube, ins Klo, Badezimmer und jetzt hat er es bis ins Schlafzimmer geschafft.

Im Tierheim hat mir niemand gesagt, dass Bello partout nicht allein sein kann. Er hat eine tierärztlich diagnostizierte Phobie vorm Alleinsein. Er beißt sich durch, wenn wir es riskieren, ihn allein zu lassen. Er beißt sich durch Kissen, Schuhe, Decken, den kompletten Inhalt von Küchen- und Kleiderschränken. Wir lassen ihn nicht mehr allein. Heute ist er deshalb in einer Hundepension.

»Eva!«, wiederholt BEVA auffordernd.

Ich bleibe ungerührt sitzen. Mit der neuerlichen Bombe im Anflug kann ich nur sitzen bleiben und hecheln. Bloß nichts sagen. Keine Aufregung jetzt, auch keine Bewegung.

»Eva, was ist? Das letzte Mal, dass ich dich so gesehen und gehört habe, hast du drei Stunden später Rieke auf die Welt gebracht«, sagt BEVA entsetzt.

»Das ist es nicht«, erwidere ich.

»Das weiß ich auch«, entgegnet er. »Wir wollen los! Mach schon! Als Einzige bist du wieder mal nicht fertig.«

BEVA irrt. Er hat nicht die leiseste Ahnung, wie fertig ich bin.

»Ja, ja, ich komme gleich«, beschwichtige ich.

BEVA geht raus.

Ich hasse es, wenn ich die Bombe habe. Und jetzt muss ich die quälend enge Torture-Wear wieder anziehen.

Die Flasche Champagner vom Anstoßen auf Tinkas Wiederrödeln habe ich mit ins Zimmer genommen und mittlerweile fast geleert, als BEVA nach kurzer Zeit erneut ins Zimmer kommt.

»Du trinkst! Mein Gott, Eva! Der Champagner ist ein Geschenk von Franzen für mich«, empört er sich.

»Du tust so, als sei er dein Freund. Er hat dich rausgeschmissen.«

»Das war nicht er. Die Vorgaben kamen von der Institutsleitung. Außerdem ist das ein superteurer Champagner, den du da in dich reinkippst«, bemerkt er unnötigerweise.

»So lieb und teuer werde ich dir ja wohl sein«, erwidere ich.

»Zieh dich endlich an. Übrigens, deine Mutter – ach, das wirst du dann ja sehen«, sagt er und macht eine wegwerfende Handbewegung.

»Papa, machst du noch Fotos von uns vor den Rosen?«, höre ich Rieke im Flur.

Ich bin wieder allein und trinke den Rest vom Schampus.

Das lila Kleid mit den Puffärmeln und dem engen, körperbetonten Schnitt, das neben mir auf dem Bett liegt, ist ein Traum, wenn es denn reichte, dass es bloß so daläge und ich es betrachten könnte, und es bei der Vorstellung bliebe, wie es in Prä-Bombe-Zeiten mal ausgesehen hat.

»Mami, bitte«, sagt die Abi-Grazie durch die einen Spalt breit geöffnete Tür.

Sie lächelt. Ich bin endlich bereit für die Quälaktion und ziehe erst die Shape-Wear und dann das Kleid an. Super, dass ich so viel Schampus intus habe, sonst hätte ich die Schmerzen kaum ertragen. Tief einzuatmen traue ich mich nicht. Gefühlt kommt die Luft über die Luftröhre nicht hinaus.

Ich rufe BEVA, damit er mir die Schuhe anzieht, denn bücken

kann ich mich unmöglich in meiner engen Post-Cinderella-Rüstung für Bombefrauen.

Das Beste, ich lege mich wieder aufs Bett. So ist es auszuhalten.

BEVA kommt wieder ins Zimmer. Er sieht sofort, was los ist, und zieht mir die Schuhe an. Ich fühle mich wie und bin eine Altweiberbombe im Bett.

»Können wir denn jetzt?«, fragt BEVA drängelnd.

Ich antworte nicht, rolle aber langsam auf die Seite und bewege mich vorsichtig in die Senkrechte. Jetzt bloß keine unnötige Anstrengung, sonst verwandle ich mich in eine berstende Presswurst. Gefühlt bin ich schon eine.

Wenn dieser Abiball vorbei ist, muss ich an meiner Selbstwahrnehmung arbeiten, so viel ist schon mal klar.

BEVA hat das Auto nach vorn gefahren. Ich will nicht wissen, wie er das mit dem kaputten Fuß gemacht hat. Zu meiner Überraschung sitzen die Grazien schon im Auto. Eben jetzt steigt Rieke wieder aus, weil sie was vergessen hat.

»Alles deine Schuld«, zischt sie und ich tue so, als hätte ich nichts gehört.

Zu meiner Überraschung sitzt Henni vorn auf dem Beifahrersitz neben BEVA. Dessen Fuß ist auf wundersame Weise über Nacht geheilt und er will fahren.

»Evalein, Rieke und Vicky haben darauf bestanden, dass ich mitkomme zum Abiball. Ist das nicht süß? Ich habe es nicht übers Herz gebracht, ihnen diese Bitte abzuschlagen.«

Ich glaube ihr kein Wort und öffne die Beifahrertür, schaue Henni lange an und sage nur ein einziges Wort: »Mama!«

»Ja, Liebes«, spricht sie sanft wie ein Lamm. »Johannes hat darauf bestanden, dass ich mich nach vorne setze. Wegen meines Ischias. Du weißt ja, dass ich deswegen kaum noch schlafe.«

Weiß ich nicht. So wie sie dasitzt, weiß ich, dass Madame nicht vorhat, das eingenommene Territorium freizugeben.

»Mama, komm nach hinten!«, fordert Vicky mich auf. »Du

musst in die Mitte. Mit unseren langen Kleidern können wir da unmöglich sitzen«, sagt sie bestimmt. »Und es wäre gut, wenn das jetzt gleich passierte, sonst kriegt Rieke einen Schreikrampf. Der Fototermin für den Jahrgang ist für 16.30 Uhr angesetzt und es ist bereits viertel vor fünf.«

Weil es um die Grazien geht, krabbele ich, ich weiß nicht wie, nach hinten in die undankbare Mitte.

»Danke, Liebes«, säuselt Henni.

»Verrätst du mir, wie du ohne Eintrittskarte reinkommen willst?«, frage ich ganz sweet und lächele dazu, als Henni sich nach mir umdreht.

»Nett, dass du dich sorgst, Evalein, aber die Mädchen haben sich schon um alles gekümmert.«

Ich frage nicht weiter, denn ich begreife nun, dass Henni mit uns zum Abiball fährt, ist von langer Mutterhand geplant.

»Wer hätte gedacht, dass ich das noch erleben darf?«, trötet Henni.

»Ich nicht«, erwidere ich.

»Ja, so schön, nicht, Evalein!«

»Und wie!«, versetze ich.

Vicky bufft mich in die Seite, damit ich still bin. Reflexartig drehe ich den angewinkelten Arm heftig zur Seite und spüre, wie die Kleidernaht aufreißt.

Rieke kommt gerade zurück.

»Du weißt, dass der Fototermin vor 15 Minuten war?«, fragt Vicky. »Aber es ist nur ein Foto. Meins war damals nicht so toll.«

»Meins wird aber toll«, kontert die Kleine. »Übrigens ist der Termin auf 17.00 Uhr verschoben worden.«

»Ach«, sagt Vicky und verstummt.

»Papa, fahr endlich los, und zwar möglichst schnell«, fordert Rieke.

BEVA fährt viel zu schnell. Ich bekomme einen furchtbaren Drehschwindel.

»Stopp!«, rufe ich.

BEVA dreht kurz den Kopf nach hinten, fährt aber weiter. Daraufhin rücke ich nach vorn und ziehe die Handbremse bis zum Anschlag.

Wir drei hinten werden hin- und hergeschleudert.

»Spinnst du?«, reagiert BEVA ungehalten, als das Auto zum Stehen gekommen ist.

»Mir ist schlecht«, sage ich bestimmt. »Ich muss hier raus.«

Wie eine Raupe bewege ich mich irgendwie an Rieke vorbei, die keine Anstalten macht auszusteigen.

Als ich draußen bin, düst BEVA ohne ein Wort fort.

Ich klingele bei einer Bekannten, vor deren Haus wir gehalten haben. Sie öffnet mir, sieht auf den ersten Blick, was los ist, und bietet mir Wasser an, was ich gern annehme.

»Das wird schon wieder«, sagt sie tröstend.

Sie ruft ein Taxi und holt mehrere Sicherheitsnadeln, mit denen sie das aufgerissene Kleid zusammensteckt. Es gelingt ihr, damit den Riss notdürftig zu schließen, und wenn ich das Tuch geschickt darüber drapiere, wird es wohl keiner sehen. Ein Blick auf die Uhr. Schaffe ich es noch aufs Foto? Vielleicht, wenn das Taxi jetzt bald kommt. Es kommt.

Kurz nach fünf bin ich im Fährhaus an der Elbe.

»Abiball, Klappe, die Zweite«, denke ich laut, während ich in meiner Tasche nach Geld suche, wobei mir klar wird, dass ich keines dabeihabe. Der Fahrer will nicht, dass ich nach BEVA im Fährhaus suche, damit er das Taxi zahlt. Offenbar zweifelt er, dass ich zurückkomme.

Zweimal habe er diese Woche bereits Pech gehabt, erklärt er. Ein Gast habe ihm das Auto vollgekotzt und natürlich kein Geld für die Reinigung dabeigehabt. Zwei Teenager hätten nachts eine Fahrt nach Hamburg gebucht und seien weggerannt, ohne zu bezahlen. Und jetzt ich. Er wolle nicht ein drittes Mal draufzahlen.

»Dann fahren Sie zu mir nach Hause«, sage ich. »Dort habe ich Geld, um Sie zu bezahlen.«

Er ist einverstanden.

Ich gebe ihm meine Adresse. Taxirufe zu dieser Adresse seien von der Zentrale geblockt, sagt er, hält das aber für einen Systemfehler, wobei ich es besser weiß, es ihm aber nicht sage.

Mittlerweile zu Hause angekommen steige ich bei strömendem Regen aus und bin plitschnass, als ich die Haustür erreiche.

Alle Portemonnaies, die ich im Haus finde, sind so gut wie leer. Dann bleibt nur das Schwein, das oben im Schlafzimmerschrank unten auf dem Boden steht. Ich öffne die Kleiderschranktür, beuge mich vorsichtig vor und taste nach dem Schwein, schiebe es aber, statt danach zu greifen, weiter nach hinten an die Schrankrückwand. Ich bücke mich noch weiter, soweit es die lila Haut, in der ich stecke, zulässt, und strecke die Hand nach dem Schwein aus, kann es endlich greifen und bewege den Arm vorsichtig zurück.

Im Hochkommen verliere ich die Balance, falle mit dem Schwein in der Hand und schlage auf dem Boden auf. Das Schwein lasse ich nicht los. Beim Aufprall zerspringt es in meiner Hand, die sich rot färbt. Als ich das viele Rot sehe, bin ich erschrocken. Nun höre ich den Taxifahrer laut rufen, wobei er gleichzeitig an der Tür klingelt. Ich drehe mich auf die Seite und setze mich auf. Es gelingt mir, mich mit der linken Hand aufzustützen und aufzustehen. Da macht es zum zweiten Mal »Ratsch!«. Mir ist zum Heulen.

Das Rufen und das Dauerklingeln halten an.

»Gleich!«, rufe ich und schleppe mich ins Badezimmer, wo ich die Hand unter den Wasserhahn halte.

»Öffnen Sie!«, höre ich den Taxifahrer.

Es fällt mir schwer, die Treppe hinunterzukommen, wobei meine Hand weiterhin blutet und tropft. Ich hätte ein Handtuch darum wickeln sollen. Als ich die Haustür öffne, blickt mich der Taxifahrer entgeistert an, fragt aber ungerührt: »Haben Sie das Geld?«

Ich reiche ihm die blutverschmierten Scheine. Er zögert, doch dann nimmt er sie mit einem Pinzettengriff, geht zum Auto, öffnet die Tür und lässt die Scheine in eine Tüte fallen. Wie angewurzelt beobachte ich, wie er dann telefoniert.

Minuten später kommt der Notarzt, den er wohl gerufen hat. Dieser entfernt die Splitter in meiner Hand, versorgt die Wunde und legt mir einen Verband um.

Das Kleid schnürt mich trotz der Risse weiter ein. Mir wird schwindlig und dann ...

Als ich wieder zu mir komme, liege ich auf dem Sofa. Ich sehe in zwei dunkle Augen. Es dauert, bis ich sie zuordnen kann. Der Taxifahrer. Müsste der nicht längst weg sein?

»Sie haben doch Ihr Geld«, sage ich ihm.

Er nickt.

»Was wollen Sie noch?«

»Bis heute Nachmittag dachte ich, ich hätte eine beschissene Wochenbilanz, aber was Sie heute erleben, ist weitaus schlimmer. Ziehen Sie sich um und dann fahren wir zum Abiball. Das Dessert schaffen Sie noch.«

So wie er es sagt, kaufe ich es ihm ab. Ich gehe nach oben und versuche das Kleid und die Fett-weg-Wear auszuziehen, was mir nicht gelingt. Kurz entschlossen greife ich zur Schere und problemlos fällt alles Lästige von mir ab. Danach springe ich unter die Dusche trotz verbundener Hand. Aufs Haarewaschen und Föhnen verzichte ich, aber nicht aufs Schminken und Haarebürsten. Dann schlüpfe ich in das weite Strandkleid mit den vielen bunten Rosen, die den Blick ablenken von den Röllchen, aber das ist eigentlich auch egal.

Fünf Minuten später bin ich die Treppe runter.

Die superteuren High Heels habe ich gegen die weiten Balmoral-Treter eingetauscht.

Jetzt endlich bin ich bereit für den Abiball.

Was meine Freundinnen betrifft, hätte ich an diesem bislang schwierigen Tag mit deren Hilfe gerechnet. Erst jetzt melden sie sich.

»Ich fasse es nicht«, sagt Mutti-Chancellorness. »Wir sind echt enttäuscht.«

»Ihr!«

»Hast du vielleicht einmal daran gedacht, uns auch zum Abiball mitzunehmen?«, fragt Mutti-Chancellorness.

»Genau!«, pflichtet Lotte bei. »Da loben, motivieren und beraten wir dich, wann immer es nötig ist, also fast immer, und wenn du mal was Großes vorhast, dann denkst du nicht an uns.«

»Dann kommt doch einfach mit«, erwidere ich.

»Es braucht Vorbereitung, um auf einen Abiball zu gehen, Eva. Daran muss ich dich doch nicht erinnern: Kleiderwahl, Schuhe, Handtasche und so weiter. Aber wenn das denn alles geregelt gewesen wäre, hätte es gutgetan, mitzufeiern und Wolli wochenlang in Briefen vom Fährhaus an der Elbe vorzuschwärmen und ihn dazu zu bringen, seine Italienverirrung abzukürzen und die Geister des Altertums nicht ausnahmslos kritiklos zu vergöttern.«

»Und wenn du mich gefragt hättest«, mengt Imagine ein, »hättest du es gleich nur bei der schönen Vorstellung belassen, was das lila Kleid betrifft, und dich von Anfang an dafür entschieden, mit dem Rosenkleid auf dem Abiball rumzuflattern.«

»Vor allem mich solltest du nie vergessen«, mahnt Ottilie. »Mit mir wärst du längst unfallfrei auf dem Abiball!«

»War's das, Ladys?«

»Nein«, antwortet Tinka.

»Eva Reloaded« ergänzt: »Was du dir heute geleistet hast, ist kaum zu glauben. Unfassbar!«

»Ansonsten fürs Erste, ja. Aber was das Vergessen betrifft, schließe ich mich Ottilie an«, räuspert sich Pons in den Seiten raschelnd. »Die letzten Tage haben wir keine Wörter gesucht, Eva! Den Wechsel von einem Extrem ins andere verkrafte ich nicht, nur noch einsam im Regal zu stehen, gefällt mir nicht. Ich bin Pons. Deine Freundin Pons.«

Beschämt von der heftigen Reaktion meiner Freundinnen, versuche ich erneut, sie zum Mitkommen zu bewegen.

»Das kannst du knicken«, lehnt Pons brüsk ab.

»Also, ich wäre nicht abgeneigt«, widerspricht Mutti-Chancellorness.

»Darauf sind wir nicht eingestellt«, verwirft Lotte den Gedanken und ignoriert Mutti-Chancellorness' Schmollwinkelzug-Nummer.

»Allerdings erwarten wir von dir eine minutiöse Nachlese. Schärfe deine Sinne und verleihe ihnen Flügel!«, mischt sich Imagine ein.

»Okay, okay. Ich versprech's und gelobe Besserung.«

»Mach's einfach, Eva«, fordert Lotte. »Wenn schon nicht für mich, dann für Tinka. Weißt du eigentlich, wie schwer es ist, den Bollerwagen mit Tinka zu ziehen?«

»Du brauchst Tinka nicht mehr zu ziehen. Sie ist doch wieder intakt.«

»Mag sein, aber was die Pilgerinnenreise betrifft, will sie gezogen werden, ausgerechnet von mir zarten Seele. Eva, gib dir Mühe auf dem Abiball. Liefere uns eine sehenswerte Nachbetrachtung.«

»Ich traue lieber meinen eigenen Augen«, wirft Mutti-Chancellorness ein.

»Was die Abiballregie betrifft, habe ich alles im Griff«, schaltet sich Ottilie ein.

Typisch Ottilie. Sie lässt es gern raushängen, dass sie die Fäden in der Hand hält.

»Wird das heute noch was mit Ihnen?«, ruft der Taxifahrer draußen.

»Gleich!«

Meine Freundinnen kichern. Gleich bedeutet gleich, bedeutet eben gleich.

26. Kapitel

Gerade als die Eisbombe wie beim Traumschiff serviert wird, platze ich im Fährhaus an der Elbe zur Tür rein, sprinte die Treppe hoch und komme völlig außer Atem an unserem Tisch auf der Empore an.

Alle Plätze sind besetzt. Ein Kellner bittet mich leise, unten zu warten. Hier oben sei alles für geladene Gäste reserviert, erklärt er.

Henni senkt die Augenlider und guckt schuldbewusst. Täte ich auch, wenn ich wüsste, dass ich auf ihrem Platz sitze. Sie mag ja eine Karte für den Abiball haben, aber keine, die ihr einen Sitzplatz sichert.

Mutti-Chancellorness, die aus dem Nichts neben mir erscheint, zieht ein hängendes Gesicht und fordert: »Lass dir das nicht bieten! Wirf dein ›Frau-im-besten-Alter-Gewicht‹ in die Waagschale und lass dich nicht beiseiteschieben!«

Erwartungsvoll sieht sie mich an.

BEVA steht vom Tisch auf und befindet, es sei eine gute Idee, wenn ich unten wartete.

Mutti-Chancellorness bedeutet mir aufzutrumpfen, doch ich stehe einfach nur da.

In Mutti-Chancellorness' Augen lese ich, dass sie mich nicht versteht. Die Augenbrauen hochziehend, wirft sie mir vor, feige zu sein. Meinen Platz am Tisch des Lebens könne ich nur selbst einnehmen. Außerdem kritzelt sie in ihre Stirnfalten, sie sei müde, den Karren in der Republik und im Freundinnenkreis zu ziehen.

Es sei Lotte, der wir abverlangten, den Bollerwagen zu ziehen, korrigiere ich sie, und die mache das nur, weil sie sich wohl insgeheim dadurch eine Reinigung von den Liebesleidenschaften mit dem werten Wolli erhoffe.

Mutti-Chancellorness blickt mich wieder an. Es gibt Momente, in denen sich die Wahrheit herausschält, in denen wir ins Innerste blicken. Dieser Blick ist so ein Moment. Ich sehe ihr Leiden, sehe, dass sie aufgerieben ist. Gerade möchte ich vor ihr hinfallen, denn ich schäme mich, dass ich meine Probleme zum höchsten Berg der Welt gemacht und nicht gesehen habe, dass mein Berg vergleichsweise klein ist und dass Mutti-Chancellorness an den rauen Felskanten des viel höheren Weltgebirges, das sie erklimmt, Schmach und Schande zugefügt worden sind und sie trotzdem weiter hinaufklettert und tut, als sei nichts geschehen und alles gut.

Mutti-Chancellorness' Blick spricht deutliche Worte: »Wir haben Standfestigkeit, wir Evas. Das müsstest du wissen. Du müsstest es auch fühlen. Lässt dich erniedrigen, wegschicken. Eva, bedenk doch, wer du bist und was du willst. Wenn du es ernst meinst mit der Pilgerinnenreise, dann zeigst du es allen, dann gibst du deinen Standort nicht auf, dann bleibst du stehen. Dann sieht der Kellner dein Eva-Licht, das wie ein Feuer in dir brennt, und hat nichts Eiligeres zu tun, als dir den Hof zu machen, dir einen Thronsessel an den Tisch zu stellen, damit du Platz nehmen kannst, damit alle sehen, dass du unser aller Licht bist. Wenn du dich auf dem Berg der versandeten Evas siehst, wo du das Banner hochhältst für uns, wie kannst du es da zulassen, dass jemand dich von deinem Ort wegschubst? Es ist so, als würdest du auf diesem Berg aller Evas zusammensacken, und das Banner flöge fort und alles wäre jämmerliche Fantasie, alles, was du vorgibst, im neu zu erschaffenden Paradies zu sein. Dann sind du und ich, wir alle, nicht mehr als Sand da oben. Außerdem lässt du dir diese Eisbombe entgehen, für die du sterben würdest. Eva, lass dir das, was hier gerade passiert, eine Lehre sein. Nur weil es deine Mutter ist, lasse ich dir diese Feigheit noch ein einziges Mal durchgehen. Sonst bin ich raus aus unserer Pilgerinnenreise ins Paradies.«

»Das würdest du wirklich bringen, uns alleinlassen?«, falle ich ihr ins Wort.

Sie wendet sich ab mit wehenden Armen.

»Deine Selbstgespräche sind schon besorgniserregend, Eva«, sagt BEVA. »Beruhige dich. Es ist eh alles vorbei.«

»Alles bis auf das Eis, das ich gern hätte«, wende ich ein und versuche, mich neben ihn auf den Stuhl zu setzen.

Damit starte ich einen ernsthaften Versuch, mich an den Tisch zu drängen. Der Versuch misslingt. Das ist schade und ärgert mich. In dem weiten Kleid könnte ich die Eisbombe locker allein verdrücken, was ich gedanklich bereits tue.

Ich mustere alle am Tisch. Rieke guckt nicht auf. Sie ist extrem sauer, löffelt ihr Eis und meckert, es sei typisch, dass ich zu spät käme, aber heute hätte ich jegliche Grenze überschritten. Sie kündige mir als Mutter.

»Welche Grenze?«, frage ich. Es soll lustig klingen. Sie lacht nicht.

Henni tätschelt BEVA den Unterarm und säuselt, ich hätte eine seltsame Art von Humor. Als meine Mutter wisse sie jedoch, dass ich es gut meinte, auch wenn meine Handlungen einen anderen Schluss zuließen.

Ich könnte schreien. Der Kellner sieht meine Not und bringt mir einen Schnaps.

»Jetzt ist Schluss mit lustig«, fauche ich Henni an.

»Was hast du gegen lustig, Evalein? Warum bist du überhaupt so schlecht gelaunt?«, fragt sie.

»Wisst ihr was, ich lasse mir das nicht mehr gefallen. Ich bin dann mal weg«, erwidere ich.

»Kokettiere nicht mit dem Jakobsweg, Evalein. Du kannst nicht mal die Einkaufstaschen vom Supermarkt nach Hause tragen.«

»Unten am Tresen können Sie warten.« Mit diesen Worten zwängt sich der Kellner mit einer weiteren Eisbombe an mir vorbei.

Sehnsüchtig blicke ich der Eisbombe nach. Sieht echt lecker aus.

Während ich die Treppe hinuntergehe, höre ich Hennis Lachen und das Graziengezeter.

Mutti-Chancellorness sitzt am Tresen und winkt mir zu. Ich setze mich zu ihr. Sie holt tief Luft und bevor sie etwas sagen kann, mahne ich sie zur Ruhe mit ihren eigenen Worten.

Sie findet Gefallen an dem Vorschlag, sich auszuruhen, und bucht sich ein Gästezimmer. Morgen habe sie eh einen super anstrengenden Tag mit all den mondsüchtigen Staatenlenkern. Da sei es von Vorteil, ausgeruht zu sein, verabschiedet sie sich.

Mittlerweile sitze ich mit allerlei Leuten am Tresen, die sich nach und nach eingefunden haben und die ich kurz scanne.

»Was trinken Sie?«, fragt der Barkeeper.

»Nichts«, erwidere ich einsilbig. »Mein Portemonnaie ist leer!«

»Ich lade Sie ein«, mischt sich der Mann ein, der neben mir sitzt und den ich jetzt neugierig aus dem Augenwinkel mustere.

»Also, was trinken Sie?«, fragt er zuvorkommend.

»Sekt. Schließlich gibt es was zu feiern. Meine Tochter hat endlich ihr Abi in der Tasche.«

»Wie heißt sie denn?«

»Rieke.«

»Die war in meinem Physikkurs.«

»Dann sind Sie Stöckchen?«

Er lacht. »Stöckard.«

»Sorry.«

»Es ist nichts Verwerfliches an Stöckchen. Die Kollegen nennen mich auch so.«

»Na, dann Prost, Stöckchen«, sage ich und stoße mit ihm an.

»Sind viele Ihrer Kollegen da?«

»Alle, die hier sitzen. Es hat sich eingebürgert, dass wir Lehrer aufs Essen verzichten und nur trinken. Es sind eh nicht genug Plätze da. Es ist schwer, sie alle durchs Abi zu bringen«, sagt er. »Ihnen diese vielen Null-Bock-Jahre hindurch etwas ins Gehirn zu pflanzen und zu hoffen, dass die Saat aufgeht, irgendwann. Ich meine, in der Regel passiert das erst nach dem Abi.«

Das Gespräch droht in eine Richtung abzudriften, die mir von Willi und Karlotta bestens bekannt ist. Wenn ich nicht gegensteuere, fängt Stöckchen gleich mit der Überbelastung an und dass er stunden- und tagelang Nachtschichten schiebe wegen der zu korrigierenden Klassenarbeiten und der Zeugnisbesprechungen und eilends einberufener Konferenzen wegen durchgeknallter Schülerinnen und Schüler. Fehlt nur, dass er über »Fack Ju Göhte« lamentierte.

»Eine super Location für einen Abiball, das Fährhaus an der Elbe«, versuche ich das Gespräch in seichte Small-Talk-Gewässer zu lenken.

»Sie sind wohl geschieden und meiden heute das Essen mit dem Ex«, wechselt auch er überraschend das Thema.

Ich blicke auf, was er als Zustimmung deutet.

»Kann ich verstehen«, sagt er mitfühlend.

»Er ist nicht mein Ex. Er ist BEVA«, stelle ich die Situation klar.

»Das kommt noch, dass Sie ihn Ex nennen, spätestens beim Scheidungstermin, wenn Ihnen klar wird, dass er Sie über den Tisch gezogen hat, mehrmals, erst bei der Hochzeit und dann ...«

»Stopp«, sage ich.

»Glauben Sie mir, so ist es«, erwidert er.

Ich strafe ihn mit einem Blick, damit er seinen Fauxpas kapiert.

Der Barkeeper stellt mir ein zweites Glas Sekt hin.

»Auf den Abijahrgang«, prostet Stöckchen mir zu.

Eigentlich habe ich genug getrunken, aber das ignoriere ich.

Stöckchen erzählt weiter von seinen Physik- und Mathekursen: Die Eltern seien oft das Problem, meint er. Nach dem Matheabi in diesem Jahr könne er sich nur besaufen, bedauert er sich. Die Eltern hätten ihn mit Telefonterror fertiggemacht. Es sei nicht seine Schuld, dass die Aufgaben so blöd gestellt gewesen seien. Fünf Termine beim Psychologen habe ihn das Matheabi gekostet. Und dann müsse er das auch noch selbst bezahlen.

»Gleich heult er«, flüstert Lotte von hinten.

»Ich denke, du bist nicht auf Abiball eingestellt«, zicke ich sie an.

»Mutti-Chancellorness allein wollte ich das Terrain hier nicht überlassen.«

»Du hast ja keine Ahnung, Lotte, was ich heute schon hinter mir habe, nur Katastrophen. Übrigens ist Mutti-Chancellorness nicht allein hier. Du weißt ja, Ottilie führt Regie im Hintergrund, wobei ich mich frage, warum sie mir das Desaster heute angetan hat.«

»Das mit dem Regieführen nimmst du ihr doch nicht wirklich ab?«

»Denke schon.«

»Ottilie glaubt das zwar, aber beweisen ...«, hält Lotte spöttisch lächelnd inne.

»Alles in Ordnung?«, erkundigt sich Stöckchen.

Ich nicke.

»Lassen Sie es raus, würde Hans-Dieter sagen«, redet er auf mich ein. »Wenn es hilft, stellen Sie sich vor, ich sei ihr Ex, und schmeißen Sie mir alles an den Kopf.«

Stöckchen blickt zufrieden. Ich sehe ihm an, dass es ihm guttut, aushilfsweise als Therapeut unterwegs zu sein, und lasse ihm das Ich-verstehe-dich-Getue durchgehen.

Lotte fragt: »Eva, hat der Absichten? Will der was von dir?«

»Lotte, wie findest du ihn denn?«

»Na, wenn Wolli hier wäre, ich wüsste, was ich machte.«

Lotte geht zu einem anderen Tisch und holt Pons aus der Tasche. Es ist ein Flüstern und Rascheln zwischen den beiden. Ich sehe Lotte, wie sie mit zu viel Sekt ihr Herz ertränkt. Warum kommt sie nicht über den werten Wolli hinweg? Ach, sie ist eben Lotte.

Pons bemüht sich, Lotte mit ihren Worteinträgen abzulenken.

Wie Pons es angestellt hat, dass Lotte sie mitgenommen hat, ist mir ein Rätsel.

Jedenfalls höre ich Pons interessiert blättern und über Lottes

Zustand sinnieren. Neckisch fordert sie Lotte auf, »tipsy« im Wortregister nachzuschlagen. Wenn sie »beschwipst« schwarz auf weiß lese, höre sie vielleicht auf zu trinken.

Lotte und ich sind mittlerweile ziemlich angetrunken. Warum sind wir Weiber nur so?

Mein Gespräch mit Stöckchen ist verebbt. Ich wette, dass er seiner kaputten Ehe nachhängt.

Unerwartet kommt nun ein grau gelockter Mann auf mich zu, breitet die Arme aus und begrüßt mich mit: »Eva, du hier!«

»Mops?«, frage ich nach kurzem Überlegen.

Er nickt.

»Ich habe dich fast nicht erkannt«, gestehe ich.

»Das war nicht zu übersehen.«

Mops, eigentlich Mathias Schwerdter, früher unser Oberstufen-Clown, sieht jetzt völlig anders aus, nicht moppelig, sondern schlank und irgendwie smart. Das dichte graue Haar liebäugelt mit George Clooney. Ich schaue mich um. Eine Amal ist nicht in Sicht. Braungebrannt ist er und die coole Titanbrille steht ihm ausnehmend gut.

»Dich hier zu treffen, überrascht mich«, sage ich.

Er nimmt meinen sektgetränkten Blick wahr. Ob er vergessen hat, wie wir uns in der Clique früher über ihn lustig gemacht haben?

»Eva, du hast dich überhaupt nicht verändert!«, lügt Mops mich an. »Du hast immer noch diese hübschen braunen Augen«, sagt er.

Was für eine einfallslose Charmeoffensive, denke ich bei mir. Er sieht zwar ein bisschen aus wie George Clooney, aber das allein reicht nicht.

»Was machst du so?«, frage ich.

»Hotelmanager.«

»Hier in der Gegend?«, frage ich nach.

»Teneriffa. Costa de Adeje«, antwortet er stolz. »Trinkst du noch einen Sekt?«

»Ja«, antworte ich, weil ich Mops und die Welt gerade nur mit noch mehr Sekt ertrage.

»Mops, darf ich dir Herrn Stöckchen, pardon, Stöckard vorstellen«.

»Felix, altes Haus«, begrüßt Mops ihn.

»Einen Abiball hatten wir leider nicht, Eva«, langweilt mich Mops. »Erinnerst du dich noch an die Abirede vom Schulleiter?«

»Ja, ich erinnere mich, dass wir ihn ausgebuht haben. Das kann ich den Grazien aber nicht erzählen. Wie krass wir drauf waren!«

»Ach, Eva!« Mops umarmt mich.

Stöckchen legt seine Hand auf meine. Mir wird das grad zu viel, aber ich traue mich nicht aufzustehen, weil mir eh schon schwindlig ist.

»Noch eine Runde Sekt?«, löst sich Mops von mir.

Ich winke Ottilie dankend zu.

»Bezahlen musst du«, warne ich ihn.

Mops holt Luft und sagt, seine Patentochter habe ihn zum Ball eingeladen. Er sei für ihren Vater da, der an Leukämie verstorben sei.

Stöckchen klopft ihm auf die Schulter.

»Also, Eva, so wie ich das sehe, haben du, Felix und ich jetzt die Möglichkeit, aus diesem Abend einen schönen zu machen«, schlägt Mops vor.

»Wenn ich weiter mit euch Sekt trinke, dürfte das klappen«, versetze ich und erzähle dann, was mich seit Wochen um den Verstand bringt: die Vorgeschichte zu diesem Ball im Schnelldurchlauf, angefangen vom Abiballkleid bis hin zu jetzt.

»Eigentlich können wir uns duzen, oder?«, fragt Stöckchen mich.

»Sicher. Eva.«

»Ach, ist mir neu.«

Superwitzig, denke ich bei mir, und ja, da geht noch was, noch mehr, hoffentlich.

»Felix«, lache ich ihn an. »Felix, der Glückliche.«

Wie peinlich, dass mir nichts Besseres einfällt.

»Heute sieht es so aus«, erwidert er und haucht mir einen Kuss auf die Wange.

Wir sind damit im Groschenroman angekommen. Dennoch: Es könnte schlimmer sein. Es könnte sein, dass ich allein am Tresen versauerte und nicht einmal Sekt spendiert bekäme.

Ich muss nehmen, was ich kriegen kann, gilt auch jetzt. Deshalb lasse ich Stöckchen reden und höre ihm zu. Stöckchen erzählt weiter aus dem Schulalltag und ich tue so, als hätte ich keine Ahnung. Als er von Berlin-Neukölln spricht, wird es interessant. Willi und Karlotta könnten gerade viel lernen, wenn sie hier wären.

»Wie kann man Berlin, selbst Berlin-Neukölln, gegen die Märchenstadt tauschen?«, frage ich.

»Ich habe hier das Haus meiner Tante geerbt und wollte es eigentlich nur verkaufen, aber das hat sich hingezogen. Mein bester Freund ist Mathelehrer hier am Gymnasium und der hat mir erzählt, dass ein Kollege kurzfristig die Schule verlassen habe und der Abijahrgang jemanden brauche, der ihn vertrete, und das bin ich geworden, eigentlich nur vorübergehend. Weißt du, ich liebe meinen Beruf. Und ja, ich wäre gern so cool wie die, die ich unterrichte. Das wäre ein geiles Leben.«

»Das will ich auch!«, sage ich.

Er missversteht, was ich sage, glaubt, ich finde ihn toll, denn nun legt er auch noch den Arm um mich. Den Arm schüttele ich ab, als ich mich von meinem Barhocker erhebe, was ziemlich riskant ist, denn ich schwanke von einer auf die andere Seite.

»Eva, das wurde mir jetzt auch viel zu eng, gut gemacht«, meldet sich »Eva Reloaded« zu Wort, die anscheinend nun auch auf dem Abiball angekommen ist.

Nach der leisen Tischmusik spielt die Band nun einen kräftigen Tusch und kündigt den Ehrentanz der Abiturientinnen und Abiturienten mit Müttern und Vätern an.

Mops steht auf, um seine Patentochter zu suchen und mit ihr zu tanzen.

Ich schwanke weiter wie eine Boje im aufgewühlten Meer und damit es besser wird, bestelle ich beim Barkeeper eine Flasche Wasser und zeige mit dem Finger auf Mops, der das bezahlen soll.

BEVA und Rieke tanzen. Rieke sieht soooo süß aus.

Für einen Moment denke ich, dass sich die Leidenstour gelohnt hat. Ich bin nicht die Einzige, der es so geht. Alle, die hier mit mir stehen, scheinen gerade zu begreifen, was für wunderbare Geschöpfe unsere Kinder sind. Dahinter verblasst alles andere und wird unbedeutend und gering. Gefühlsselig hält Henni, die nun neben mir steht, den Moment des Ehrentanzes auf einem Foto fest.

Ich brauche noch einen Sekt. Hoffentlich guckt mir gerade keine von den Supermamas zu, wie ich das Glas mit einem Zug leere und dann noch eins, das auf dem Tresen steht und niemandem zu gehören scheint. Mir ist flau.

Gestützt durch Imagine schreitet Lotte auf mich zu. Die geisterhaft anmutende Imagine mit ihrer ständig wechselnden Bilderflut und die höfisch gekleidete Lotte sind ein ungleiches Paar, das nun mit einer Stimme spricht: »Eva, denk mal an was Nettes! Oder mach's. Noch besser.«

Der Ehrentanz ist beendet. Jetzt wird BEVA mich zum Tanzen auffordern. Vielleicht wird doch noch alles gut heute Abend.

Die Band spielt erneut auf: »Dancing Queen«.

BEVA tanzt, aber nicht mit mir, sondern mit einer blonden Frau, die ich nicht kenne. Ich bin enttäuscht.

»Du bist irgendwie abwesend«, schmollt Mops, der inzwischen zurückgekehrt ist. »Ich hätte echt Spaß, mit dir die alten Zeiten hochleben zu lassen«, bekennt er.

Ich schaue nach oben. Ottilie ist nicht in Sicht. Es wäre an ihr, an dieser Stelle einzuschreiten und zu verhindern, dass Mops mich in die alten Zeiten mitreißt.

»Eva, du bist jetzt groß, du kannst dir auch mal selbst helfen«, sagt sie dann doch.

»Eva, wo bleibst du denn?«, kommt BEVA plötzlich auf mich zu. »Wir wollen Fotos von uns machen. Was für ein Kleid hast du denn jetzt an und was ist das mit deiner Hand? Ach, egal.«

»Ich muss da mal kurz hin«, sage ich zu Stöckchen und Mops.

»Viel Spaß mit dem Ex!«, flüstert Stöckchen mir ins Ohr.

Die Fotosession zu viert wird eine zu fünft. Henni will mit aufs Bild. Alles andere hätte mich auch überrascht.

Zuerst reißt Henni den Belichtungsschirm um und dann verheddert sie sich mit der Stola an der weißen Stellwand, die umzufallen droht. Sie will sich an dem Fotografen festhalten, bringt ihn aber samt Kamera zu Fall: Das Objektiv ist zertrümmert und was sonst noch, frage ich nicht. Er bleibt gelassen, als er Hennis Personalien aufnimmt und sagt, die Haftpflichtversicherung greife in so einem Fall. Offenbar ist das nicht das erste Mal, dass ihm so etwas passiert.

»Ich habe keine Versicherung«, sagt Henni leise.

Ebenso tonlos erwidere ich: »Nach New York reisen und kein Geld für die Haftpflicht. Warum und wann bin ich zur Mutter meiner Mutter geworden?«

Überflüssigerweise flüstert Henni mir ins Ohr, Rieke habe sie mit den Eltern ihrer Freunde bekannt gemacht und dabei habe sie feststellen dürfen, dass sie nicht als Einzige vom älteren Semester hier vertreten sei. Thais, Timmis Großvater, ein Kavalier der alten Schule, habe sie um das Eröffnungstänzchen gebeten. Ob ich ihnen beim Tanzen zugesehen hätte, bringt sie mit leicht geröteten Wangen vor. Henni ist verliebt, kein Zweifel. Sie steckt mitten in einer Wohlfühlromanze.

»Und Friedel?«, frage ich.

»Nicht so laut«, flüstert sie und weist mit dem Finger auf den 80-Jährigen, der gerade auf uns zukommt.

»Ich habe Sex-Appeal, Eva. Ich wünschte, du auch. Es hat nichts mit dem Alter zu tun. Aber dass mir das hier noch mal passiert. Als wir getanzt haben, habe ich mich gefühlt wie eine Feder.«

Ich sage nichts.

»Mir sind die Männer schon immer scharenweise hinterhergelaufen.«

Ich wende mich ab, denn ich weiß eh, was sie jetzt sagen wird. Wer ist schon Henni? Dies ist Riekes Abiball und ich als ihre Mutter will das einfach nur genießen. Ich will, aber es gelingt mir irgendwie nicht.

Alles wäre nicht so schlimm, wenn ich denn so eine Mutter wäre, wie Mütter zu sein haben und wie sie meistens auch sind, wie ich aber nicht bin, bis auf die Bewunderung der Grazien. Da toppe ich die anderen Mütter.

Henni erinnert mich an die geschrottete Kamera, als sie mir die Visitenkarte des Fotografen reicht. Der besteht darauf, dass ich schriftlich bestätige, für den Schaden aufzukommen. Heute bin ich nicht zum Streiten aufgelegt und unterschreibe das Formular, das er, wie er mir erklärt, für solche Fälle immer mitführt.

Endlich machen wir das Foto. Hennis einzige Sorge ist, dass sie auf dem Foto gut rauskommen möge. Hinter Henni verschwinde ich auf dem Foto, was gut und auch nicht gut ist. Ich bin fast nicht zu sehen. Und BEVA, na ja! Rieke und Vicky sehen echt süß aus.

Ich kehre zum Tresen zurück und lasse mich von lauter Unbekannten zum Sekt einladen. Nach vier weiteren Gläsern bin ich so betrunken, dass mir richtig schlecht ist.

Ich sollte etwas essen und torkele in den Keller des Fährhauses, wo Bratwürste gegrillt werden. Die sind gratis. Drei esse ich. Ich kann nicht sagen, dass es mir danach besser ginge. Völlig satt entferne ich mich vom Bratwurststand und erkunde die kleinen Kellerräume, die Kultcharakter haben. Bunte Lichterketten und eine schwache Beleuchtung schaffen ein besonderes Milieu: Das schummrige dunkle Licht lädt zum Schwofen und zu mehr ein.

In einem kleinen abgelegenen Kellerraum sehe ich, was ich zunächst für eine Sinnestäuschung halte. Der beste Ehemann von allen sitzt knutschend mit der Blonden, mit der er gerade getanzt hat, auf einem Ledersofa.

Ich bin geschockt.

Völlig unerwartet rennt Mutti-Chancellorness auf mich zu und regt sich auf, dass sie bei dem Lärm nicht schlafen könne. Verächtlich blickt sie auf BEVA und mahnt: »Begreif es endlich, Eva!«

Wie BEVA der Blonden durch das Haar fährt, versetzt mir einen tiefen Stich. Alles zieht sich in meinem Leib zusammen.

»Diese Bitch!«

»Eva, versündige dich nicht«, schreitet Ottilie ein.

Nun erkenne ich sie: BEVAs Jugendliebe, Sybille. Ich hasse sie. Kann BEVA nicht einfach mal ein Kapitel abschließen? Sybille: Schulsprecherin, Klassenbeste, Einser-Abi, Stipendium. Alle haben sie beneidet. Muss sie jetzt ausgerechnet mit BEVA knutschen?

Wütend greife ich nach dem Cocktailglas mit den Früchten.

»Contenance, Eva!«, versucht Ottilie mich zurückzuhalten.

Der Cocktail mit Früchten trifft Sybille im Gesicht.

Lotte meckert: »Das geziemt sich nicht!«

Pons hat bereits wortlos ihre Seiten zusammengeklappt, als sie »Bitch« hörte.

Und hinten in der Ecke, wo Lotte den Bollerwagen abgestellt hat, schimpft Tinka: »Alles schmutzig, pfui Teufel.«

»Lass den aus dem Spiel«, wettert Ottilie.

»Eva, ich bin stolz auf dich,« begeistert sich »Eva Reloaded«.

»Darauf kannst du dir echt was einbilden«, lobt mich auch Imagine.

Gut, dass ich sie zu meiner Freundin gemacht habe.

Von Sybilles Frisur und perfektem Makeup sind nur Ruinen übrig.

»Ist die bescheuert?«, kreischt Sybille.

BEVA sagt kein Wort. So ein Verrat. Er sagt nicht, dass ich seit Jahren seine Eva, meinetwegen auch zeitweise verfluchte Angebetete bin. Nichts dergleichen sagt er, noch dazu keine Reue und keine Entschuldigung. Stattdessen wischt er Sybille die Cocktailsoße aus dem Gesicht, was ihr Aussehen nicht verbessert.

Stöckchen, den es auch ins Kellergewölbe gezogen hat, rettet die Situation, indem er mich aus dem Kellerraum herausschiebt. Er ist anhänglich. Ich auch.

Hinter mir höre ich nun ein Weinen. Die kleine Grazie ruft laut nach mir.

»Mama, Papa liegt da hinten in dem Raum mit einer anderen knutschend auf dem Sofa.«

»Nicht mehr. Jetzt ist sie auf dem Klo«, korrigiere ich sie nicht ohne Genugtuung.

»Das ist ja abartig mit Papa. Und du machst nichts.«

Ich gebe mir Mühe, ernst und kontrolliert und alles andere zu gucken, aber ich kann ihr nichts vormachen.

»Du bist ja total voll. Ich glaub's jetzt nicht. Was seid ihr nur für Eltern? Ihr seid so was von megasch...«

Ich verstehe Rieke.

27. Kapitel

»So geht es nicht ins Paradies, Eva!«

Blinzelnd realisiere ich, dass Tinka, Pons, Mutti-Chancellorness, Lotte, Imagine, »Eva Reloaded« und Ottilie vorm Bett stehend konzertiert den Aufstand proben.

Neben mir höre ich ein Schnarchen und gucke zur Seite. Ich erschrecke und schreie auf. Stöckchen liegt neben mir im Bett.

Mein Schrei hat ihn geweckt. Schlaftrunken, zerzaust und schrecklich verliebt schaut er mich an. Auch das noch!

»Das war schön mit dir, Eva«, sagt er und seine Hand streift meine zärtlich.

Wo ist meine Erinnerung hin? Jetzt bemerke ich neben Stöckchen einen grau gekräuselten Schopf unter der Bettdecke, halb versteckt.

Gerade wirft der graue Unbekannte die Bettdecke zurück. Ich betrachte ihn wie einen Außerirdischen.

»Thais, ich muss doch sehr bitten! Ich möchte gern die Decke zurück!«, meldet sich neben Thais eine mir wohlbekannte Stimme: Henni.

Erstmals möchte ich in einem dieser gefürchteten schwarzen Löcher verschwinden.

Zu wissen, dass ich im Fährhaus an der Elbe zusammen mit Henni, Thais und Stöckchen die Nacht in einem Bett verbracht habe, ist die absolute Höchststrafe, also die Steigerung von etwas, was menschlichem Ermessen nach unmöglich ist.

Thais und Stöckchen fühlen sich so unwohl wie wir und versuchen sich zu entfernen, was eine Herausforderung ist, denn sie liegen zwischen uns. Wie ein Käfer über Henni beziehungsweise mich zu krabbeln oder hinwegzurollen, noch schlimmer, ist keine Option.

Also schieben sich beide mit angewinkelten Beinen Richtung Bettende. Auch ich ziehe meine Beine zurück und Henni tut es mir gleich. Sie schnappt sich die Bettdecke und zieht sie bis über den Oberkörper hoch, was, wie ich finde, unsinnig ist, denn wir liegen alle in unserer Ballkleidung im Bett. Nur die Schuhe haben wir ausgezogen.

Typisch Henni. Sie macht auf Dramaqueen und tut, als läge sie splitterfasernackt im Bett. Sie dürfte erleichtert sein, dass splitterfasernackt ihr und uns erspart geblieben ist, sagt sie doch, mit den neuen Linsen sehe sie alles glasklar.

Verständlich, dass sie den Augeneingriff bedauert. Sie gibt zu, es sei unzumutbar, wie genau sie sich und ihren Körper jetzt sehe, und wünsche sich die humanitären Grauschleier- beziehungsweise Gardinenaugen zurück.

Die Ärzte hätten sie warnen müssen. Henni beklagt, dass ihr Augenarzt die Augen vor ihrer Einsicht verschließe, weshalb sie nun die Vorteile des Schlechtsehens propagiere. Das Gute daran sei allerdings, sagt Henni, dass sie nun dem körperlichen Zerfall etwas Positives abgewinnen könne, und bevor sie wieder etwas reparieren lasse, überlege sie möglichst so lange, dass es nicht mehr dazu kommen würde.

Und ich wünsche mir gerade Augen, die nicht zusehen müssten, wie Stöckchen sich abmüht, wie vor ihm schon Thais, über das hohe Hinterteil des Bettes zu klettern, wobei er wie ein ungeschickter Reiter aussieht, der ein Pferd besteigt. Er kann oben die Balance nicht halten und fällt – es sieht nicht nach Absicht aus – auf der anderen Seite des Bettes runter.

Meine Freundinnen lachen. Das ist ein gutes Zeichen. Ist der Aufstand vom Tisch? Ich habe den Gedanken noch nicht beendet, da stoppt ihr Lachen.

Hinter dem Fußteil des Bettes höre ich lautes Schimpfen von Thais und Stöckchen: »Aua! Spinnst du?« und »Kannst du nicht aufpassen?«

Was ich sonst noch höre, überhöre ich.

Kurz darauf erhebt sich erst Stöckchens Kopf und dann der von Thais über das Bettteil.

»Hendrieke, Entschuldigung. Du erlaubst, dass ich dich später anrufe?«, fragt Thais.

»Gern«, antwortet sie lächelnd. »Eva, ich weiß nicht, ob es gestern Abend untergegangen ist. Darf ich dir Oberstudienrat Thais Baer vorstellen?«

Henni ist anscheinend nichts zu peinlich. Ich nicke nur und vermeide es, ihn anzusehen.

»Meine Brille?«, fragt er suchend.

»Glaub mir, die brauchst du nicht. Ist besser, du gehst ohne«, erwidert Henni.

Sie fährt sich mit den Fingern durchs Haar, was wohl die fehlende Bürste ersetzen soll.

»So geht das nicht weiter, Eva!«, trommelt Tinka.

»Wieso?«, frage ich nach.

»Im Bett liegen mit mehreren Männern, davon war nicht die Rede«, piept sie verständnislos.

»So geht es auf keinen Fall ins Paradies!«, bekräftigt »Eva Reloaded«.

»Sich betrunken und wie von Sinnen in ein Abenteuer stürzen wegen BEVA und Sybille!«, regt sich Lotte auf.

»Die Bilder von dir gestern Nacht und heute Morgen nehme ich nicht auf meine Kappe«, stellt Imagine klar. »Ein richtig peinlicher Film mit schlechten Darstellern.«

Langsam dämmert es mir. Ich weiß jetzt wieder, wie Stöckchen und ich übereinander hergefallen sind, bevor Henni das Zimmer betrat, um sich mit Thais zu vergnügen, wozu es nicht kam, weil wir schon drin lagen im Bett. Und es gab kein anderes Gästezimmer. Nebelschwaden von Erinnerungen kehren zurück.

»Ihr alle zettelt wegen nichts eine Rebellion an«, setze ich mich gegen meine Freundinnen zur Wehr.

»Deine Zettel waren total durcheinander. Ich musste Henni und Thais zu euch ins Zimmer schicken«, erläutert Ottilie.

»Ach, wie habe ich Wollis Zettelchen geliebt«, seufzt Lotte.

»Nicht schon wieder«, stöhnen Pons, Tinka und Ottilie.

Imagine nickt, als wüsste sie, worum es geht. Ich bezweifle, dass sie schon verstanden hat, wie hoffnungslos unsterblich Herzens-Lotte an Wolli hängt.

Was haben wir nicht schon alles mit Lotte durchgemacht! In den Nächten, wenn Lotte die Mondgedichte von Wolli zitiert. Lotte kann alle Welt täuschen, die sie für reserviert, beherrscht und kühl hält, aber nicht uns, ihre Freundinnen. Ist Lotte allem entrückt, will sie nur zu Wollis Gartenhaus rennen und ihm zuhören, ihn mit Blicken festhalten und herzen und was sie sonst nicht darf und will. Der Verstand setzt dann bei Lotte völlig aus.

»Du kommst da sofort weg vom Gartenhaus und beruhigst dich erst mal, Lotte«, befehlen Ottilie und Mutti-Chancellorness ihr.

»Wir pilgern jetzt weiter ins Paradies, Lottchen, nicht wahr«, mischt sich Imagine ein.

»Seid ihr doch schon so weit?«, vergewissert sich »Eva Reloaded«.

»Dann ist eure Rebellion vom Tisch?«, wage ich zu fragen.

»Ja, aber ...«, kommt von Pons.

» ›Ja‹ reicht mir völlig nach diesem Ball und allem«, sage ich.

»Ich lasse mir kein Wort streichen!«, empört sich Pons.

»Ich muss hier raus aus dem stickigen Zimmer«, stellt Mutti-Chancellorness fest. »Eine furchtbare Nacht und jetzt komme ich auch noch zu spät nach Berlin.«

Ottilie bedenkt mich mit ernstem, Imagine hingegen mit eher aufmunterndem Blick.

Tinka piept, sie sei meine beste Freundin.

Pons vertraut auf »Alles ist gut«, auch wenn es das noch nicht ist.

»Hendrieke, deine Tochter ist reizend«, sagt Thais beim Rausgehen.

»Ein wahrlich überraschender Abiball«, findet Stöckchen.

28. Kapitel

Als ich später nach Hause komme, ist alles ganz einfach. Ich gehe ins Schlafzimmer, wo BEVA auf Eis liegt und sich den Kopf hält. Den großen Koffer nehme ich vom Schrank und packe.

BEVA beobachtet mich und sagt kein Wort. Rieke stürmt ins Zimmer. Am Nachmittag geht ihr Flug. Gerade sucht sie ihren Pass. Zeitgleich telefoniert sie mit einer Freundin und sagt, sie vermisse sie schon jetzt. Wegen des Reisepasses ist sie nervös. Ob ich ihn in irgendeiner Schublade oder sonst wo verschwinden lassen hätte, fragt sie.

Natürlich hätte ich das nicht, erwidere ich.

Als sie meinen Koffer sieht, wird sie misstrauisch.

»Du willst doch nicht etwa mit?«

»Nein.«

»Ich brauche noch eine Reisekrankenversicherung.«

»Ja.«

Sie wartet ab, ob ich anbiete, mich darum zu kümmern, was ich nicht tue.

»War echt eine super Vorstellung von euch allen gestern. Einfach nur erbärmlich. Und das auf meinem Abiball«, sagt sie tief enttäuscht.

Ich rufe Rosa in Spanien an. Sie verbringt die Sommermonate auf einer Finca in der Nähe von Malaga und hat nichts dagegen, dass ich in ihre Wohnung in Madrid ziehe. Genau genommen ist sie froh darüber. Gerade wollte sie ihre Wohnung ins Internet stellen. Den Schlüssel wird sie bei Sofía hinterlegen. Sie bittet mich, dass ich mich um Sofía kümmere: Einkaufen, Arzttermine und vielleicht könnten wir sonntags gemeinsam kochen. Sofía hatte vor ein paar Wochen einen Herzinfarkt, von dem sie sich noch nicht richtig erholt hat.

Ich kann sogar Rosas Deutschkurs in der Sprachenschule

übernehmen. Das Geldproblem ist damit fürs Erste gelöst. Die Fahrt nach Madrid bezahle ich aus dem Schwein.

Tinka piept: »Endlich machst du Ernst. Du nimmst mich doch mit?«

»Natürlich. Ich lade dich und den Bollerwagen in den Wagen und dann geht's los. Rosa hat übrigens keine Tinka. Sie muss ihre Wäsche in den Waschsalon bringen.«

»Die anderen sechs kommen doch auch mit?«

»Was für eine Frage! Ich fahre nicht ohne meine sieben Freundinnen.«

Pons, Mutti-Chancellorness, Lotte, Ottilie, »Eva Reloaded« und Imagine klatschen.

»Dann ist euer Aufstand endgültig beendet?«, frage ich.

»Ich erinnere mich an nichts«, erwidert Ottilie.

Sie wünscht uns bessere Zeiten in Rosas Wohnung. Dass wir allerdings nicht zu Fuß gingen, sei ein Problem, das wir vor Ort durch Wanderungen lösen könnten.

Ihr werde gerade alles zu viel, gesteht Mutti-Chancellorness, sodass sie für eine Auszeit dankbar sei. Das immerwährende politische Gezänk im Hohen Haus und dann liege auch noch vieles andere, worüber sie wie immer natürlich nicht reden dürfe, im Argen. Den Termin mit den Staatenlenkern werde sie absagen und das übliche Sommertheater zu Hause könne sie auslassen. Rosas Wohnung sei das perfekte Refugium.

Lotte möchte Wolli Reisebriefe schreiben, über die dann hoffentlich im Wittumspalais parliert wird.

Ich hole die Schultertasche aus dem Arbeitszimmer und lege Pons hinein.

»Geht's los?«, fragt sie aufgeregt.

»Wonach sieht's denn aus? Klar doch.«

»Steht dir wirklich gut, dein T-Shirt mit der Aufschrift ›Alles neu auf Anfang‹. Das passt doch gut zu uns«, lobe ich »Eva Reloaded«.

»Während ihr noch am Kofferpacken seid, bilde ich mir ein,

ich wäre schon da«, prahlt Imagine. »Ich stelle mir vor, wie es in Madrid sein wird. In Gedanken sehe ich all die berühmten Örtlichkeiten, die Plaza de Oriente und ...«

»Halt!«, fällt Lotte ihr ins Wort. »Das kannst du uns dann erzählen, wenn wir da sind.«

»Du gehörst jetzt wirklich zu uns«, sagt Pons zu Imagine, mit den Seiten raschelnd.

»Schön, dass die Paradiespilgerei uns jetzt an einen neuen Ort führt!«, freut sich Imagine.

»Bist du fertig, Eva?«, fragt Ottilie.

Ich nicke, schließe den Koffer und lege ihn neben Tinka und den Bollerwagen hinten ins Auto. Danach steigen Lotte mit Pons in der Tasche, Mutti-Chancellorness, »Eva Reloaded«, Imagine und ich ins Auto und wir fahren los. Ottilie, die immer überall mit uns ist, malt weiß auf blau an den Himmel: »Seid behütet!«

Epilog

Tschüss!
Deine Eva und Eure Mama

Ich hätte mehr schreiben können. Dann wäre es ein sehr langer Brief geworden. Nachdem ich mich mit BEVA und den Grazien in unserem gemeinsamen Leben verausgabt habe, sollte es zum Abschied schlicht und einfach sein.

»Schluss. Aus. Ende.« So kam es mir in den Sinn, doch das insulare Wortstakkato klingt endgültig und unversöhnlich. Staksige, schlussendlich steckengebliebene Worte.

»Farewell!« Das wäre ein schöner Abschiedsgruß.

Aber hätte BEVA in diesem Wort gelesen, dass ich ihnen zum Abschied alles Wohl der Welt wünsche, dass es ihnen immer gut gehen möge, dass ich für sie alle eine gute Lebensreise erbitte, dass ich es hinausrufe in die Welt?

Hätte er verstanden, dass »farewell« für mich eine Fürbitte ist, die ich mit einem Kuss gen Himmel besiegele, einem Kuss als Dank im Voraus für das Brot auf ihrer Reise, einem Kuss für das wunderbare Kompositum aus »fare« und »well«, das es für sie an nichts fehlen lässt? Wohl kaum. Also entschied ich mich zum Abschied für das Wort »tschüss«, welches wohlmeinende Abschiedsgedanken gut versteckt. Typisch norddeutsche Seelenlage.

Scheiden tut weh und ist doch unumgänglich. Tschüss zu schreiben, macht es leichter. Auch die Zettelchen, die ich für sie geschrieben habe, machen es leichter für mich zu gehen.

Lotte findet das mit den Zettelchen ganz reizend. Ist schon klar warum, oder?

Genau genommen sind meine Zettelchen Post-it-Notes. Ich habe sie an verschiedenen Orten im Haus versteckt. Ottilie wird dafür sorgen, dass BEVA, Rieke, Vicky und Henni sie zum rechten Zeitpunkt finden.

Henni wird sicher welche finden. Sie macht immer alle Türen und Schränke auf und liest meine Post. Sie weiß nicht, dass ich sie dabei beobachtet habe.

Eigentlich kann ich es nicht erwarten, dass sie meine Post-it-Notes finden und sich freuen oder ärgern, auch beides. Lachen werden sie auch. Wenn es etwas gibt, was ich wirklich vermissen werde, dann ist es das Lachen, das von Zeit zu Zeit wie eine wunderbare Melodie das Haus erfüllt und uns miteinander versöhnt. Ich bringe es jetzt kaum übers Herz fortzugehen.

Für mich selbst habe ich auch Post-it-Notes geschrieben und trage sie bei mir, damit ich mich nicht verirre und nie wieder vergesse, was ich will, und mich daran erinnere, wer ich bin, wenn ich bin, wie und wer ich sein könnte:

Ich will mit meinen Freundinnen zurück ins Paradies.

Schluss mit: Ich wasche lebenslänglich mit Tinka eure Wäsche.

Ich bin eine Freigeistin.

Jeden Tag, jede Stunde, jede Sekunde schreibe ich mich ganz neu auf ein weißes Blatt Papier und dafür sage ich Danke.

Meine Freundinnen bedrängen mich, sie hätten auch gern Post-it-Notes.

»Eva Reloaded« weise ich darauf hin, dass sie jederzeit meine Zettelchen lesen könne.

Lotte erinnere ich daran, dass sie meine Hilfe in Sachen Zettelchenschreiben am wenigsten brauche.

Pons könne sich doch bei sich selbst umschauen. »Selbst ist die Wörterbücher-Frau!«, sage ich ihr.

Mutti-Chancellorness lasse ich wissen, dass es lauter Leute im Hohen Haus gebe, die ihr gern schreibend dienten.

Imagine darf sich ihre Zettelchen vorstellen.

Nur für Tinka mache ich eine Ausnahme, die bekommt jeden Tag ein neues Zettelchen.

Ottilie hat als Einzige um kein Zettelchen gebeten, allerdings blau auf weiß an den Himmel gemalt: »Du bist meine Schreiberin. Mehr geht nicht!«

Zitate aus den »Pons Wörterbüchern« und Verweise hierauf sind mit freundlicher Genehmigung der PONS GmbH verwendet worden.

Elisabeth Nodorp hat nach ihrem Studium viele Jahre als Sprachtrainerin gearbeitet, wobei sie sich immer für Literatur begeistert hat. Die Liebe zum Wort prägt ihr Leben und hat sie dazu bewogen, »Lügen ist ein blauer Himmel« zu schreiben. Die Autorin lebt mit ihrem Mann in Buxtehude nahe Hamburg. Sie hat zwei erwachsene Töchter.